DER GEÄCHTETE

DER GEÄCHTETE

Titel der amerikanischen Originalausgabe
OUTLAW OF GOR © by John Norman

Published in agreement with the author, c/o BAROR INTERNATIONAL INC.,
ARMONK, NEW YORK, USA

Deutsche Übersetzung:

 **Phil und das Team
von der
Gegenerde**

© 2008 by Basilisk Verlag, Reichelsheim

Umschlagillustration und Logo: Timo Kümmel
Umschlaggestaltung: Timo Kümmel
Satz: Factor 7

ISBN 3-935706-31-6

Besuchen Sie uns im Internet:
www.basilisk-verlag.de

Eine Anmerkung zum Manuskript

Mein Freund Harrison Smith, ein junger Rechtsanwalt aus der Stadt, hat mir kürzlich ein zweites Manuskript gegeben, das angeblich von einem gewissen Tarl Cabot stammt. Es war sein Wunsch, dass ich dieses zweite Dokument einem Verleger zukommen lasse, so wie ich es bereits mit dem ersten getan habe. Diesmal jedoch wegen der zahllosen Behauptungen und Nachforschungen, die das erste Manuskript DER KRIEGER bezüglich verschiedener Themenbereiche ausgelöst hat, die von vorgeblich weitreichender Dokumentation über die Existenz einer Gegenerde bis zu Streitigkeiten über die Urheberschaft des Manuskriptes reichen, habe ich Smith auferlegt, eine Art Vorwort zu diesem zweiten Bericht zu schreiben, das seine eigene Rolle bei diesen Vorkommnissen verdeutlicht und das uns etwas mehr über Tarl Cabot mitteilt, den ich zu meinem Bedauern bisher nicht persönlich kennenlernen durfte.

John Norman

1 Die Erklärung von Harrison Smith

Ich traf Tarl Cabot zum ersten Mal in einem kleinen College für Geisteswissenschaften in New Hampshire, wo wir beide einen Jahresvertrag als Dozenten angenommen hatten. Er war zuständig für englische Geschichte, und ich hatte eine Anstellung für Leibeserziehung angenommen, weil ich gerne drei Jahre lang arbeiten wollte, um Geld für die juristische Fakultät anzusparen. Cabot konnte sich allerdings zu meinem Verdruss nie dazu durchringen, diesem Bereich die Berechtigung einzuräumen, zum Lehrplan einer Bildungseinrichtung zu gehören.

Wir wanderten viel, redeten und fochten – und wir wurden, wie ich hoffe, Freunde. Ich mochte den jungen freundlichen Engländer. Er war ruhig und angenehm, obwohl er manchmal verschlossen oder einsam wirkte, irgendwie unwillig, den Schutzschild der Formalität zu durchbrechen, hinter dem der wohlerzogene Engländer, der in seinem Herzen genauso gefühlvoll und heißblütig sein mochte wie jeder andere Mann, seine Gefühle zu verstecken suchte.

Der junge Cabot war ein ziemlich schlanker, großer und gut gebauter Mann mit einer animalischen Leichtigkeit im Gang, die eher die Herkunft von den Docks seiner Geburtsstadt Bristol verriet als die Klosterzimmer von Oxford, wo er an einer der Universitäten seinen Abschluss erworben hatte. Seine Augen waren klar und blau, offen und ehrlich. Er war ziemlich hellhäutig. Sein Haar war, obwohl manche von uns ihn dafür liebten, auf eine vielleicht beklagenswerte Weise rot, aber nicht nur einfach rot – eher ein lodernder, verworrener Affront gegen die gepflegte Anständigkeit des Akademikers. Ich bezweifle, dass er je einen Kamm besessen hat und falls doch, würde ich beschwören, dass er ihn niemals benutzt hat. Zusammengefasst schien Tarl Cabot für uns ein junger, ruhiger und höflicher Gentleman aus Oxford zu sein, bis auf sein Haar. Aber dann wurden wir unsicher.

Zu meiner Bestürzung und zum Entsetzen des Colleges verschwand Cabot kurz nach Abschluss des ersten Semesters. Ich bin sicher, dass es nicht aus seinem eigenen Antrieb heraus geschah. Cabot ist ein Mann, der seine Verpflichtungen in Ehren hält.

Am Ende des Semesters war Cabot wie auch der Rest von uns der akademischen Gleichförmigkeit überdrüssig geworden, und er suchte Zerstreuung. Er entschloss sich, einen Campingausflug zu machen – allein – in die nahe gelegenen White Mountains, die damals, in der weißen spröden Pracht des Februars in New Hampshire, einfach wunderschön waren.

Ich lieh ihm meine Campingausrüstung, fuhr ihn in die Berge und setzte ihn an einer Hauptstraße ab. Er bat mich, ihn in drei Tagen am selben Platz wieder abzuholen, und ich war mir sicher, dass es ernst gemeint war. Ich kehrte zur festgesetzten Zeit zurück, aber er ließ das Treffen platzen. Ich wartete mehrere Stunden und kam zur gleichen Zeit des nächsten Tages wieder dorthin. Noch immer tauchte er nicht auf. Folglich informierte ich die Behörden, weil ich beunruhigt war, und am Nachmittag war bereits eine groß angelegte Suche unterwegs.

Schließlich fanden wir nahe bei einem flachen Felsen, etwa neun Stunden Kletterei von der Hauptstraße entfernt, das, was vermutlich die Asche seines Lagerfeuers war. Darüber hinaus blieb unsere Suche fruchtlos. Dennoch, mehrere Monate später erfuhr ich, dass Tarl Cabot aus genau diesen Bergen gestolpert kam, wohlbehalten und gesund, aber offensichtlich unter dem Einfluss eines emotionalen Schocks, der zu einer Amnesie geführt hatte – zumindest für die Zeit, während der er vermisst wurde.

Zur Erleichterung mehrerer älterer Kollegen, die jetzt zugaben, dass sie nie geglaubt hatten, Cabot habe hierher gepasst, kehrte er nie mehr ans College zurück, um dort zu unterrichten. Kurz danach stellte ich fest, dass ich ebenfalls nicht dorthin passte und verließ das College. Ich erhielt einen Scheck von Cabot, um die Kosten für meine Campingausrüstung zu ersetzen, die er offensichtlich verloren hatte. Es war eine fürsorgliche Geste, aber ich hätte mir gewünscht, dass er mich besucht hätte, um mit mir zu reden. Ich hätte seine Hand genommen und ihn gezwungen, mit mir zu sprechen, mir zu erzählen, was geschehen war.

Irgendwie fand ich im Gegensatz zu meinen Kollegen am College die Geschichte mit der Amnesie zu einfach. Es war keine angemessene Erklärung, es konnte nicht stimmen. Wie hatte er diese Monate überlebt, wo war er gewesen und was hatte er getan?

Es waren fast sieben Jahre vergangen, seit ich Tarl Cabot auf dem College kennengelernt hatte, als ich ihn in den Straßen von Manhattan wiedersah. Zu dieser Zeit hatte ich längst das Geld zusammengespart, das ich für die juristische Fakultät gebraucht hatte und hatte schon drei Jahre nicht mehr unterrichtet. Stattdessen war ich dabei, mein Studium an der juristischen Fakultät, einer der renommiertesten privaten Universitäten von New York, abzuschließen.

Er hatte sich, wenn überhaupt, nur sehr wenig verändert. Ich eilte zu ihm hin und ergriff ihn, ohne nachzudenken, an der Schulter. Was dann geschah, war fast zu unglaublich, um es zu verstehen. Mit einem Wutschrei in einer fremden Sprache fuhr er wie ein Tiger herum; ich wurde von Händen ergriffen, die aus Stahl zu sein schienen und mit großer Kraft über sein Knie geworfen, sodass mein Rückgrat fast wie Brennholz zersplittert wäre.

Beinahe sofort ließ er mich wieder los, entschuldigte sich ausführlich, noch ehe er mich erkannt hatte. Voller Entsetzen wurde mir klar, dass das, was er getan hatte, nur ein Reflex gewesen war, ein Reflex wie das Blinzeln eines Auges oder das Zucken des Knies unter dem Hammer des Arztes. Es war der Reflex eines Tieres, dessen Instinkte dafür sorgen, dass es vernichtet, bevor es vernichtet wird oder eines Menschen, der in solch ein Tier verwandelt worden war; ein Mensch, der darauf abgerichtet war, schnell und kompromisslos zu töten oder genauso getötet zu werden. Ich war schweißbedeckt. Ich wusste, dass ich ganz knapp dem Tode entgangen war. War dies der freundliche Cabot, den ich gekannt hatte?

»Harrison!«, rief er aus. »Harrison Smith!« Er hob mich mit Leichtigkeit auf die Füße, seine Worte kamen schnell und stolpernd, versuchten, mich wieder zu beruhigen. »Es tut mir leid«, fuhr er fort. »Vergib mir! Vergib mir, alter Mann!«

Wir sahen uns an.

Er streckte seine Hand aus, spontan, entschuldigend. Ich ergriff sie, und wir schüttelten unsere Hände. Ich fürchte, mein Griff war etwas weich, und meine Hand zitterte etwas. »Es tut mir wirklich furchtbar leid«, sagte er.

Ein Menschenauflauf hatte sich gebildet, der in sicherem Abstand auf dem Bürgersteig stand.

Er lächelte dasselbe unverdorbene Jungenlächeln, an das ich mich aus New Hampshire noch erinnerte. »Möchtest du einen Drink?«, fragte er.

Auch ich lächelte. »Ich könnte einen gebrauchen«, erwiderte ich.

In einer kleinen Bar mitten in Manhattan, kaum größer als ein Korridor mit einem Eingang, erneuerten Tarl Cabot und ich unsere Freundschaft. Wir sprachen über Dutzende von Dingen, aber keiner von uns erwähnte die abrupte Reaktion auf meine Begrüßung, und wir sprachen auch nicht über die geheimnisvollen Monate, in denen er in den Bergen von New Hampshire verschwunden gewesen war.

In den folgenden Monaten sahen wir einander ziemlich häufig, so weit es meine Studien erlaubten. Ich schien ein verzweifeltes Bedürfnis nach menschlicher Begleitung in diesem einsamen Mann zu befriedigen, und ich war, meinerseits, mehr als glücklich, mich zu seinen Freunden zählen zu dürfen, leider vielleicht als sein einziger Freund.

Ich spürte, dass die Zeit kommen würde, in der Cabot mit mir über die Berge sprechen würde, aber dass er selbst den Zeitpunkt dafür wählen musste. Ich war nicht versessen darauf, mich in seine Angelegenheiten zu drängen oder in seine Geheimnisse, wie es aussah. Es genügte mir, wieder sein Freund zu sein. Ich fragte mich gelegentlich, warum Cabot nicht offener über bestimmte Dinge mit mir sprach, warum er so eifersüchtig das Geheimnis dieser Monate bewachte, in denen er dem College ferngeblieben war. Jetzt weiß ich, warum er nicht schon früher davon gesprochen hatte. Er fürchtete, dass ich ihn für verrückt halten würde.

Es war spät in der Nacht, Anfang Februar, und wir tranken wieder einmal in der kleinen Bar, in der wir unseren ersten gemeinsamen Drink an diesem unglaublich sonnigen Nachmittag vor einigen Monaten genommen hatten. Draußen war leichter Schneefall, weich wie farbiger Filz im einsamen Neonlicht der Straßen. Cabot schaute zwischen den Schlucken von Scotch den Schneeflocken zu. Er schien griesgrämig, mürrisch zu sein. Ich erinnerte mich, dass es Februar gewesen war, als er vor vielen Jahren das College verlassen hatte.

»Vielleicht sollten wir lieber nach Hause gehen«, sagte ich.

Cabot starrte weiter aus dem Fenster auf den Neonschnee, der ziellos auf den ausgetretenen grauen Gehsteig fiel.

»Ich liebe sie«, sagte Cabot, ohne mich direkt anzusprechen.

»Wen?«, fragte ich.

Er schüttelte den Kopf und beobachtete weiter den Schnee.

»Lass uns nach Hause gehen«, sagte ich. »Es ist spät.«

»Wo ist zu Hause?«, fragte Cabot und starrte in sein halb leeres Glas.
»Dein Appartement, ein paar Blocks von hier«, antwortete ich und wollte, dass er ging, wollte ihn hier raus haben. Seine Stimmung war fremder als alles andere, was ich von ihm kannte. Irgendwie hatte ich Angst. Er ließ sich nicht bewegen. Er zog seinen Arm von meiner Hand weg. »Es ist spät«, sagte er und schien mir zuzustimmen, aber er beabsichtigte vielleicht mehr. »Es muss noch nicht zu spät sein«, fügte er hinzu, als hätte er sich zu etwas entschlossen, als wolle er nur mit der Macht seines Willens den Fluss der Zeit anhalten, den zufälligen Ablauf der Ereignisse.

Ich lehnte mich in meinem Stuhl zurück. Cabot würde gehen, wenn er fertig war. Nicht früher. Mir fiel sein Schweigen auf und das leicht gedämpfte Gesprächsmuster an der Bar, das Klirren von Gläsern, die Geräusche von Schuhen und von Flüssigkeiten, die in kleinen schweren Gläsern geschwenkt wurden.

Cabot hob erneut seinen Scotch, hielt ihn vor sich, ohne zu trinken. Dann, zeremoniell, bitter, goss er ein klein wenig davon auf den Tisch, wo es auseinanderspritzte und eine Serviette tränkte. Während er diese Geste ausführte, sprach er eine Formel in diesem seltsamen Dialekt, den ich schon einmal vorher gehört hatte – als ich fast von seinen Händen getötet worden war. Irgendwie hatte ich das Gefühl, er sei plötzlich gefährlich geworden. Ich war unsicher.

»Was tust du?«, fragte ich.

»Ich bringe ein Trankopfer dar«, sagte er. »Ta-Sardar-Gor.«

»Was bedeutet das?«, wollte ich wissen; meine Worte stolperten etwas, verschwommen durch den Schnaps, unsicher geworden durch meine Angst.

»Es bedeutet«, sagte Cabot mit einem freudlosen Lachen, »... auf die Priesterkönige von Gor!«

Er erhob sich unsicher. Er schien groß, fremd, fast aus einer anderen Welt zu sein, in diesem gedämpften Licht, in dieser ruhigen Atmosphäre kleiner, herzlicher, zivilisierter Geräusche.

Dann, ohne Vorwarnung, mit einem bitteren Lachen, gleichzeitig bittere Klage und Schrei der Wut, schleuderte er das Glas zornig an die Wand. Es zerbrach in eine Million unregelmäßig funkelnder Teilchen, schockte den Raum für einen Moment vorherrschender Stille. Und in diesem plötzlichen Augenblick verwirrter, entsetzter Stille hörte ich ihn mit einem heiseren Flüstern, klar und deutlich, diesen seltsamen Satz wiederholen: »Ta-Sardar-Gor!«

Der Barmann, ein schwerer, schwammiger Mann, watschelte an unseren Tisch. Eine seiner fetten Hände klammerte sich nervös um einen kurzen Lederknüppel, der mit Schrotkugeln gefüllt war. Der Barmann deutete mit seinem Daumen auf die Tür. Er wiederholte die Geste. Cabot überragte ihn und schien ihn nicht zu verstehen. Der Barmann hob mit einer drohenden Geste den Knüppel. Cabot nahm die Waffe an sich, schien sie ganz leicht aus dem verschreckten Griff des fetten Mannes zu ziehen. Er sah auf das schwitzende, verängstigte, fette Gesicht herab.

»Du hast eine Waffe gegen mich erhoben«, sagte Cabot. »Meine Kodizes erlauben mir, dich zu töten.«

Der Barmann und ich sahen erschrocken zu, wie Cabots riesige feste Hand den Knüppel zerquetschte, die Nähte aufplatzen ließ, genauso wie ich eine Rolle aus Pappe zerdrückt hätte. Einige Schrotkugeln fielen zu Boden und rollten unter die Tische.

»Er ist betrunken«, sagte ich zu dem Barmann. Ich ergriff Cabot fest am Arm. Er schien nicht länger wütend zu sein, und ich konnte sehen, dass er niemandem mehr schaden wollte. Mein Griff schien ihn aus der seltsamen Stimmung zu reißen. Er gab den zerquetschten Knüppel dem Barmann verlegen zurück.

»Es tut mir leid«, sagte Cabot. »Wirklich.« Er griff in seine Börse und drückte dem Barmann einen Geldschein in die Hand. Es war eine Hundertdollarnote.

Wir zogen unsere Mäntel an und traten hinaus in den Februarabend, in den leichten Schneefall.

Wir standen vor der Bar im Schnee, ohne zu sprechen.

Cabot, noch immer halb betrunken, schaute sich um, sah die brutale elektrische Geometrie dieser großartigen Stadt, sah die dunklen, einsamen Gestalten, die sich im fahl leuchtenden Scheinwerferlicht der Autos durch den dünnen Schnee bewegten.

»Dies ist eine großartige Stadt«, sagte Cabot, »und trotzdem wird sie nicht geliebt. Wie viele hier würden für ihre Stadt sterben? Wie viele würden die Stadtgrenzen mit ihrem Leben verteidigen? Wie viele würden sich für ihre Interessen foltern lassen?«

»Du bist betrunken«, sagte ich lächelnd.

»Diese Stadt wird nicht geliebt«, wiederholte er. »Sonst würde man sie nicht so missbrauchen, sonst wäre sie nicht so vernachlässigt.«

Er ging traurig davon.

Irgendwie wusste ich, dass dies die Nacht sein würde, in der ich das Geheimnis von Tarl Cabot erfahren sollte.

»Warte!«, rief ich ihm plötzlich nach.

Er drehte sich um, und ich hatte den Eindruck, dass er froh war, dass ich ihn gerufen hatte, dass meine Gegenwart ihm in dieser Nacht sehr wichtig war.

Ich trat zu ihm, und gemeinsam gingen wir in sein Appartement. Zuerst braute er einen Topf starken Kaffee, ein Akt, für den meine wirbelnden Sinne mehr als dankbar waren. Dann ging er wortlos zu einem Schrank und kam mit einer Kassette zurück. Er schloss sie mit einem Schlüssel auf, den er am Körper trug, und entnahm ihr ein Manuskript, geschrieben in seiner eigenen, klaren, festen Handschrift und mit einer Schnur zusammengebunden. Er legte mir das Manuskript in die Hände.

Es war ein Dokument, das sich mit dem beschäftigte, was Cabot die Gegenerde nannte, die Geschichte eines Kriegers, der Belagerung einer Stadt und mit der Liebe eines Mädchens. Sie kennen es vielleicht unter dem Namen DER KRIEGER.

Als ich kurz nach Sonnenaufgang den Bericht zu Ende gelesen hatte, sah ich Cabot an, der während der ganzen Zeit am Fenster gesessen hatte, das Kinn in die Hände gestützt und dem Schnee zusehend, verloren in etwas, das ich kaum einschätzen konnte.

Er drehte sich um und sah mich an.

»Es ist wahr«, sagte er, »aber du brauchst es nicht zu glauben.«

Ich wusste nicht, was ich sagen sollte. Es konnte natürlich nicht wahr sein, obwohl ich glaubte, dass Cabot zu den ehrlichsten Männern gehörte, die ich je kennengelernt hatte.

Dann bemerkte ich den Ring, fast zum ersten Mal, obwohl ich ihn schon tausendmal gesehen hatte. Er war in dem Bericht erwähnt worden, dieser einfache Ring aus rotem Metall, der das Wappen der Cabots trug.

»Ja«, sagte Cabot und streckte die Hand aus, »dies ist der Ring.«

Ich deutete auf das Manuskript. »Warum hast du mir das gezeigt?«, fragte ich.

»Ich möchte, dass jemand von diesen Dingen weiß«, sagte Cabot schlicht.

Ich stand auf, ich spürte zum ersten Mal die durchwachte Nacht, den Effekt des Alkohols und der etlichen Tassen bitteren Kaffees. Ich lächelte verkniffen. »Ich glaube, ich gehe besser nach Hause«, sagte ich.

»Natürlich«, antwortete Cabot und half mir in den Mantel. In der Tür hielt er mir seine Hand hin. »Auf Wiedersehen«, sagte er.

»Wir sehen uns morgen«, verabschiedete ich mich.

»Nein«, antwortete er. »Ich gehe wieder in die Berge.«

Es war zu dieser Zeit im Februar, als er vor sieben Jahren verschwunden war.

Ich war schlagartig hellwach. »Geh nicht«, bat ich ihn.

»Ich werde gehen«, sagte er.

»Lass mich mitkommen«, schlug ich vor.

»Nein«, sagte er, »es könnte sein, dass ich nicht zurückkomme.«

Wir schüttelten die Hände, und ich hatte das seltsame Gefühl, dass ich Tarl Cabot nie mehr wiedersehen würde. Meine Hand umklammerte fest die seine und umgekehrt. Ich hatte ihm etwas bedeutet und er mir, und jetzt schien es, als könnten Freunde sich so ganz einfach für immer trennen, um nie wieder miteinander zu sprechen oder sich wiederzusehen.

Ich stand plötzlich im kahlen weißen Korridor vor seinem Appartement und blinzelte zur hervorstehenden Glühlampe an der Decke. Ich wanderte einige Stunden umher, trotz meiner Müdigkeit, und dachte nach, verwirrt durch die seltsamen Dinge, die ich gehört hatte. Dann plötzlich drehte ich mich um und rannte buchstäblich zurück zu seinem Appartement. Ich hatte ihn verlassen, ihn, meinen Freund. Ich hatte keine Ahnung, was ihn erwarten würde. Ich stürzte zur Tür des Appartements und hämmerte mit meinen Fäusten dagegen. Es gab keine Antwort. Ich trat gegen die Tür, sodass das Schloss aus dem Türrahmen flog. Ich betrat das Appartement. Tarl Cabot war verschwunden!

Auf dem Tisch in dem kleinen möblierten Appartement lag das Manuskript, das ich in dieser langen Nacht gelesen hatte – daran befestigt steckte ein Umschlag unter der Schnur, mit der das Manuskript verschnürt war. Der Umschlag trug meinen Namen und meine Adresse. Darin war eine einfache Notiz: »An Harrison Smith, wenn er es haben möchte.« Bedrückt verließ ich das Appartement und nahm das Manuskript mit, das anschließend als DER KRIEGER veröffentlicht wurde. Das und meine Erinnerungen waren alles, was ich von meinem Freund Tarl Cabot behalten konnte.

Meine Prüfungen kamen und wurden erfolgreich abgeschlossen. Später nach einer weiteren Prüfung wurde ich im Staate New York zugelassen und trat einer der riesigen Anwaltskanzleien der Stadt bei, in der Hoffnung einmal genug Geld und Erfahrung zu sammeln, um eine eigene kleine Praxis zu eröffnen. In der Flut an Arbeit, im langwierigen, anstrengenden Dschungel an Details, den mein Beruf erfordert, wurde die Erinnerung an Tarl Cabot aus meinem Bewusstsein gedrängt. Es gibt dazu nicht mehr viel zu sagen, außer der Tatsache, dass ich ihn nie wieder gesehen habe. Obwohl ich Grund habe anzunehmen, dass er noch lebt.

Spät an einem Nachmittag nach der Arbeit kehrte ich in meine Wohnung zurück. Dort – trotz verschlossener Türen und Fenster – war ein zweites Manuskript auf einem Couchtisch vor der Sitzgruppe. Es war der Text, der nun gleich folgen wird. Es gab keine Notiz, keine Erklärung. Vielleicht stimmt es, was Tarl Cabot einmal angemerkt hatte: »Die Agenten der Priesterkönige sind unter uns.«

2 Die Rückkehr nach Gor

Wieder einmal schritt ich, Tarl Cabot, über die grünen Ebenen von Gor. Ich erwachte nackt im windgebeugten Gras, unter dem strahlenden Stern, der die gemeinsame Sonne meiner zwei Welten ist, meines Heimatplaneten Erde und seiner verborgenen Schwester, der Gegenerde Gor.

Ich stand langsam auf, meine Nerven lebendig im Wind, der an meinen Haaren zerrte. Meine Muskeln schmerzten und jubilierten gleichzeitig bei dieser ersten Bewegung seit Wochen. Ich hatte wieder die Silberscheibe in den White Mountains betreten, das Schiff der Priesterkönige, das für die Beschaffungsreisen benutzt wurde und war, als ich eintrat, bewusstlos geworden. In diesem Zustand war ich, wie schon einmal vor langer Zeit, auf diese Welt gekommen.

Für einige Minuten blieb ich so stehen, um jedem Sinn und jedem Nerv Gelegenheit zu geben, das Wunder meiner Rückkehr aufzusaugen.

Wieder spürte ich die etwas verringerte Schwerkraft des Planeten, aber diese Wahrnehmung würde natürlich im selben Maße schwinden, wie mein Körper sich an die neue Umgebung anpasste. Durch die geringere Schwerkraft waren alle möglichen Heldentaten, die auf der Erde übermenschlich gewesen wären, auf Gor nichts Besonderes. Die Sonne schien, wie in meiner Erinnerung, ein klein wenig größer zu sein, als von der Erde aus betrachtet, doch wie beim ersten Mal war es schwer, das alles genau zu beurteilen.

In der Ferne konnte ich einige gelbe Flecken sehen, die Ka-la-na-Haine, die zwischen die goreanischen Felder eingestreut sind. Weiter links von mir sah ich ein herrliches Sa-Tarna-Feld, dessen Halme sich anmutig im Wind beugten, das hohe gelbe Getreide, das einen wesentlichen Teil des goreanischen Speisezettels bestimmt. Rechts, in sehr weiter Ferne, sah ich den dunklen Umriss von Bergen. So weit ich das nach ihrer Ausdehnung und Höhe beurteilen konnte, vermutete ich, dass es die Berge von Thentis sein mussten. Wenn es stimmte, würde ich von dort aus den Weg nach Ko-ro-ba nehmen, zur Stadt der Zylinder, der ich vor vielen Jahren mein Schwert geweiht hatte.

Während ich dort stand und die Sonne auf meine Haut schien, erhob ich, ohne nachzudenken, die Arme wie in einem heidnischen Gebet in Anerkennung der Macht der Priesterkönige, die mich noch einmal von der Erde auf diese Welt gebracht hatten. Dieselbe Macht, die mich einst von Gor fortgerissen hatte, nachdem sie mit mir fertig waren, die mich aus der Stadt gerissen hatte, die meine Wahlheimat geworden war, fort von meinem

Vater, meinen Freunden und von dem Mädchen, das ich liebte, der wunderschönen dunkelhaarigen Talena, der Tochter von Marlenus, der einst Ubar von Ar, der größten Stadt des bekannten Gor, gewesen war.

In meinem Herzen hegte ich keine Liebe gegenüber den Priesterkönigen, den mysteriösen Bewohnern des Sardargebirges, wer auch immer sie sein mochten, aber in meinem Herzen war Dankbarkeit, entweder ihnen gegenüber oder den seltsamen Kräften, die sie antrieben. Dass man mich nach Gor zurückgeholt hatte, um erneut meiner Stadt und meiner Liebe nachzuspüren, war, da war ich ganz sicher, kein Akt der Großzügigkeit oder der Gerechtigkeit, auch wenn es so aussehen sollte. Die Priesterkönige, die Hüter der heiligen Stätten im Sardargebirge, die offensichtlich alles wussten, was auf Gor geschah, die Herren des furchtbaren Flammentodes, der mit verzehrender Flamme alles zerstören konnte, was auch immer sie wann auch immer zerstören wollten, waren nicht so oberflächlich motiviert wie die Menschen, waren nicht so anfällig für die Gebote des Anstands und des Respekts wie die Menschen, deren Handlungen durch solche Vorbehalte mitunter verwässert werden. Ihre Sorge galt ihren eigenen verborgenen und geheimnisvollen Zielen, und um diese Ziele zu erreichen, wurden menschliche Wesen als untergeordnete Instrumente betrachtet. Es gab Gerüchte, dass Menschen benutzt würden wie Figuren in einem Spiel und wenn eine Figur nicht mehr gebraucht würde, konnte man sie wegwerfen – oder wie in meinem Fall, konnte sie vom Brett genommen werden, bis es den Priesterkönigen gefiel, ein neues Spiel zu beginnen.

Ich bemerkte, dass einige Fuß neben mir ein Helm, ein Schild und ein Speer im Gras lagen, zusammen mit einem Lederbündel. Ich kniete nieder, um die Gegenstände zu untersuchen.

Der Helm war aus Bronze, auf griechische Art gearbeitet, mit einer einzigen annähernd Y-förmigen Öffnung. Er trug keine Abzeichen, und die Wappenplakette war leer.

Der Rundschild, konzentrische überlappende Schichten gehärteten Leders, zusammengenietet und mit Messingstreifen beschlagen, ausgestattet mit den doppelten Halteriemen, um ihn am linken Arm zu tragen, war ebenfalls nicht gekennzeichnet. Normalerweise ist der goreanische Schild mit verwegenen Motiven bemalt, in denen Hinweise auf die Stadt des Besitzers eingearbeitet sind. Wenn dieser Schild mir zugedacht sein sollte, und ich hatte kaum Zweifel, dass er es war, dann hätte er die Zeichen meiner Stadt Ko-ro-ba tragen müssen.

Der Speer war der typische goreanische Speer, etwa sieben Fuß lang, schwer, mit einem kräftigen Schaft und einer etwa achtzehn Zoll langen, schmal zulaufenden Spitze aus Bronze. Es ist eine furchtbare Waffe, die mit der Unterstützung der etwas geringeren Schwerkraft auf kurze Entfernungen einen Schild durchschlagen oder ihre Spitze einen Fuß tief in solidem Holz versenken kann, wenn sie mit großer Kraft geworfen wird. Mit dieser Waffe jagen Gruppen von Männern selbst den Larl in seinen eigenen Jagdgründen im Voltaimassiv, diesen unglaublichen pantherähnlichen Fleischfresser, der eine Schulterhöhe von sechs bis acht Fuß erreichen kann.

Der goreanische Speer ist eine solch gewaltige Waffe, dass viele Krieger kleinere Fernwaffen wie Langbogen oder Armbrust verspotten, die allerdings beide auf Gor nicht ungewöhnlich sind. Trotzdem bedauerte ich, dass unter den Waffen, die mir zur Verfügung standen, kein Bogen war, da ich bei meinem vorangegangenen Aufenthalt auf Gor größeres Geschick mit solchen Waffen erworben hatte und zugeben musste, sie zu mögen, eine Vorliebe, die meinen früheren Waffenmeister geärgert hatte. Ich erinnerte mich an ihn voller Gefühle, an den älteren Tarl. Tarl ist ein häufiger Name auf Gor. Ich freute mich auf das Wiedersehen mit diesem Wikinger, diesem gigantischen Mann, diesem stolzen, bärtigen, trotz aller Zuneigung streitlustigen Schwertkämpfer, der mich die Waffenkunst, die von goreanischen Kriegern praktiziert wird, gelehrt hatte.

Ich öffnete das Lederbündel. Darin fand ich die scharlachrote Tunika, Sandalen und den Umhang, all das, was die übliche Bekleidung eines Kastenmitgliedes der Kriegerkaste ausmacht. Es war also genauso, wie es sein sollte, denn ich gehörte zu dieser Kaste, seit dem Morgen vor etwa sieben Jahren, als ich in der Kammer des Hohen Kastenrates die Waffen aus der Hand meines Vaters akzeptiert hatte, aus der Hand Matthew Cabots, dem Administrator von Ko-ro-ba, und als ich den Heim-Stein dieser Stadt als meinen angenommen hatte.

Obwohl er selten über solche Dinge spricht, besteht eine Stadt für den Goreaner aus mehr als nur Ziegeln und Marmor, Zylindern und Brücken. Es ist nicht nur einfach ein Ort, ein Platz in der Landschaft, wo es Männern gefallen hat, Häuser zu bauen, eine Ansammlung von Strukturen, wo sie möglichst problemlos ihre Geschäfte tätigen können.

Die Goreaner spüren oder glauben zumindest, dass eine Stadt nicht nur aus den materiellen Substanzen besteht, die eine Umwandlung erleben, so wie die einzelnen Zellen des menschlichen Körpers. Für sie ist eine Stadt fast ein lebendes Wesen, oder sogar noch mehr als ein lebendes Wesen. Sie ist eine Einheit mit einer Geschichte, einem Erbe, Bräuchen, Umgangsformen, Charakter, Plänen und Hoffnungen. Wenn ein Goreaner sagt, er sei aus Ar oder Ko-ro-ba, dann tut er damit viel mehr, als nur seinen Wohnort zu benennen.

Obwohl es Ausnahmen gibt, vor allem bei der Kaste der Eingeweihten, glauben die Goreaner im Allgemeinen nicht an die Unsterblichkeit. Dementsprechend bedeutet die Zugehörigkeit zu einer Stadt in gewissem Sinn, Teil von etwas weniger Vergänglichem zu sein, als man selbst es ist, von etwas Göttlichem, im Sinne von Unsterblichem. Natürlich weiß jeder Goreaner, dass auch Städte sterblich sind, denn auch Städte können wie Menschen vernichtet werden. Und gerade dies führt dazu, dass sie ihre Städte noch intensiver lieben, da sie wissen, dass ihre Stadt, wie sie selbst auch, einer Begrenzung durch den Tod unterworfen ist.

Diese Liebe zu ihrer Stadt bündelt sich in einem Stein, der als Heim-Stein bekannt ist und der normalerweise im höchsten Zylinder der jeweiligen Stadt aufbewahrt wird. Im Heim-Stein erhält die Stadt ein Symbol – manchmal wenig mehr als ein schlichtes Stück bearbeiteten Felsens, das vielleicht mehrere hundert Generationen alt ist, aus einer Zeit, als die Stadt noch eine Ansammlung von Hütten an einem Flussufer war, manchmal aber auch ein wunderbar und eindrucksvoll bearbeiteter, juwelenbesetzter Block aus Marmor oder Granit. Aber von einem Symbol zu sprechen, greift zu kurz. Es ist fast so, als identifizierte sich die Stadt selbst mit diesem Heim-Stein, als wäre dieser Stein für die Stadt das, was das Leben für einen Menschen ist. Zu diesem Mythos gehört der Glaube, dass auch die Stadt überleben wird, solange der Heim-Stein überlebt.

Aber nicht nur jede Stadt hat ihren Heim-Stein, auch das einfachste und niedrigste Dorf und selbst die primitivste Hütte, vielleicht nur ein Unterschlupf aus Stroh, hat einen eigenen Heim-Stein, wie eben auch die gut ausgestatteten Räume des Administrators einer so großen Stadt wie Ar.

Mein Heim-Stein war der Heim-Stein von Ko-ro-ba, der Stadt, der ich sieben Jahre zuvor mein Schwert gewidmet hatte. Ich sehnte mich danach, in meine Stadt zurückzukehren.

In dem Bündel fand ich, eingewickelt in die Tunika und den Mantel, den Schultergürtel, die Scheide und das goreanische Schwert. Ich zog die Klinge aus der Scheide. Sie war gut ausbalanciert, gefährlich, doppelseitig geschliffen und ungefähr zwanzig bis zweiundzwanzig Zoll lang. Ich kannte den Griff, und ich konnte einige Riefen an der Klinge erkennen. Es war die Waffe, die ich bei der Belagerung von Ar getragen hatte. Es war ein seltsames Gefühl, sie erneut in Händen zu halten, ihr Gewicht zu fühlen, den vertrauten Schwertgriff zu spüren. Die Klinge hatte den Weg über die Stufen des Zentralzylinders nach oben freigekämpft, als ich Marlenus gerettet hatte, den umstrittenen Ubar von Ar. Ich hatte sie mit der Klinge von Pa-Kur gekreuzt, dem Meisterattentäter, auf dem Dach des Justizzylinders, wo ich um meine Liebe gekämpft hatte, um Talena. Und jetzt hielt ich sie wieder in meiner Hand. Ich fragte mich warum und wusste nur, dass die Priesterkönige es so gewollt hatten. Es gab zwei weitere Gegenstände, die ich in dem Bündel zu finden gehofft hatte, aber nicht da waren: ein Tarnstab und eine Tarnpfeife. Der Tarnstab ist ein längliches Instrument, ungefähr zwanzig Zoll lang. Er hat einen Schalter am Griff, ähnlich wie eine gewöhnliche Taschenlampe. Wenn der Stab eingeschaltet ist und einen Gegenstand berührt, führt es zu einem massiven Schlag, und ein Schauer gelber Funken wird abgegeben. Er wird zur Kontrolle von Tarnen eingesetzt, den riesigen falkenähnlichen Reitvögeln von Gor. Die Vögel werden im Grunde vom Ausschlüpfen an darauf trainiert, auf den Stab zu reagieren.

Wie leicht zu erraten ist, wird die Tarnpfeife benutzt, um den Vogel anzulocken. Üblicherweise reagieren die am besten ausgebildeten Tarne nur auf einen einzigen Ton, der von der Tarnpfeife ihres Besitzers erzeugt wird. Das ist nicht sehr überraschend, da jeder Vogel von der Kaste der Tarnzüchter dazu ausgebildet wird, auf einen jeweils anderen Ton zu reagieren. Wenn der Tarn einem Krieger angeboten oder an einen Krieger verkauft wird, begleitet die Pfeife den Vogel. Es muss nicht extra betont werden, dass die Pfeife wichtig ist und deshalb sorgfältig aufbewahrt wird, denn wenn sie verloren geht oder in die Hände eines Feindes fällt, hat der Krieger in fast allen Fällen sein Reittier verloren.

Ich kleidete mich also in das scharlachrote Gewand eines Kriegers von Gor. Ich war verwundert, dass die Kleidung, wie schon Helm und Schild, keine Abzeichen trug. Das stand im Widerspruch zu den Bräuchen auf Gor, denn gewöhnlich fehlten nur an der Kleidung von Geächteten oder Verbannten die individuellen Abzeichen, auf die die Goreaner so stolz sind.

Ich setzte den Helm auf, schnallte mir Schild und Schwert über meine linke Schulter. Ich nahm ohne große Mühe den schweren Speer in meine rechte Hand. Mich nach der Sonne richtend und im Wissen, dass Ko-ro-ba nordwestlich der Berge liegen musste, brach ich auf, um meine Stadt zu erreichen.

Mein Schritt war leicht, mein Herz glücklich. Ich war zu Hause, denn wo meine Liebe auf mich wartet, ist mein Zuhause. Wo mein Vater mich nach mehr als zwanzig Jahren Trennung wieder getroffen hatte, wo meine Kriegerkameraden und ich zusammen getrunken und gelacht hatten, wo ich meinen kleinen Freund Torm, den Schreiber, getroffen und von ihm gelernt hatte, da war mein Zuhause.

Ich merkte, dass ich auf goreanisch dachte, so flüssig, als wäre ich nicht sieben Jahre fort gewesen. Mir wurde bewusst, dass ich ein Kriegerlied sang, während ich durch das Gras marschierte.

Ich war nach Gor zurückgekehrt.

3 Zosk

Ich war einige Stunden in Richtung Ko-ro-ba gegangen, als ich erfreut auf eine der engen Straßen zur Stadt traf. Ich erkannte sie wieder, und selbst wenn mir das nicht gelungen wäre, dann hätte ich mich an den zylindrischen Pasangsteinen orientieren können, die ihren Verlauf kennzeichneten, mit dem Zeichen der Stadt und der ungefähren Anzahl an Pasang bis zu ihren Mauern. Ein Pasang entspricht etwa 0,7 Meilen. Die Straße war wie die meisten goreanischen Straßen wie ein Wall aus der Erde gestampft, und sie war gebaut, um Hunderte von Generationen zu überdauern. Der Goreaner, der Fortschritt nach unserem Verständnis nicht kennt, legt großen Wert auf Bauwerke und Handwerkskunst. Er erwartet, dass Dinge, die er gebaut hat, so lange von Menschen benutzt werden sollen, bis die Stürme der Zeit sie zu Staub zermahlen haben. Dennoch, diese Straße, trotz aller Liebe und Handwerkskunst, die die Kaste der Hausbauer großzügig investiert hatte, war nur eine anspruchslose Nebenstraße, kaum breit genug, dass zwei Karren aneinander vorbeifahren konnten. So waren selbst die wichtigsten Straßen von Ko-ro-ba weit entfernt von den großen Hauptstraßen, die von einer Metropole wie Ar ausgingen.

Überraschenderweise wuchsen hartnäckige Grasbüschel zwischen den Steinen, obwohl die Pasangsteine anzeigten, dass ich bereits nahe bei Ko-ro-ba sein musste. Auch brachen gelegentlich Kletterpflanzen aus den Fugen und schoben sich, Ranke für Ranke, über die großen Steinblöcke.

Es war später Nachmittag und nach Beurteilung der Pasangsteine war ich noch immer einige Stunden von der Stadt entfernt. Obwohl es noch hell war, hatten viele der farbenprächtig gefiederten Vögel bereits ihr Nest aufgesucht. Hier und da begannen Wolken von Nachtinsekten zu schwärmen, hoben sich unter die Blätter der Büsche am Straßenrand. Die Schatten der Pasangsteine waren länger geworden, und nach dem Winkel dieser Schatten – die Pasangsteine waren so aufgestellt, dass sie als Sonnenuhren dienen konnten – war es schon nach der vierzehnten goreanischen Ahn oder Stunde. Der goreanische Tag ist in zwanzig Ahn eingeteilt, die fortlaufend durchnummeriert sind. Die zehnte Ahn ist Mittag, die zwanzigste Mitternacht. Jede Ahn besteht aus vierzig Ehn und jede Ehn aus achtzig Ihn oder Sekunden.

Ich überlegte, ob es klug war, meine Reise fortzusetzen. Bald würde die Sonne untergehen, und die goreanische Nacht ist nicht ohne Gefahren, besonders für einen einzelnen Mann zu Fuß.

Nachts jagt der Sleen, das sechsfüßige fleischfressende Säugetier, fast genauso eine Schlange wie ein Tier. Ich hatte noch nie einen gesehen, aber ich sah die Spuren eines Exemplars, damals vor sieben Jahren.

Und auch in der Nacht, vor den leuchtenden Scheiben der drei Monde Gors, kann man gelegentlich den stillen, raublustigen Schatten des Uls sehen, einer gigantischen Flugechse, die sich weit von ihren Geburtssümpfen im Delta des Vosk entfernt hat.

Aber vielleicht am meisten fürchtete ich die Nächte, die erfüllt waren von den schrillen Schreien der Vartrudel, Schwärme fledermausähnlicher Nagetiere in der Größe kleiner Hunde. Sie können einen Kadaver in wenigen Minuten abnagen, und jeder von ihnen würde dann mit im Maul flatternden Fleischfetzen in die Felsspalten oder auch in andere dunkle Höhlen, die der Schwarm sich als Heimstatt ausgesucht hat, zurückkehren. Außerdem waren einige Vartrudel tollwütig.

Eine ganz offensichtliche Gefahr war die Straße selbst und die Tatsache, dass ich kein Licht hatte. Nach Einbruch der Dunkelheit suchen zahlreiche Schlangen die Straße wegen der Wärme dort auf, da die Steine die Hitze des Sonnenlichts länger speichern als die umliegende Landschaft. Zu diesen Schlangen gehörte auch die riesige, breit gestreifte goreanische Python, die Hith. Eine andere, die man noch mehr fürchten sollte, war die zierliche Ost, ein giftiges, leuchtend orange gefärbtes Reptil, nur wenig länger als ein Fuß, dessen Biss einen qualvollen Tod innerhalb weniger Sekunden verhieß.

Aus diesen Gründen entschloss ich mich, trotz meiner Sehnsucht nach Ko-ro-ba, von der Straße zurückzuziehen, in meinen Umhang zu hüllen und die Nacht im Schutz einiger Felsen zu verbringen oder vielleicht in das Geflecht einiger Dornbüsche zu kriechen, wo man in relativer Sicherheit schlafen kann. Jetzt, wo ich eine Unterbrechung meiner Reise in Betracht zog, wurde mir plötzlich bewusst, dass ich sowohl hungrig als auch durstig war. Im Lederbündel, das ich bei den Waffen gefunden hatte, waren weder Nahrungsrationen noch Wasserflaschen gewesen.

Ich hatte kaum die Steine der Straße verlassen, als ich eine breite gebeugte Gestalt bemerkte, die die Straße herunterkam. Der Mann wählte jeden Schritt sorgfältig und sicher. Er war mit einem gigantischen Bündel an Stöcken beladen, das mit zwei Bändern auf seinem Rücken zusammengehalten wurde, die er vor seinem Körper um die Fäuste gewunden hatte. Seine Statur und seine Last kennzeichneten ihn als ein Mitglied der Kaste der Holzträger oder der Holzmänner, der goreanischen Kaste, die gemeinsam mit der Kaste der Holzkohlemacher für den größten Teil der Brennstoffe in den goreanischen Städten sorgt.

Das Gewicht, das der Mann trug, war erstaunlich und hätte fast jeden der Männer der meisten Kasten zum Taumeln gebracht, selbst einen

Krieger. Das Bündel selbst ragte mindestens eine Manneslänge über dem Rücken des Trägers auf und war vielleicht vier Fuß breit. Ich wusste, dass die Handhabung einer solchen Last zum Teil vom geschickten Gebrauch der Trageriemen und des Rückens abhing, aber reine Körperkraft war genauso offensichtlich notwendig, und dieser Mann war wie seine Kastenbrüder über Generationen für diese Aufgabe geformt worden. Schwächere Männer waren geächtet worden oder gestorben. In seltenen Fällen konnte der Rat der hohen Kasten einen Aufstieg im Kastensystem erlauben. Niemand würde natürlich einen Abstieg in eine niedrigere Kaste akzeptieren, obwohl es niedrigere Kasten gab: Die Kaste der Bauern zum Beispiel ist die unterste Kaste auf ganz Gor.

Der Mann kam immer näher. Seine Augen waren von weißen, struppigen, verdrehten Haarbüscheln fast verdeckt, verfilzt mit Zweigen und Blättern. Die Bartstoppeln waren vom Gesicht geschabt, vielleicht mit der Klinge der breiten doppelseitigen Axt, die oben auf das Bündel gebunden war. Er trug die kurze, zerrissene, ärmellose Robe seines Gewerbes mit dem aus Leder gefertigten Rücken- und Schulterteil. Er war barfuß, und seine Füße waren bis zu den Knöcheln schwarz. Ich trat vor ihn auf die Straße.

»Tal«, sagte ich und hob mit nach innen gerichteter Handfläche meine rechte Hand zum üblichen goreanischen Gruß.

Das zottelige Wesen, breit, kraftvoll, monströs in der stolzen Anpassung an sein Handwerk, stand vor mir, beide Füße fest auf der Straße. Sein Kopf war erhoben. Seine großen, eng zusammenstehenden Augen, blass wie Wasser, betrachteten mich durch die wilden Haare, die das Gesicht fast versteckten.

Trotz seiner langsamen Reaktion auf mein Auftauchen, seiner bedächtigen und geduldigen Bewegungen, hielt ich ihn für überrascht. Er hatte offensichtlich nicht erwartet, jemanden auf der Straße zu treffen. Das verwunderte mich.

»Tal«, sagte er mit belegter, fast nicht mehr menschlicher Stimme.

Ich spürte, dass er überlegte, wie schnell er an seine Axt kommen konnte, die auf sein Bündel gebunden war.

»Ich möchte dir nicht schaden«, sagte ich.

»Was willst du?«, fragte der Holzträger, der inzwischen bemerkt haben musste, dass weder mein Schild noch meine Ausrüstung Zeichen trugen, und er würde daraus folgern, dass ich ein Geächteter sei.

»Ich bin kein Geächteter«, sagte ich.

Offensichtlich glaubte er mir nicht.

»Ich bin hungrig«, stellte ich fest. »Ich habe viele Stunden lang nichts mehr gegessen.«

»Ich bin auch hungrig«, erwiderte er, »und habe viele Stunden lang nichts mehr gegessen.«

»Ist deine Hütte in der Nähe?«, fragte ich. Ich wusste wegen der Tageszeit, zu der ich ihn getroffen hatte, dass sie in der Nähe sein musste. Die Sonne bestimmt den Stundenplan der meisten goreanischen Handwerker, und der Holzmann würde jetzt mit dem an diesem Tag geschlagenen Holz heimkehren.

»Nein«, sagte er.

»Ich möchte dir und deinem Heim-Stein nicht schaden«, wiederholte ich. »Ich habe kein Geld und kann dich nicht bezahlen, aber ich bin hungrig.«

»Ein Krieger nimmt sich, was er haben will«, sagte der Mann.

»Ich möchte dir nichts wegnehmen«, sagte ich.

Er schaute mich an, und ich glaubte, dass die Spur eines Lächelns das gegerbte Leder seines breiten Gesichts durchbrach.

»Ich habe keine Tochter«, sagte er. »Ich habe kein Silber und keinen Besitz.«

»Dann wünsche ich dir Wohlstand«, lachte ich, »und werde weitergehen.« Ich trat an ihm vorbei und folgte der Straße weiter.

Ich war kaum ein paar Schritte gegangen, als seine Stimme mich anhielt. Es war schwer, seine Worte zu verstehen, denn die Menschen aus der Kaste der Holzmänner reden nicht oft.

»Ich habe Erbsen und Rüben, Knoblauch und Zwiebeln in meiner Hütte«, stellte der Mann fest, sein Bündel wie ein riesiger Höcker auf seinem Rücken.

»Die Priesterkönige selbst könnten sich nicht mehr wünschen«, antwortete ich.

»Dann, Krieger, teile meinen Kessel«, fuhr der Mann fort, mit der üblichen direkten Einladung der unteren Kasten zu einem Essen.

»Ich fühle mich geehrt«, sagte ich, und es entsprach der Wahrheit.

Obwohl ich von hoher Kaste war und er von niederer, würde er dennoch in seiner eigenen Hütte nach den Gesetzen von Gor ein Prinz und Souverän sein, denn dort wäre er bei seinem Heim-Stein. Tatsächlich erscheint das kriechende Nichts eines Mannes, das nie wagen würde, seinen Blick in der Gegenwart eines Mitglieds der hohen Kasten vom Boden zu erheben als zerlumpter und geistloser Grobian, unseriöser Schurke oder Feigling oder geldgieriger und unterwürfiger Hausierer. Nicht selten jedoch wird er an dem Ort, wo sich sein Heim-Stein befindet, zu einem wahrhaftigen Löwen unter seinen Mitmenschen, stolz und prächtig, großzügig und freigiebig, einem König, wenn auch nur in seiner eigenen Höhle. Und auch häufig genug gab es Geschichten, in denen selbst ein Krieger von einem wütenden Bauern überwältigt wird, in dessen Hütte er eingedrungen ist, denn im Umkreis ihrer Heim-Steine kämpfen Männer mit all ihrem Mut, ihrer Wildheit und dem Einfallsreichtum des Berglarls. Es gibt mehr als ein Feld eines Bauern auf Gor, das mit dem Blut dummer Krieger gedüngt wurde.

Der breitschultrige Holzträger grinste über beide Ohren. Er würde heute Nacht einen Gast haben. Er selbst würde wenig reden, da er in der Sprache ungeübt und zu stolz wäre, Sätze zu bilden, die sehr wahrscheinlich stolpernd und grammatikalisch falsch sein würden. Aber er würde bis zum Morgengrauen am Feuer sitzen, mich vom Schlaf abhalten, weil ich erzählen sollte, Geschichten, Berichte von Abenteuern, Nachrichten bringen, von Orten aus weiter Ferne. Es war nicht so wichtig, was ich erzählen wollte, sondern es ging darum, dass etwas gesagt wurde, damit er sich nicht alleine fühlte.

»Ich bin Zosk«, sagte er.

Ich überlegte, ob es ein Gebrauchsname sei oder sein wirklicher Name. Die Mitglieder der niederen Kasten rufen sich häufig mit einem Gebrauchsnamen und reservieren den wahren Namen für ihre Vertrauten und Freunde, um ihn vor Missbrauch durch Zauberer oder Hexer zu schützen, die ihn benutzen könnten, um dem Träger Schaden zuzufügen. Irgendwie spürte ich, dass Zosk sein wahrer Name war.

»Zosk von welcher Stadt?«, fragte ich.

Sein breiter, kraftvoller Rumpf schien sich zu versteifen. Die Muskeln in seinen Beinen schwollen plötzlich wie Taue an. Die geistige Verbindung zu ihm, die ich gespürt hatte, schien plötzlich verschwunden zu sein wie ein wegfliegender Spatz oder ein Blatt, das von einem Zweig gerissen wird. »Zosk ...«, sagte er.

»Aus welcher Stadt?«, beharrte ich.

»Aus keiner Stadt«, sagte er.

»Sicherlich aus Ko-ro-ba«, stellte ich fest.

Der zusammengekauerte, unförmige Gigant schien fast zurückzuprallen, als sei er geschlagen worden, und begann zu zittern. Ich spürte, dass dieser einfache gefühlsarme Primat von Mann plötzlich Angst hatte. Zosk hätte sich einem Larl gestellt, nur mit seiner Axt bewaffnet, aber hier und jetzt war er verängstigt. Die großen Fäuste, die die Bänder seines Holzbündels hielten, wurden weiß, die Stöcke klapperten im Bündel.

»Ich bin Tarl Cabot«, sagte ich. »Tarl von Ko-ro-ba.«

Zosk stieß einen unartikulierten Schrei aus und begann rückwärts zu stolpern. Seine Hände nestelten an den Bändern, das große Holzbündel löste sich auf, und das Holz polterte auf die Steinpflasterung der Straße.

Als er sich umwandte, um wegzurennen, stolperte er über einen der Stöcke und fiel. Er fiel fast in die Axt, die auf der Straße lag. Instinktiv, als sei es eine lebensrettende Planke im Strudel seiner Angst, ergriff er die Axt. Mit der Axt in der Hand schien er sich plötzlich wieder an seine Kaste zu erinnern. Er kauerte sich auf die Straße, in den Staub, wenige Fuß von mir entfernt, wie ein Gorilla, der eine breite Axt umklammert hält, atmete tief, saugte die Luft in seine Lungen und meisterte seine Angst.

Seine Augen starrten mich durch die silbrigen und verfilzten Locken seines Haares an. Ich konnte seine Panik nicht verstehen, aber ich war stolz zu sehen, dass er sie beherrschen konnte, denn die Panik ist der große allgegenwärtige Feind aller lebenden Wesen, und ich fühlte, dass sein Sieg auch ein wenig mein Sieg war. Ich erinnerte mich, wie ich einst in den Bergen von New Hampshire solche Panik gehabt hatte, wie schändlich ich mich ihr hingegeben hatte und weggelaufen war, als Sklave des einzigen entwürdigenden Gefühls des Menschen. Zosk streckte sich, soweit der riesige Buckel seines Rückgrates es ihm erlaubte.

Er hatte nicht länger Angst.

Er sprach langsam. Seine Stimme war schwer, aber völlig unter Kontrolle.

»Sag, dass du nicht Tarl von Ko-ro-ba bist«, verlangte er.

»Aber ich bin es«, antwortete ich.

»Ich erbitte deine Gunst«, sagte Zosk, seine Stimme voller Gefühle. Er bettelte fast. »Sag, dass du nicht Tarl von Ko-ro-ba bist.«

»Ich bin Tarl von Ko-ro-ba«, erwiderte ich fest.

Zosk hob seine Axt.

Sie schien in seinen riesigen Händen leicht zu sein. Ich spürte, dass er mit ihr in einem einzigen Schlag einen kleinen Baum fällen konnte. Schritt für Schritt kam er auf mich zu. Ich machte keine Anstalten, mich zu verteidigen. Ich wusste tief in mir, dass er nicht zuschlagen würde. Er kämpfte mit sich, sein schlichtes Gesicht war schmerzhaft verzogen, seine Augen waren voller Qual.

»Mögen die Priesterkönige mir vergeben!«, schrie er.

Er warf die Axt zu Boden, und sie landete klirrend auf den Steinen der Straße nach Ko-ro-ba. Zosk sank nieder und saß im Schneidersitz auf der Straße, sein riesiger Körper wurde von Schluchzern erschüttert, sein massiger Kopf war in den Händen vergraben, und seine belegte, kehlige Stimme stöhnte voller Leid.

In solch einem Augenblick spricht man einen Mann nicht an, denn nach der goreanischen Denkungsart beleidigt Mitleid beide, den, der Mitleid empfindet und den, der bemitleidet wird. Nach der goreanischen

Lebensart darf man lieben, aber man darf kein Mitleid empfinden. Deshalb ging ich weiter.

Ich hatte meinen Hunger vergessen. Ich machte mir nicht mehr länger Sorgen um die Gefahren der Straße.

Ich würde Ko-ro-ba im Morgengrauen erreichen.

4 Der Sleen

In der Dunkelheit stolperte ich auf die Mauern von Ko-ro-ba zu. Ich schlug dabei mit dem Speerschaft auf die Steine der Straße, um nicht vom Weg abzukommen und eventuelle Schlangen zu vertreiben. Die Reise war ein Albtraum, es war verrückt, in der Dunkelheit zu stolpern, mich zu verletzen, und mich zerkratzend, durch die Nacht zu hasten, um meine Stadt zu finden. Aber dennoch wurde ich angetrieben von solch einem quälenden Zweifel, von so viel Befürchtungen, dass ich mir keine Pause erlauben konnte, bevor ich nicht wieder auf den hohen Brücken von Ko-ro-ba stand.

War ich nicht Tarl von Ko-ro-ba? Gab es eine solche Stadt gar nicht? Jeder Pasangstein behauptete, dass es sie gab – am Ende dieser Straße. Aber warum war diese Straße so ungepflegt? Warum war sie nicht bereist? Warum hatte Zosk aus der Kaste der Holzträger so merkwürdig reagiert? Warum trugen mein Schild, mein Helm und meine Ausrüstung nicht die stolzen Zeichen von Ko-ro-ba?

Einmal schrie ich vor Schmerz auf. Zwei Zähne hatten sich in meinen Schenkel gebohrt. *Eine Ost*, dachte ich! Aber die Zähne hielten fest, und ich hörte das klopfende, saugende Geräusch der blasenähnlichen Samenschoten einer Leechpflanze, die sich wie kleine hässliche Lungen ausdehnten und wieder zusammenzogen. Ich griff nach unten und riss die Pflanze am Straßenrand aus der Erde. Sie wand sich in meiner Hand wie eine Schlange, ihre Schoten keuchten. Ich zog die zwei zahnähnlichen Dornen aus meinem Bein. Die Leechpflanze schlägt zu wie eine Kobra und treibt zwei hohle Dornen in ihr Opfer. Die chemische Reaktion der blasenartigen Schoten löst eine mechanische Pumpaktion aus, und das Blut wird in die Pflanze gesaugt, um diese zu nähren. Als ich das Ding von meinem Bein löste, froh, dass es nicht der Biss der giftigen Ost gewesen war, brach die dunkle Wolkendecke auf und gab die Sicht auf die drei Monde Gors frei. Ich hielt die zuckende Pflanze hoch. Dann vernichtete ich sie. Bereits jetzt bedeckte mein Blut, in der silbrigen Nacht ganz schwarz, vermischt mit den Säften der Pflanze, den ganzen Stängel bis zu den Wurzeln. In etwa zwei oder drei Sekunden hatte sie schon eine ganze Menge Blut gesaugt. Mit einem Schauder warf ich die widerliche Pflanze von der Straße weg. Normalerweise werden solche Pflanzen von den Straßenrändern und aus bewohnten Gebieten entfernt. Sie sind vor allem für Kinder und kleine Tiere gefährlich, doch auch ein erwachsener Mann, der zwischen ihnen strauchelt und zu Fall kommt, wird wahrscheinlich nicht überleben.

Ich machte mich bereit, meinen Weg fortzusetzen, dankbar, dass jetzt die drei Monde Gors mir meinen Weg auf dieser gefährlichen Straße zeigen würden. In einem lichten Moment fragte ich mich, ob ich nicht Schutz suchen sollte, und ich wusste, dass ich es tun sollte, konnte es aber nicht – weil Fragen in mir brannten, die ich nicht zu beantworten wagte. Nur das Zeugnis meiner eigenen Augen und Ohren würde meine Ängste beschwichtigen können, meine Verwirrung. Ich suchte eine Wahrheit, die ich nicht kannte, aber von der ich wusste, dass ich sie finden musste – und sie lag am Ende dieser Straße.

Ich nahm einen merkwürdigen, unangenehmen Geruch auf, ähnlich einem gewöhnlichen Wiesel oder Frettchen, nur stärker. Augenblicklich waren alle meine Sinne hellwach.

Ich wurde stocksteif, fast wie bei der Reaktion eines Tieres.

Ich war still, bewegte mich nicht, suchte den Schutz des Schweigens und der Unbeweglichkeit. Mein Kopf drehte sich aufmerksam, während ich die Steine und Büsche neben der Straße absuchte. Ich glaubte, ein leichtes Schnüffeln, ein Grunzen, ein leises hundeartiges Jaulen zu hören. Dann war nichts mehr. Es war auch still geworden, es spürte vermutlich meine Anwesenheit. Wahrscheinlich war es ein Sleen, hoffentlich ein junger. Ich vermutete, dass er nicht mich gejagt hatte, denn sonst hätte ich ihn wohl kaum riechen können. Er hätte sich gegen den Wind genähert. Ich stand nur da, vielleicht sechs oder sieben Minuten lang. Dann sah ich ihn, wie er sich auf seinen sechs kurzen Beinen über die Straße schlängelte wie eine Echse mit einem Fell, seine spitze Schnauze mit den Schnurrhaaren hin und her pendelnd und die Witterung prüfend.

Ich atmete erleichtert auf.

Es war tatsächlich ein junger Sleen, kaum länger als acht Fuß und ihm fehlte die Geduld eines älteren Tieres. Sein Angriff, falls er meine Gegenwart entdecken sollte, würde laut sein, ein pfeifendes Vorschnellen, ein ungeschickter, kreischender Überfall. Er glitt in die Dunkelheit davon, wohl nicht völlig überzeugt, dass er nicht allein war, ein junges Tier, bereit, die kleinen Anzeichen zu leugnen oder zu übersehen, die den Unterschied zwischen Tod und Überleben in Gors brutaler und räuberischer Umwelt ausmachen können.

Ich setzte meine Reise fort.

Schwarze, vorbeijagende Wolken verdeckten die drei Monde Gors, und der Wind begann, stärker zu werden. Ich konnte die Schatten der schlanken Ka-la-na-Bäume sehen, wie sie sich mit flatternden und raschelnden Blättern an den langen Zweigen gegen die Dunkelheit der Nacht stemmten. Ich roch den Regen in der Luft. In der Ferne gab es plötzlich einen hellen Blitz, und das entfernte Geräusch des Donners erreichte mich Sekunden später.

Während ich weitereilte, wurde meine Sorge größer. Ich war sicher, dass ich mittlerweile die Lichter der Zylinder von Ko-ro-ba sehen müsste. Der Wind gewann an Kraft und schien an den Bäumen zu zerren.

Im Licht eines Blitzes entdeckte ich einen Pasangstein und eilte dorthin. Im stärker werdenden Licht und bei zunehmender Dunkelheit versuchte ich, die Zahlenangabe auf dem Stein zu ertasten. Es stimmte. Ich müsste bereits die Lichter von Ko-ro-ba sehen. Und dennoch konnte ich nichts sehen. Die Stadt musste in völliger Dunkelheit liegen.

Warum hatte man auf den hoch liegenden Brücken die Laternen nicht aufgehängt? Warum waren die Lampen mit ihren Hunderten von Farben und Flammen nicht in den Wohnungen der Stadt angezündet und erzählten in der Lichtersprache von Gor der Stadt Geschichten von Tratsch, von Trunkenheit und von Liebe? Warum brannten die riesigen Signalfeuer auf den Mauern nicht, um Ko-ro-bas weit herumstreifende Tarnreiter wieder zurück in den Schutz der Stadtmauern zu geleiten?

Ich stand neben dem Pasangstein und versuchte zu verstehen. Ich war verwirrt, unsicher. Jetzt, wo ich die Lichter von Ko-ro-ba nicht wie erwartet sehen konnte, traf die Erkenntnis mich wie ein Keulenschlag, dass ich weder den Schein der Kochfeuer von den umliegenden Hügeln gesehen hatte noch die Fackeln von unbesonnenen Sportjägern, die nachts auf Sleenjagd waren. Und mittlerweile hätten mich mindestens ein Dutzend Mal Nachtpatrouillen von Ko-ro-ba überprüfen müssen!

Eine gewaltige Serie von Blitzen explodierte in der Nacht über mir, betäubte mich mit dem Schlagen und Krachen des Donners und zerbrach die Dunkelheit in grelle Stücke, zerbrach sie zu Splittern wie einen Lehmkrug, der von einem Feuerhammer getroffen wird, und mit Blitzen fiel der Sturm auf mich nieder, bösartige, kalte Wirbel eisigen Regens peitschten mich mit dem Wind.

In Sekunden war ich vom Eiswasser durchtränkt. Der Wind zerrte an meiner Tunika. Ich war durch die Wut des Sturms geblendet. Ich schüttelte den Kopf. Das kalte Wasser aus den Augen wischend, setzte ich den Helm ab. Ich fuhr mit meinen Fingern durch das Haar, um es zurückzuzwingen. Ich setzte den Helm wieder auf, der vom Regen überströmt abwechselnd in den Blitzen glänzte und wieder dunkel wurde. Meine Augen waren gegen den Sturm halb geschlossen. Die blendende Wut der Blitze traf wieder und wieder die Hügel wie eine Peitsche aus Energie, blendete mich für einige schmerzvolle Augenblicke, bevor sie wieder in der Dunkelheit verschwanden. Ein Blitz traf die Straße, keine fünfzig

Meter von mir entfernt. Für einen Moment schien er wie ein gigantischer krummer Speer auf meinem Weg das Gleichgewicht zu suchen, stand da, leuchtend, unheimlich, Einhalt gebietend – und verschwand dann. Er war auf meinem Weg eingeschlagen. Mir schoss der Gedanke durch den Kopf, es könnte ein Zeichen der Priesterkönige sein, das mich auffordern sollte, umzukehren.

Ich ging weiter vorwärts und blieb da stehen, wo er eingeschlagen war. Trotz des eisigen Windes und des Regens konnte ich die Hitze der Steine durch meine Sandalen fühlen. Ich hob meinen Blick in den Sturm, hob Speer und Schild und brüllte in den Wind, mit einer Stimme, die im Wirbel der Natur zu ertrinken drohte, ein trotziger Lufthauch gegen die Übermacht, die gegen mich aufgeboten zu sein schien.

»Ich gehe nach Ko-ro-ba!«, schrie ich.

Ich war kaum einen Schritt weitergegangen, als ich im Licht eines Blitzes den Sleen sah. Es war diesmal ein voll ausgewachsenes Tier, etwa neunzehn oder zwanzig Fuß lang, das mich angriff, schnell, lautlos, die spitzen Ohren an den Kopf angelegt, das Fell dunkel, rutschig vom Regen, die Reißzähne entblößt, die großen nachtsichtigen Augen leuchtend in der Lust zu töten.

Ein seltsamer Ton entsprang aus mir, ein unglaubliches Lachen. Es war etwas, das ich sehen, das ich fühlen, das ich bekämpfen konnte!

Mit einer Bereitschaft und einer Lust, die den Gefühlen der Bestie gleichzusetzen waren, glitt ich voran in die Dunkelheit, und als ich glaubte, dass sie springen würde, warf ich mich mit dem goreanischen Speer vorwärts, die breite Spitze ausgerichtet. Mein Arm fühlte sich nass und eingeklemmt an, zerkratzt von den Reißzähnen, und ich wurde herumgeschleudert, als sich das Tier vor Wut und Schmerzen auf der Straße hin- und herrollte. Ich zog meinen Arm von den schwach und ziellos zuschnappenden Kiefern zurück.

Ein weiterer Blitz krachte herunter, und in seinem Licht sah ich den auf dem Bauch liegenden Sleen, der auf dem Schaft des Speers herumkaute, die großen nachtsichtigen Augen unfokussiert und gläsern. Mein Arm war blutig, doch das Blut stammte überwiegend von dem Sleen. Er hatte sich, dem Speer folgend tief im Hals des Tieres versenkt, als ich die Waffe in sein Maul gestoßen hatte. Ich bewegte meinen Arm und die Finger. Ich war unverletzt.

Im Licht des nächsten Blitzes konnte ich erkennen, dass der Sleen tot war.

Ein unwillkürliches Schaudern überkam mich, ohne dass ich wusste, ob es auf die Kälte und den Regen oder auf den Anblick des langen, fellbedeckten, echsenartigen Körpers zurückzuführen war, der zu meinen Füßen lag. Ich versuchte, den Speer herauszuziehen, doch es war keine leichte Aufgabe, so tief steckte er in dem Tier.

Kaltblütig nahm ich mein Schwert, hackte den Kopf der Bestie ab und riss die Waffe heraus. Dann, wie bei Sleenjägern üblich, um das Glück zu beschwören und auch weil ich hungrig war, nahm ich noch einmal das Schwert, schnitt durch das Fell des Tieres und aß das Herz.

Man sagt, dass nur das Herz des Berglarls mehr Glück bringt, als das des bösartigen und verschlagenen Sleens. Das rohe Fleisch, heiß vom Blut des Tieres, sättigte mich, und ich hockte mich neben mein Opfer auf die Straße nach Ko-ro-ba, ein weiteres Raubtier unter Raubtieren.

Ich lachte. »Hattest du geglaubt, oh, dunkler Bruder der Nacht, mich aus Ko-ro-ba fernhalten zu können?«

Wie absurd erschien es mir, dass ein einfacher Sleen zwischen mir und meiner Stadt gestanden haben könnte. Mein Lachen war irrational, ich dachte darüber nach, wie dumm das Tier gewesen sein musste. Aber wie hätte es das Wissen haben können? Wie hätte es wissen können, dass ich Tarl von Ko-ro-ba war, der in seine Stadt zurückkehrte? Es gibt ein goreanisches Sprichwort, dass ein Mann, der in seine Stadt zurückkehrt, nicht aufgehalten werden darf. Kannte der Sleen dieses Sprichwort nicht?

Ich schüttelte den Kopf, um ihn von diesen verworrenen Gedanken zu befreien. Mir war klar, dass ich irrational war, vielleicht etwas trunken vom Töten und der ersten Nahrung, die ich nach mehreren Stunden gehabt hatte.

Dann führte ich nüchtern das goreanische Ritual des Blutlesens durch, obwohl ich es für Aberglauben hielt. Mit meinen zur Schale geformten Händen trank ich einen großen Schluck Blut und dann, einen weiteren Schluck in meinen Händen haltend, wartete ich auf den nächsten Blitz.

Man schaut in das Blut in den Händen. Es heißt, dass man an Krankheiten sterben wird, wenn man sein Gesicht schwarz und verbraucht darin sieht, dass man in der Schlacht sterben wird, wenn man es zerrissen und scharlochrot sieht, und dass man friedlich und mit Nachkommen sterben wird, wenn man sich selbst alt und weißhaarig darin sieht.

Der nächste Blitz kam, und ich starrte in das Blut. In diesem kurzen Augenblick in dem kleinen See von Blut, den ich in Händen hielt, sah ich nicht mein eigenes, sondern ein fremdes Gesicht wie eine Kugel aus Gold mit scheibenartigen Augen, ein Gesicht, wie ich keines bisher gesehen hatte, ein Gesicht, das mein Herz mit unheimlicher Angst erfüllte.

Die Dunkelheit kehrte zurück, und beim nächsten Blitz untersuchte ich das Blut erneut, doch es war jetzt nur Blut, das Blut eines Sleens, den ich auf der Straße nach Ko-ro-ba getötet hatte. Ich konnte nicht einmal mein Gesicht als Spiegelung auf der Oberfläche erkennen. Ich trank das Blut, um das Ritual zu vervollständigen.

Ich stand auf, wischte den Speer so gut ich konnte am Fell des Sleens ab. Sein Herz hatte mir Kraft gegeben.

»Danke, Bruder der Nacht«, sagte ich zu dem Tier.

Ich bemerkte, dass sich Wasser in der konkaven Seite des Schildes gesammelt hatte. Dankbar hob ich es hoch und trank davon.

5 Das Tal von Ko-ro-ba

Ich begann jetzt zu klettern.

Die Straße war vertraut, der lange, relativ steile Anstieg auf den Kamm der gestaffelten Bergrücken, zwischen denen Ko-ro-ba lag, ein Anstieg, der für die Riemenherren der Karawanen, die von Lasten Gebeugten wie Zosk, der Holzmann, und für alle zu Fuß Reisenden ein Albtraum war.

Ko-ro-ba lag mitten im grünen hügeligen Bergland, einige hundert Fuß höher als der Meeresspiegel des entfernt liegenden Tambergolfes und dessen geheimnisvollen Wassern, die im Goreanischen Thassa, die See, genannt werden. Ko-ro-ba lag nicht so hoch und so abgeschieden wie zum Beispiel Thentis im Thentisgebirge, das für seine Tarnschwärme berühmt war. Doch es war auch keine Stadt der ausgedehnten Ebenen wie die luxuriöse Weltstadt Ar und keine Küstenstadt wie das überbordende, menschenreiche und sinnliche Port Kar am Tambergolf. Wo Ar prächtig war, eine Stadt der beeindruckenden Herrlichkeit, die sogar von ihren Todfeinden anerkannt wurde, wo Thentis die stolze Kraft der rauen Bergketten des Thentisgebirges als Fundament besaß, wo sich Port Kar mit dem breiten Tambergolf und dem funkelnden, geheimnisvollen Thassa dahinter als seine Geschwister rühmen konnte, hielt ich meine Stadt wahrhaftig für die schönste, mit den unterschiedlich bunten und hoch aufragenden Zylindern – so sanft, so fröhlich zwischen den ruhigen grünen Hügeln.

Ein antiker Dichter, der – unglaublich genug für die goreanische Lebensart – den Ruhm vieler Städte von Gor besungen hat, prägte für Ko-ro-ba den Namen Türme des Morgens, und manchmal wird sie auch heute noch so genannt. Die tatsächliche Bedeutung des Wortes Ko-ro-ba ist mehr prosaisch; einfach ein Ausdruck in Altgoreanisch, der einen Bauernmarkt bezeichnet.

Der Sturm war nicht abgeebbt, doch ich hatte aufgehört, ihn zu spüren. Durchnässt und kalt kletterte ich weiter, meinen Schild schräg vor mich haltend, um den Wind abzulenken und den Aufstieg zu erleichtern. Endlich, auf dem Kamm, hielt ich inne und wischte mir das kalte Wasser aus den Augen, wartete auf den einen Blitz, der nach all den Jahren meine Stadt wieder für mich sichtbar machen würde.

Ich sehnte mich nach meiner Stadt und nach meinem Vater, dem wunderbaren Matthew Cabot, einst Ubar und jetzt Administrator von Ko-ro-ba und nach meinen Freunden, dem stolzen älteren Tarl, meinem Waffenmeister, und nach Torm, dem frohgemuten, mürrischen kleinen Schreiber, der selbst Schlafen und Essen als Teil einer Verschwörung betrachtete, die ihn vom Studium seiner geliebten Schriftrollen abhalten wollte. Aber am meisten sehnte ich mich nach Talena, die ich als meine Gefährtin erwählt hatte, für die ich auf dem Justizzylinder von Ar gekämpft hatte, die mich liebte und die ich liebte, die dunkelhaarige, wunderbare Talena, Tochter des Marlenus, einst Ubar von Ar.

»Ich liebe dich, Talena!«, rief ich laut aus.

Und während mein Ruf meine Lippen verließ, gab es einen gewaltigen Blitzschlag, und das Tal zwischen den Hügeln war hell und weiß, und ich sah, dass das Tal leer war.

Ko-ro-ba war verschwunden!

Die Stadt war nicht mehr da!

Dunkelheit folgte dem hellen Blitz, und die Schallwellen des Donners erschütterten mich wie auch mein Entsetzen. Wieder und wieder leuchteten Blitze auf, der Donner dröhnte um mich her, und Dunkelheit hüllte mich wieder ein. Und jedes Mal sah ich, was ich zuvor schon gesehen hatte: das leere Tal. Ko-ro-ba war verschwunden!

»Du bist von den Priesterkönigen berührt worden«, sagte eine Stimme hinter mir.

Ich wirbelte herum, den Schild vor mir, den Speer bereit.

Im Licht des nächsten Blitzes sah ich die weiße Robe eines Eingeweihten, den geschorenen Kopf und die traurigen Augen eines Angehörigen der gesegneten Kaste, eines Dieners der Priesterkönige selbst, wie man sie auch nennt. Er stand da, seine Arme in die Robe versenkt, hochaufgerichtet auf der Straße, beobachtete mich.

Irgendwie schien dieser Mann anders zu sein als die anderen Eingeweihten von Gor. Ich konnte den Unterschied nicht benennen, dennoch schien es etwas in ihm oder an ihm zu geben, das ihn von den anderen seiner Kaste abhob. Er hätte wie jeder andere Eingeweihte sein können, aber er war es nicht. Es war nichts Ungewöhnliches an ihm; vielleicht war seine Stirn etwas höher als gewöhnlich, vielleicht hatten seine Augen Dinge gesehen, wie sie nur wenigen Männern begegnet waren.

Mich durchfuhr der Gedanke, dass ich, Tarl von Ko-ro-ba, ein Sterblicher, hier in der Nacht auf der Straße in das Antlitz eines Priesterkönigs schauen könnte.

Während wir uns ansahen, legte sich der Sturm, Blitze beleuchteten nicht mehr die Nacht, der Donner dröhnte nicht mehr in meinen Ohren. Der Wind war ruhig. Die Wolken hatten sich aufgelöst. In den Wasserpfützen ringsum voll kaltem Wasser zwischen den Steinen der Straße konnte ich die drei Monde Gors sehen.

Ich wandte mich um und sah in das Tal, wo Ko-ro-ba gewesen war.

»Du bist Tarl von Ko-ro-ba«, sagte der Mann.

Ich war überrascht. »Ja«, antwortete ich. »Ich bin Tarl von Ko-ro-ba.« Erneut wandte ich mich um, um ihn anzusehen.

»Ich habe auf dich gewartet«, sagte er.

»Bist du ein Priesterkönig?«, fragte ich.

»Nein«, sagte er.

Ich sah diesen Mann an, der ein gewöhnlicher Mann zu sein schien und doch mehr war.

»Sprichst du für die Priesterkönige?«, fragte ich.

»Ja«, antwortete er.

Ich glaubte ihm.

Natürlich war es üblich, dass Eingeweihte behaupteten, für die Priesterkönige zu sprechen. Eigentlich war es die Aufgabe ihrer Kaste, den Willen der Priesterkönige für die Menschen zu interpretieren.

Doch diesem Mann glaubte ich.

Er war nicht wie die anderen Eingeweihten, obwohl er ihre Robe trug.

»Bist du wirklich aus der Kaste der Eingeweihten?«, wollte ich wissen.

»Ich bin jemand, der den Willen der Priesterkönige zu den Sterblichen trägt«, sagte der Mann und beantwortete damit nicht meine Frage.

Ich schwieg.

»In Zukunft«, sagte der Mann, »bist du Tarl von keiner Stadt.«

»Ich bin Tarl von Ko-ro-ba«, erwiderte ich stolz.

»Ko-ro-ba wurde zerstört«, sagte der Mann. »Es ist so, als hätte es die Stadt nie gegeben. Ihre Steine und ihre Einwohner wurden in alle Winkel der Welt verstreut. Niemals mehr dürfen zwei Steine und zwei Menschen aus Ko-ro-ba einander wieder begegnen.«

»Warum wurde Ko-ro-ba zerstört?«, fragte ich.

»Es war der Wille der Priesterkönige«, sagte der Mann.

»Aber warum war es der Wille der Priesterkönige?«, schrie ich.

»Weil es so war«, sagte der Mann, »und es gibt keine höhere Tugend, die den Willen der Priesterkönige in Frage stellen könnte.«

»Ich akzeptiere ihren Willen nicht«, widersprach ich.

»Unterwirf dich«, sagte der Mann.

»Das werde ich nicht«, sagte ich.

»Dann soll es so sein«, sagte er. »Du bist von jetzt an verdammt, allein auf dieser Welt umherzuwandern, ohne Freunde, ohne Stadt, ohne Mauern, die du dein eigen nennen kannst, ohne Heim-Stein, den du verehren kannst. Du bist von jetzt an ein Mann ohne Stadt, eine Warnung für alle, den Willen der Priesterkönige nicht zu verhöhnen – darüber hinaus bist du ein Nichts.«

»Was ist mit Talena?«, schrie ich. »Was ist mit meinem Vater, meinen Freunden, den Menschen meiner Stadt?«

»Verstreut in alle Winkel der Welt«, antwortete die Gestalt in der Robe, »und kein Stein soll je wieder auf einem anderen liegen.«

»Habe ich bei der Belagerung von Ar nicht den Priesterkönigen gedient?«, fragte ich.

»Die Priesterkönige haben dich für ihre Ziele benutzt, wie es ihnen gefiel.«

Ich hob meinen Speer, ich spürte, dass ich die Gestalt in der Robe vor mir, die so ruhig und so furchtbar war, hätte töten können.

»Töte mich, wenn du es willst«, sagte der Mann.

Ich senkte den Speer. Meine Augen waren voller Tränen. Ich war verwirrt. War es meine Schuld gewesen, dass die Stadt untergegangen war? War ich es, der ihren Bewohnern, meinem Vater, meinen Freunden und Talena Unheil gebracht hatte? War ich zu verrückt gewesen, um einzusehen, dass ich gegenüber der Macht der Priesterkönige ein Nichts war? Würde ich jetzt die einsamen Straßen und Felder Gors voller Schuld und Qual durchwandern müssen? Ein erbärmliches Beispiel für das Schicksal, das die Priesterkönige den Dummen und Stolzen zukommen lassen können!

Dann plötzlich hörte ich auf, mich selbst zu bemitleiden, denn ich war geschockt, als ich in den Augen der Gestalt in der Robe menschliche Wärme und Tränen für mich entdeckte. Es war Mitleid, das verbotene Gefühl, aber dennoch konnten sie es nicht unterdrücken. Irgendwie schien die Macht, die ich in seiner Gegenwart gefühlt hatte, verschwunden zu sein. Ich war in der Gesellschaft eines Mannes, eines Mitmenschen, obwohl er die erhabene Robe der stolzen Kaste der Eingeweihten trug.

Er schien mit sich selbst zu kämpfen, als wollte er seine eigenen Worte sprechen und nicht nur die der Priesterkönige. Er schien sich vor Schmerzen zu krümmen, seine Hände an den Kopf gepresst, versuchte er, zu mir zu sprechen, mir etwas zu sagen. Eine Hand war nach mir ausgestreckt, und die Worte, seine eigenen, weit entfernt von der klangvollen Autorität der vorangegangenen Botschaften, waren heiser und fast unhörbar.

»Tarl von Ko-ro-ba«, sagte er, »wirf dich selbst in dein Schwert.«

Er schien umzufallen, und ich hielt ihn.

Er sah mir in die Augen. »Wirf dich selbst in dein Schwert«, bettelte er.

»Wären die Priesterkönige dann nicht enttäuscht?«, wollte ich wissen.

»Ja«, antwortete er.

»Warum rätst du mir, es zu tun?«, fragte ich.

»Ich bin dir bei der Belagerung von Ar gefolgt«, sagte er. »Auf dem Justizzylinder kämpfte ich gegen Pa-Kur und seine Attentäter.«

»Als Eingeweihter?«, fragte ich.

Er schüttelte den Kopf. »Nein«, sagte er. »Ich war eine der Wachen von Ar, und ich kämpfte, um meine Stadt zu retten.«

»Das glorreiche Ar«, sagte ich mit sanfter Stimme.

Er war dabei zu sterben.

»Das glorreiche Ar«, sagte er schwach, aber voller Stolz. Er sah mich erneut an. »Stirb jetzt, Tarl von Ko-ro-ba, Held von Ar«, sagte er. Seine Augen schienen in seinem Kopf zu brennen. »Bring nicht selbst Schande über dich.«

Plötzlich begann er wie ein gequälter Hund zu heulen, und ich kann mich nicht aufraffen und das, was dann geschah, in allen Einzelheiten zu beschreiben. Es sah aus, als würde das Innere seines Kopfes platzen und verbrennen, blubbern wie eine furchtbar, bösartige Lava im Krater seines Schädels.

Es war ein hässlicher Tod – ein Tod, den er sterben musste, weil er versucht hatte mit mir zu sprechen, weil er versucht hatte mir zu erzählen, was in seinem Herzen wohnte.

Es wurde jetzt heller, und das Morgenrot breitete sich über die sanften Hügel aus, die früher Ko-ro-ba beherbergt hatten. Ich entfernte die verhassten Roben der Eingeweihten vom Körper des Mannes und trug den nackten Leib weit von der Straße fort.

Während ich ihn mit Steinen zu bedecken begann, sah ich mir das an, was vom Schädel übrig geblieben war, jetzt kaum mehr als eine Handvoll Knochenstücke. Das Gehirn war buchstäblich herausgekocht worden. Die Morgensonne leuchtete kurz über etwas Goldenes zwischen den weißen Knochenteilen. Ich hob es auf. Es war ein Geflecht aus feinem Golddraht. Ich konnte nichts damit anfangen und warf es zur Seite.

Ich schichtete Steine über den Körper, genug, um das Grab zu kennzeichnen und Raubtiere fernzuhalten.

Ich legte einen großen flachen Felsen an die Kopfseite des Grabmales und kratzte mit der Speerspitze folgende Botschaft hinein: »Ich bin ein Mann aus dem ruhmreichen Ar.« Das war alles, was ich über ihn wusste.

Ich stand neben dem Grab und zog mein Schwert. Er hatte mich aufgefordert, mich selbst in mein Schwert zu stürzen, um meiner Schande zu entgehen, um zumindest einmal den Willen der mächtigen Priesterkönige von Gor zu enttäuschen.

»Nein, mein Freund«, sagte ich zu den Überresten des ehemaligen Kriegers von Ar. »Nein, ich werde mich nicht selbst in mein Schwert stürzen. Auch werde ich weder vor den Priesterkönigen kriechen noch in der Schande leben, die sie mir zugedacht haben.«

Ich hob mein Schwert in Richtung des Tales, in dem Ko-ro-ba gestanden hatte.

»Vor langer Zeit«, sprach ich, »widmete ich dieses Schwert dem Dienst an Ko-ro-ba. Es wird ihm gewidmet bleiben.«

Wie jeder Mensch auf Gor kannte ich die Richtung zum Sardargebirge, der Heimat der Priesterkönige, in deren verbotener Öde kein Mensch von unterhalb der Berge, kein Sterblicher, eindringen durfte. Man munkelte, dass der wichtigste Heim-Stein von ganz Gor in diesen Bergen ruhte und dass er die Quelle der Macht der Priesterkönige sei. Es hieß, dass kein Mensch lebend aus diesen Bergen zurückgekehrt sei, dass kein Mensch je einen Priesterkönig angeschaut und überlebt habe.

Ich schob mein Schwert wieder in die Scheide, befestigte meinen Helm an meiner Schulter, hob Schild und Speer an und brach in Richtung des Sardargebirges auf.

6 Vera

Das Sardargebirge, das ich noch nie gesehen hatte, war mehr als tausend Pasang von Ko-ro-ba entfernt. Während die Menschen von unterhalb der Berge, wie die Sterblichen genannt werden, selten ins Gebirge eindringen und auch nicht zurückkehren, reisen doch viele zum Fuß des Gebirges, nur um im Schatten dieser Felsen zu stehen, die die Geheimnisse der Priesterkönige verbergen. Es wird sogar von jedem Goreaner erwartet, dass er mindestens einmal in seinem Leben diese Reise unternimmt.

Viermal im Jahr, abhängig von den Sonnenwenden und den Tag- und Nachtgleichen, werden in den Ebenen unterhalb der Berge Märkte abgehalten, die von Komitees der Eingeweihten geleitet werden; Märkte, bei denen Menschen aus vielen Städten sich ohne Blutvergießen vermischen, eine Zeit der Waffenruhe, eine Zeit der Wettkämpfe und Spiele, des Handelns und des Marketings.

Torm, mein Freund aus der Kaste der Schreiber, war zu solch einem Markt gereist, um dort mit Gelehrten aus anderen Städten Schriftrollen zu tauschen, mit Männern, denen er nie begegnet wäre, wenn nicht zu den Märkten, mit Männern aus feindlichen Städten, die Gedanken mehr liebten, als sie ihre Feinde hassten. Männer wie Torm, die das Lernen so liebten, dass sie die gefährliche Reise ins Sardargebirge riskiert hatten, für die Chance über einen Text zu streiten oder um eine begehrte Schriftrolle zu feilschen. Ähnliche Männer aus den Kasten der Ärzte und Hausbauer nutzten die Märkte, um Informationen über ihre jeweilige Kunst zu verbreiten oder auszutauschen.

Die Märkte spielen eine große Rolle, die ansonsten so isolierten goreanischen Städte intellektuell zu vereinigen. Und ich vermute, dass die Märkte gleichermaßen ihren Teil dazu beitragen, die Dialekte von Gor zu stabilisieren, die sonst in wenigen Generationen so auseinanderdriften könnten, dass sie wechselseitig unverständlich werden würden – denn die Goreaner haben eins gemeinsam, ihre Muttersprache, in all ihren Hunderten von Ausprägungen, die sie einfach nur die Sprache nennen. Alle, die sie nicht sprechen können, ohne auf die Abstammung oder den Hintergrund zu achten, auf den Entwicklungsstand ihrer Zivilisationen, werden als fast nicht mehr der Menschheit zugehörig betrachtet. Anders als die Menschen der Erde hat der Goreaner kaum eine Beziehung zu Rassen, aber umso mehr zur Sprache und zu den Städten. Wie wir findet er Gründe, seine Mitmenschen zu hassen, doch diese Gründe unterscheiden sich.

Ich hätte auf meiner Reise sehr viel für einen Tarn gegeben, obwohl ich wusste, dass kein Tarn in diese Berge fliegen würde. Aus irgendeinem Grund konnten weder die furchtlosen falkenähnlichen Tarne noch die langsam denkenden Tharlarions, die Last- und Reitechsen von Gor, in diese Berge vordringen. Die Tharlarions würden unlenkbar werden, und obwohl ein Tarn den Flug versuchen würde, wäre der Vogel fast unmittelbar desorientiert, unkoordiniert, und er würde schreiend in die Ebenen unter den Bergen zurücktaumeln.

Gor, kaum von Menschen bewohnt, wimmelt von tierischem Leben und deshalb hatte ich in den folgenden Wochen keine Probleme, von der Jagd zu leben. Ich ergänzte meinen Speiseplan mit frischen Früchten, die ich von Bäumen und Büschen pflückte, und mit Fischen, die ich mit dem Speer in Gors kalten, schnell fließenden Flüssen aufspießte. Einmal brachte ich den Rumpf eines Tabuks, jener einhörnigen gelben Antilope Gors, die ich in einem Ka-la-na-Dickicht erlegt hatte, mit zur Hütte eines Bauern und seiner Frau.

Passend zum Fehlen der Abzeichen an meiner Kleidung stellten sie keine Fragen, taten sich mit mir an meiner Beute gütlich und gaben mir Schnur, Feuerstein und einen Weinschlauch.

Der Bauer auf Gor fürchtet den Gesetzlosen nicht, denn er besitzt selten etwas, das sich zu stehlen lohnen würde, es sei denn, er hat eine Tochter. Im Grunde leben der Bauer und der Geächtete auf Gor fast in einer unausgesprochenen Übereinkunft, wobei der Bauer meist den Geächteten schützt, während dieser einen Teil seiner Habe und seiner Beute mit dem Bauern teilt. Der Bauer seinerseits hält das nicht für unehrenhaft oder auch für habsüchtig. Es ist einfach eine Lebenseinstellung, die er gewohnt ist. Es sieht natürlich anders aus, wenn explizit bekannt ist, dass der Geächtete aus einer anderen Stadt kommt. In diesem Fall wird er meist als Feind betrachtet, der so schnell wie möglich an die Patrouillen gemeldet werden muss. Schließlich ist er aus einer fremden Stadt.

Wie anzuraten, mied ich auf meiner langen Reise die Städte, obwohl ich an mehreren vorbeikam, denn eine Stadt ohne Erlaubnis oder ohne ausreichende Begründung zu betreten, ist einem Schwerverbrechen gleichzusetzen, und die Strafe ist gewöhnlich ein schnelles und kompromissloses Pfählen. Stangen auf den Mauern Gors werden oft von den Überresten unwillkommener Gäste geschmückt. Der Goreaner misstraut dem Fremden, besonders im Bereich der eigenen angestammten Mauern. Im Goreanischen wird für Fremder und Feind ein Wort benutzt.

Es gab angeblich eine Ausnahme von dieser vorherrschenden Haltung der Feindseligkeit gegenüber Fremden – die Stadt Tharna, die, wenn man den Gerüchten glauben mochte, bereit war, das einzugehen, was man auf Gor das Abenteuer der Gastlichkeit nennen könnte. Offensichtlich waren viele Dinge in Tharna seltsam, dazu gehörten die Gerüchte, dass die Stadt von einer Königin, einer Tatrix, regiert wurde und dass vernünftigerweise die soziale Stellung der Frau in dieser Stadt mit Privilegien und Möglichkeiten ausgestattet war im Gegensatz zu sonstigem Brauchtum auf Gor.

Ich begrüßte es, dass zumindest in einer Stadt auf Gor von freien Frauen nicht erwartet wurde, die Roben der Verhüllung zu tragen, ihre Aktivitäten überwiegend auf ihre eigene Wohnung zu beschränken und nur mit ihren Blutsverwandten oder vielleicht mit ihrem freien Gefährten zu sprechen. Ich glaubte, dass ein großer Teil der Barbarei auf Gor auf diese dumme Unterdrückung des unbescholtenen Geschlechts zurückzuführen sei, dessen Freundlichkeit und Intelligenz dazu hätten beitragen können, die rauen Wege des Planeten ein wenig weicher zu gestalten. Sicherlich wurde in bestimmten Städten, wie es in Ko-ro-ba gewesen war, Frauen ein Status im Kastensystem erlaubt, und sie konnten relativ unbeschnitten leben.

Tatsächlich durfte in Ko-ro-ba eine Frau ihre Wohnung verlassen, ohne zuvor die Erlaubnis ihrer männlichen Verwandten oder ihres freien Gefährten zu erhalten; eine Freiheit, die auf Gor ungewöhnlich war. Man konnte die Frauen von Ko-ro-ba sogar dabei beobachten, wie sie unbewacht im Theater saßen oder Heldengeschichten lasen.

In den Städten auf Gor, die ich kannte – möglicherweise mit Ausnahme von Tharna –, waren die Frauen in Ko-ro-ba am freiesten gewesen, aber jetzt gab es Ko-ro-ba nicht mehr.

Ich fragte mich, ob es mir wohl gelingen würde, in der faszinierenden Stadt Tharna einen Tarn zu beschaffen. Er würde die Reise zum Sardargebirge um Wochen verkürzen. Ich hatte zwar kein Geld einen Tarn zu kaufen, aber ich überlegte, dass mein Sold als Schwertkämpfer ausreichen könnte, um mir ein Reittier zu kaufen. Obwohl ich nicht ernsthaft an diese Möglichkeit dachte, würde ich mir nach der goreanischen Denkungsart den Vogel oder den Anschaffungspreis in einer mir gefälligen Art und Weise nehmen müssen, da ich ja ohne Stadt und auch ein Geächteter war.

Während ich über diese Dinge nachgrübelte, entdeckte ich die dunkle Gestalt einer Frau in der Ferne, die sich mir über eine grüne Wiese näherte, ohne mich zu sehen. Obwohl sie jung war, ging sie langsam, traurig, unachtsam und ziellos.

Es ist ungewöhnlich, einer Frau ohne Begleitung außerhalb der Stadtmauern zu begegnen, selbst in der Nähe einer Stadt. Ich war überrascht, sie hier allein an diesem wilden, einsamen Ort zu finden, weit weg von Straßen und Städten.

Ich entschied mich, ihre Annäherung abzuwarten.

Ich war verwirrt.

Normalerweise reisen Frauen auf Gor nur mit einer angemessenen Eskorte an Wachen. Auf dieser barbarischen Welt werden Frauen unglücklicherweise lediglich als Liebesbeute betrachtet, als die Früchte von Eroberung und Überwältigung. Zu oft gelten sie nicht als Personen, nicht als menschliche Wesen mit Rechten, nicht als Individuen, die es wert sind, beachtet zu werden, sondern als potentielle Vergnügungssklavinnen, seidig geschmückte Gefangene, mögliche Ausschmückungen der Vergnügungsgärten ihrer Entführer. Es gibt ein Sprichwort auf Gor, dass die Gesetze einer Stadt nicht weiter reichen als ihre Mauern.

Sie hatte mich noch nicht bemerkt. Ich stützte mich auf meinen Speer und wartete.

Die raue, auf Gemeinschaftsfremde ausgerichtete Einrichtung der Entführung ist fest in die Grundstruktur des goreanischen Lebens eingewoben. Man hält es für verdienstvoll, seine Frauen aus einer fremden, vorzugsweise feindlichen Stadt zu entführen. Vielleicht ist diese Einrichtung, die oberflächlich betrachtet so beklagenswert scheint, vom Standpunkt der Art her vorteilhaft, da sie der zunehmenden Inzucht in ansonsten stark isolierten, sich selbst versorgenden Städten vorbeugt. Nur wenige scheinen Einspruch gegen diese Entführungen zu erheben, nicht einmal die Frauen, die doch die Opfer sind. Im Gegenteil – so unglaublich es klingt – ihre Eitelkeit erzürnt sie über alle Maßen, wenn sie nicht als wertvoll genug des Risikos gelten, das meist aus Verstümmelung und Pfählung besteht. Eine grausame Kurtisane in der glorreichen Stadt Ar, jetzt nicht viel mehr als eine zahnlose, runzlige Hexe, rühmte sich damit, dass mehr als vierhundert Männer für ihre Schönheit gestorben waren.

Warum war das Mädchen allein?

Waren ihre Beschützer getötet worden? War sie vielleicht eine entlaufene Sklavin, die vor ihrem verhassten Herrn floh? Könnte sie – wie ich selbst – eine Vertriebene aus Ko-ro-ba sein? *Die Menschen der Stadt waren zerstreut worden*, sagte ich zu mir, *und keine zwei Steine und keine zwei Menschen aus Ko-ro-ba dürfen sich jemals wieder begegnen.* Ich knirschte mit den Zähnen. Keine zwei Steine dürfen jemals wieder aufeinanderruhen.

Wenn sie aus Ko-ro-ba sein sollte, durfte ich ihr in ihrem eigenen Interesse nicht helfen oder bei ihr bleiben. Es würde bedeuten, den Flammentod der Priesterkönige für einen von uns einzuladen, vielleicht sogar für uns beide. Ich hatte einen Mann den Flammentod sterben sehen, den Hohen Eingeweihten von Ar auf dem Dach von Ars Justizzylinder, verbrannt im plötzlichen Ausbruch blauen Feuers, das den Unmut der Priesterkönige deutlich machte. So gering ihre Chancen auch waren, den wilden Tieren oder den Sklavenjägern zu entkommen, waren sie doch größer als die Chance, dem Zorn der Priesterkönige zu entgehen.

Wenn sie eine freie Frau bleiben sollte und das Glück hätte, es zu bleiben, wäre es unklug und verrückt, allein an diesem Platz zu sein.

Sie musste das wissen, doch es schien sie nicht zu stören.

Etwas vom Wesen des Entführungsrituals und der goreanischen Haltung dazu wird verständlicher, wenn man weiß, dass der erste Auftrag eines jungen Tarnreiters oft darin besteht, eine Sklavin für sein persönliches Nachtlager zu entführen. Wenn er seine Gefangene heimbringt, nackt über den Sattel seines Tarns gebunden, übergibt er sie voller Freude an seine Schwestern, die sie baden, parfümieren und in die kurze Uniform der Sklavinnen von Gor kleiden.

In dieser Nacht, bei einem großen Fest, stellt er seine Gefangene zur Schau, jetzt von den Schwestern angemessen in die durchsichtige scharlachrote Tanzseide Gors gekleidet. Glöckchen sind an ihren Fußknöcheln befestigt, und ihre Handgelenke sind mit Sklavenfesseln gebunden. Stolz zeigt er sie seinen Eltern, seinen Freunden und seinen Kriegerkameraden.

Dann, zu festlicher Musik von Flöten und Trommeln, kniet das Mädchen nieder. Der junge Mann geht mit einem Sklavenhalsreif zu ihr, auf dem sein Name und seine Stadt eingraviert sind. Die Musik wird immer intensiver, schwillt an bis zu einem überwältigenden barbarischen Crescendo, das plötzlich abrupt abbricht. Im Raum ist es still, absolut still, mit der einzigen Ausnahme des deutlichen Klickens beim Schließen des Schlosses am Halsreif.

Ein Geräusch, das das Mädchen nie vergessen wird.

Sobald das Schloss eingerastet ist, ertönen laute Rufe, Glückwünsche und bewundernde Grüße für den jungen Mann. Er kehrt zu seinem Platz an den Tischen zurück, die den Raum mit der niedrigen Decke säumen, an der die sanft leuchtenden Messinglampen hängen. Er sitzt inmitten seiner Familie, zwischen seinen engsten Gönnern, seinen Schwertbrüdern, im Schneidersitz auf dem Boden, in der Art der Goreaner, hinter dem langen Holztisch, der am Kopfende des Raumes steht, beladen mit Speisen.

Jetzt ruhen alle Augen auf dem Mädchen.

Die beengenden Sklavenfesseln werden abgenommen. Sie erhebt sich. Ihre Füße sind nackt auf dem dicken, prunkvoll gearbeiteten Teppich, mit dem das Zimmer ausgelegt ist. Leise klingeln die Glöckchen an ihren Knöcheln. Sie ist ärgerlich, trotzig. Obwohl sie nur in die fast durchsichtige scharlachrote Tanzseide von Gor gekleidet ist, ist ihr Rücken gerade und ihr Kopf erhoben. Sie ist entschlossen, sich nicht zähmen zu lassen, sich nicht zu unterwerfen, und ihre stolze Haltung drückt diesen Wunsch aus. Die Zuschauer wirken amüsiert. Sie starrt sie an. Ärgerlich schaut sie von Gesicht zu Gesicht. Dort ist niemand, den sie kennt oder kennen könnte, denn sie wurde aus einer feindlichen Stadt entführt, sie ist eine Frau des Feindes. Die Fäuste geballt steht sie mitten im Raum, allein, alle Augen auf sich spürend, wunderschön im Licht der Hängelampen.

Sie sieht den jungen Mann an, dessen Halsreif sie trägt.

»Du wirst mich niemals zähmen!«, ruft sie.

Ihr Ausbruch erzeugt Gelächter, skeptische Bemerkungen, etwas wohlwollendes Gejohle.

»Ich werde dich so zähmen, wie es mir gefällt«, erwidert der junge Mann und gibt den Musikern ein Zeichen.

Die Musik setzt wieder ein. Vielleicht zögert das Mädchen ein wenig. Es gibt eine Sklavenpeitsche an der Wand. Dann, zu der barbarischen, betörenden Musik von Flöte und Trommeln, tanzt sie für ihren Entführer; die Glocken an ihren Füßen signalisieren jede ihrer Bewegungen, die Bewegungen eines Mädchens, das aus ihrem Zuhause entführt wurde und das nun ihr Leben dem Vergnügen ihres kühnen Entführers widmen muss, dessen Fesseln sie gespürt hat und dessen Halsreif sie trägt.

Am Ende des Tanzes gibt man ihr einen Kelch mit Wein, doch sie darf nicht daraus trinken. Sie nähert sich dem jungen Mann und kniet vor ihm nieder, ihre Knie in der vorgeschriebenen Position der Vergnügungssklavin. Mit gesenktem Kopf bietet sie ihm den Wein an. Er trinkt. Es gibt einen erneuten gemeinschaftlichen Jubelruf, auch Glückwünsche, und das Fest beginnt. Niemand darf bei solchen Anlässen vor dem jungen Mann die Köstlichkeiten zu sich nehmen. Von diesem Augenblick an werden die Schwestern des jungen Mannes ihm nie wieder dienen, denn dies ist jetzt die Aufgabe des entführten Mädchens. Sie ist seine Sklavin.

Während sie ihn bei dem langen Fest immer wieder bedient, wirft sie ihm verstohlene Blicke zu und stellt fest, dass er noch attraktiver ist, als sie angenommen hatte. Von seinem Mut und seiner Stärke hat sie ja schon ausreichend Beweise erlebt. Während er in diesem Augenblick seines Triumphes mit Appetit isst und trinkt, beobachtet sie ihn heimlich mit einer seltsamen Mischung aus Angst und Vergnügen. »Nur solch ein Mann«, versichert sie sich selbst, »könnte mich zähmen.«

Vielleicht sollte man hinzufügen, dass der goreanische Herr oft streng, aber selten grausam ist. Das Mädchen weiß, wenn sie ihm Vergnügen bereitet, wird sie ein leichtes Los haben. Sie wird so gut wie nie Sadismus oder mutwilliger Grausamkeit begegnen, denn der psychologische Nährboden, der dazu dient, diese Krankheiten hervorzubringen, fehlt auf Gor fast völlig. Das bedeutet nicht, dass sie nicht erwarten muss, geschlagen zu werden, wenn sie ungehorsam ist oder dabei versagt, ihren Herrn zufriedenzustellen. Andererseits ist es auch nicht unüblich auf Gor, dass es Beziehungen gibt, in denen der Herr freiwillig den Halsreif trägt und seine hübsche Sklavin durch List und ihre verführerische Weiblichkeit mit skandalösem Erfolg den eigenen Herrn versklavt.

Ich fragte mich, ob das Mädchen, das näher kam, hübsch war.

Ich lächelte in mich hinein.

Paradoxerweise verehren die Goreaner, die in mancher Hinsicht so wenig von Frauen zu halten scheinen, diese bei anderen Gelegenheiten fast verschwenderisch. Der Goreaner ist stark empfänglich für Schönheit. Sie erfreut sein Herz, und seine Lieder sind oft Lobgesänge auf ihren Glanz. Goreanische Frauen, ob frei oder versklavt, wissen, dass allein schon ihre Gegenwart den Männern Freude macht und das lässt mich glauben, dass sie es genießen.

Ich beschloss, dass das Mädchen schön sein musste. Vielleicht war etwas an ihrer Haltung, etwas Subtiles und Graziöses, etwas, das durch die entmutigte Haltung ihrer Schultern, ihren langsamen Gang und die offensichtliche Erschöpfung nicht verborgen werden konnte – nicht einmal durch die grob gewebten Roben, die sie trug. *Solch ein Mädchen*, dachte ich, *hatte sicher einen Herrn,* oder, wie ich für sie hoffte, einen Beschützer oder Begleiter.

Auf Gor gibt es keine Ehe, wie wir sie kennen, aber es gibt die Einrichtung der freien Gefährtenschaft, die der Ehe am nächsten kommt. Überraschenderweise wird eine Frau, die für Tarne oder Gold von ihren Eltern gekauft wird, als freie Gefährtin betrachtet, auch wenn sie vielleicht nicht einmal bei dem Geschäft gefragt wird. Etwas einvernehmlicher kann eine freie Frau aus eigenem Antrieb einer solchen Gefährtenschaft zustimmen. Auch ist es nicht unüblich für einen Herrn, eine seiner Sklavinnen zu befreien, damit sie in den Genuss der vollen Privilegien einer freien Gefährtenschaft kommen kann. Man darf gleichzeitig unbegrenzt viele Sklavinnen haben, aber nur eine freie Gefährtin. Solche Bindungen geht man nicht leichtfertig ein, und sie werden gewöhnlich nur durch den Tod beendet. Gelegentlich lernt der Goreaner wie sein Bruder von der Erde, vielleicht nur etwas häufiger, die Bedeutung der Liebe kennen.

Das Mädchen war mir nun ziemlich nahe und hatte mich noch immer nicht bemerkt. Ihr Kopf war gesenkt. Sie trug die Roben der Verhüllung, aber deren Material und Farbe waren weit entfernt von den Eitelkeiten, die häufig mit solchen Kleidungsstücken ausgedrückt werden, von dem seidenen Purpur, den verschiedenen Gelbtönen und dem Scharlachrot, die den goreanischen Mädchen im Allgemeinen Freude bereiten. Die Roben waren aus rauem braunem Stoff, zerlumpt und mit Dreck verklebt. Alles an ihr ließ auf Elend und Aussichtslosigkeit schließen.

»Tal«, sagte ich ruhig, weil ich sie nicht zu sehr erschrecken wollte und hob meinen Arm zu einem freundlichen Gruß.

Sie hatte nichts von meiner Anwesenheit gewusst und schien dennoch nicht sehr überrascht zu sein. Dies war der Moment, den sie offensichtlich seit mehreren Tagen erwartet hatte. Ihr Kopf hob sich, und ihre Augen, schöne graue Augen, trüb vor Kummer und möglicherweise vor Hunger, betrachteten mich. Sie schien kein großes Interesse an mir oder ihrem Schicksal zu haben. Ich vermutete, dass ich einfach irgendwer hätte sein können.

Für einen Moment sahen wir uns an, ohne zu sprechen.

»Tal, Krieger«, sagte sie sanft mit unbeteiligter Stimme.

Dann tat sie etwas Unglaubliches aus der Sicht einer goreanischen Frau.

Ohne ein Wort zu sagen entfernte sie langsam den Schleier von ihrem Gesicht und ließ ihn auf ihre Schultern fallen. Sie stand gesichtsnackt vor mir, wie man auf Gor sagt, und das durch ihre eigene Hand. Sie sah mich an, offen, gerade, nicht schamlos, aber ohne Angst. Ihr Haar war braun und weich, die herrlichen grauen Augen schienen noch klarer zu werden, und ihr Gesicht war, wie ich sehen konnte, wunderschön – sogar noch schöner, als ich es mir vorgestellt hatte.

»Gefalle ich dir?«, fragte sie.

»Ja«, sagte ich. »Du gefällst mir sehr.«

Ich wusste, dass es vermutlich das erste Mal war, dass ein Mann ihr ins Gesicht gesehen hatte, ausgenommen vielleicht ein Mitglied ihrer eigenen Familie, falls sie überhaupt eine solche haben sollte.

»Bin ich schön?«, fragte sie.

»Ja«, sagte ich. »Du bist schön.«

Ganz bewusst schob sie mit beiden Händen ihr Kleidungsstück einige Zoll von ihren Schultern und legte ihren weißen Hals frei. Er war nackt, nicht von einem der schmalen zierlichen Halsreife für Sklavinnen auf Gor umfangen. Sie war frei.

»Möchtest du, dass ich niederknie, um den Halsreif zu erhalten?«, wollte sie wissen.

»Nein«, antwortete ich.

»Möchtest du mich ganz sehen?«, fragte sie.

»Nein«, sagte ich.

»Ich habe noch nie zuvor jemandem gehört«, sagte sie fest. »Ich weiß

44

nicht, wie ich handeln oder was ich tun muss – außer natürlich, dass ich tun muss, was immer du möchtest.«

»Du warst vorher frei«, sagte ich, »und du bist jetzt frei.«

Zum ersten Mal wirkte sie erstaunt. »Bist du nicht einer von ihnen?«, fragte sie.

»Einer von wem?«, fragte ich, jetzt angespannt, denn wenn da Sklavenjäger auf der Fährte des Mädchens waren, bedeutete das Ärger, vielleicht Blutvergießen.

»Von den vier Männern, die mir gefolgt sind, Männer aus Tharna«, sagte sie.

»Tharna?«, fragte ich wirklich überrascht. »Ich dachte, die Männer aus Tharna respektierten Frauen, vielleicht als einzige Männer auf ganz Gor.«

Sie lachte bitter. »Sie sind jetzt nicht in Tharna«, stellte sie fest.

»Sie könnten dich nicht als Sklavin nach Tharna mitnehmen«, sagte ich. »Würde die Tatrix dich nicht befreien?«

»Sie würden mich nicht nach Tharna bringen«, antwortete sie. »Sie würden mich benutzen und dann verkaufen, vielleicht an einen durchreisenden Händler oder in der Straße der Brände in Ar.«

»Wie lautet dein Name?«, wollte ich wissen.

»Vera», sagte sie.

»Aus welcher Stadt?«, fragte ich.

Bevor sie antworten konnte, wenn sie überhaupt geantwortet hätte, riss sie plötzlich angstvoll ihre Augen weit auf, und ich drehte mich um. Durch das knöcheltiefe, feuchte Gras näherten sich vier Krieger; sie trugen Helme und waren mit Schilden und Speeren bewaffnet. An ihren Abzeichen und den blauen Helmen konnte ich erkennen, dass es Männer aus Tharna waren.

»Lauf!«, schrie sie und drehte sich um, um zu fliehen.

Ich hielt sie am Arm fest.

Hasserfüllt versteifte sie sich. »Ich verstehe!«, zischte sie. »Du hältst mich für sie fest, du willst das Recht der Gefangennahme beanspruchen und einen Teil des Preises verlangen.« Sie spuckte mir ins Gesicht.

Ich war erfreut über ihren Widerstandsgeist.

»Bleib ruhig«, sagte ich. »Du würdest nicht weit kommen.«

»Ich bin diesen Männern schon seit sechs Tagen entkommen«, weinte das Mädchen. »Ich habe von Beeren und Insekten gelebt, habe in Gräben geschlafen, mich versteckt, bin gerannt.«

Sie hätte nicht fortlaufen können, selbst wenn sie gewollt hätte. Ihre Beine schienen unter ihr zu zittern. Ich legte meinen Arm um sie und gab ihr etwas Unterstützung.

Die Soldaten näherten sich mir professionell, schwärmten aus. Einer, nicht der Anführer, kam direkt auf mich zu. Ein anderer, ein paar Fuß links hinter dem ersten, folgte ihm. Der erste würde mich nötigenfalls angreifen, während der zweite mit seinem Speer meine rechte Seite suchen würde. Der Anführer war der dritte Mann in der Formation, während der vierte mehrere Meter zurückblieb. Es war seine Aufgabe, den gesamten Platz zu beobachten, denn es konnte sein, dass ich nicht allein war. Er würde den Rückzug seiner Kameraden mit dem Speer decken, wenn es nötig werden sollte. Ich bewunderte das einfache Manöver, ausgeführt ohne eine Anordnung, fast wie ein Reflex, und ich spürte, warum Tharna, obwohl es von einer Frau regiert wurde, unter den feindlichen Städten Gors überlebt hatte.

»Wir wollen die Frau haben«, sagte der Offizier.

Sanft trennte ich mich von dem Mädchen und schob sie hinter mich. Die Bedeutung dieser Geste blieb nicht ohne Wirkung auf die Krieger.

Die Augen des Offiziers verengten sich in der Y-förmigen Öffnung seines Helmes.

»Ich bin Thorn«, sagte er, »ein Hauptmann aus Tharna.«

»Warum wollt ihr die Frau haben?«, provozierte ich. »Respektieren die Männer aus Tharna nicht die Frauen?«

»Hier ist nicht der Boden von Tharna«, sagte der Offizier verärgert.

»Warum sollte ich sie dir überlassen?«, fragte ich.

»Weil ich ein Hauptmann aus Tharna bin«, sagte er.

»Aber hier ist nicht der Boden von Tharna«, erinnerte ich ihn.

Hinter mir hörte ich das Mädchen flüstern, ein verzweifeltes Flüstern. »Krieger, stirb nicht, um mich zu retten. Am Ende ist sowieso alles gleich.« Dann erhob sie ihre Stimme und sprach zu dem Offizier: »Töte ihn nicht, Thorn von Tharna. Ich werde mit dir gehen.«

Sie trat hinter mir hervor, stolz, aber ihrem Schicksal ergeben, bereit, sich diesen Schurken auszuliefern, um den Halsreif zu erhalten und in Ketten gelegt zu werden, ausgezogen und in den Märkten von Gor verkauft zu werden.

Ich lachte. »Sie gehört mir«, sagte ich. »Und ihr könnt sie nicht haben.«

Das Mädchen schnappte erstaunt nach Luft und sah mich fragend an.

»Es sei denn, ihr bezahlt ihren Preis«, fügte ich hinzu.

Niedergeschlagen schloss das Mädchen die Augen.

»Und ihr Preis ist?«, fragte Thorn.

»Ihr Preis ist Stahl«, antwortete ich.

Ein Ausdruck von Dankbarkeit huschte über das Gesicht des Mädchens.

»Tötet ihn«, sagte Thorn zu seinen Männern.

7 Thorn, Hauptmann von Tharna

Drei Klingen sprangen gleichzeitig aus ihren Scheiden, es gab nur ein Geräusch, es war meine Klinge, die des Anführers und die des Mannes, der mich zuerst angreifen würde. Der Mann zu meiner Rechten würde seine Klinge nicht ziehen, sondern abwarten, bis der erste Mann seinen Angriff durchgeführt hätte und würde dann mit dem Speer von der Seite her zustoßen. Der Krieger im Hintergrund hob nur den Speer, bereit, ihn zu schleudern, falls sich eine klare Lücke für ihn öffnen sollte.

Aber ich griff zuerst an.

Ich drehte mich plötzlich dem Krieger rechts von mir zu, der den Speer hielt, und mit der Schnelligkeit eines Berglarls war ich bei ihm, wich seinem ungeschickten, überraschten Stoß aus und fuhr mit meiner Klinge zwischen seine Rippen, befreite sie wieder und drehte mich gerade noch rechtzeitig herum, um dem Schwertangriff seines Kameraden zu begegnen. Unsere Klingen hatten sich kaum sechsmal gekreuzt, als auch er zu meinen Füßen lag, verkrümmt, in einem Knoten aus Schmerz, und sich in das Gras krallte.

Der Offizier war vorwärts gestürmt, hielt aber jetzt inne. Er war ebenso fassungslos wie auch seine Männer. Obwohl sie zu viert waren und ich allein, hatte ich sie in die Defensive gedrängt. Der Anführer war einen Augenblick zu spät gekommen. Jetzt war mein Schwert zwischen ihm und meinem Körper. Der andere Krieger hinter ihm war mit erhobenem Speer auf weniger als zehn Meter herangekommen. Auf diese Entfernung würde er wohl kaum daneben werfen. Und selbst wenn sein Wurfgeschoss meinen Schild treffen und durchdringen würde, so müsste ich diesen wegwerfen und hätte dadurch einen ernsten Nachteil. Dennoch waren die Chancen jetzt ausgeglichener.

»Komm her, Thorn von Tharna«, sagte ich und winkte ihn zu mir her. »Lass uns unser Können auf die Probe stellen.«

Doch Thorn wich zurück und gab dem anderen Krieger ein Signal, den Speer zu senken. Er nahm den Helm ab und setzte sich auf seine Fersen ins Gras, den Krieger in seinem Rücken.

Thorn, Hauptmann von Tharna, sah mich an, und ich sah ihn an.

Er hatte jetzt mehr Respekt vor mir, das bedeutete, dass er nun gefährlicher wäre. Das schnelle Gefecht mit seinem Schwertkämpfer hatte er beobachtet und überlegte vermutlich, ob er sich mit mir messen könnte oder nicht.

Ich spürte, dass er nicht die Klinge mit mir kreuzen würde, wenn er nicht davon überzeugt wäre, gewinnen zu können und dass er nicht vollständig überzeugt war, zumindest jetzt noch nicht.

»Lass uns reden«, sagte Thorn von Tharna.

Ich setzte mich auf meine Fersen, so wie auch er.

»Lass uns reden«, stimmte ich zu.

Wir steckten unsere Waffen wieder ein.

Thorn war ein großer Mann, grobknochig, kraftvoll und mittlerweile zur Korpulenz neigend. Sein Gesicht war breit und gelblich und violett gesprenkelt, wo unter der Haut kleine Adern geplatzt waren. Er hatte keinen Bart, sondern sehr kleine Haarbüschelchen, die jeweils eine Seite seines Kinns schmückten so als wäre dort ein wenig Schmutz. Sein langes Haar war hinter seinem Kopf nach Art der Mongolen zu einem Knoten gebunden. Er hatte schräg stehende Augen wie bei einem Urt – einem dieser kleinen, gehörnten Nagetiere von Gor. Sie waren nicht klar, ihre Rötung und die Schatten zeugten von langen Nächten der Ausschweifung und der Genusssucht. Es war offensichtlich, dass Thorn im Gegensatz zu meinem alten Feind Pa-Kur, der vermutlich bei der Belagerung Ars umgekommen war, kein Mann war, der über solchen Dingen wie sinnliche Genüsse stand; er war kein Mann, der mit fanatischem Purismus und zielstrebiger Hingabe sich und seine Leute dem Erfolg seines Strebens nach Einfluss und Macht opfern würde. Thorn würde es niemals bis zum Ubar bringen. Er würde immer ein Handlanger bleiben.

»Gib mir meinen Mann«, sagte Thorn und zeigte auf die Gestalt, die im Gras lag und sich noch immer bewegte.

Es war für mich klar, dass Thorn, was auch immer er war oder nicht, ein guter Offizier ist.

»Nimm ihn«, sagte ich.

Der Speerträger neben Thorn ging zu dem zusammengebrochenen Mann und untersuchte seine Wunde. Der andere Krieger war mit Sicherheit tot.

»Er wird leben«, sagte der Speerträger.

Thorn nickte. »Verbinde seine Wunde.«

Thorn wandte sich mir wieder zu.

»Ich will die Frau noch immer«, sagte er.

»Ich erlaube dir nicht, sie zu nehmen«, antwortete ich.

»Sie ist nur eine Frau«, sagte Thorn.

»Dann gib sie auf«, sagte ich.

»Einer meiner Männer ist tot«, sagte Thorn, »Du kannst seinen Anteil an ihrem Verkaufserlös haben.«

»Du bist großzügig«, erwiderte ich.

»Dann stimmst du zu?«, fragte er.

»Nein«, sagte ich.

»Ich glaube, wir können dich töten«, sagte Thorn, während er einen Grashalm ausriss und meditativ darauf herumkaute, ohne mich aus den Augen zu lassen.

»Vielleicht«, räumte ich ein.

»Andererseits«, sagte Thorn, »möchte ich nicht noch einen Mann verlieren.«

»Dann gib die Frau auf«, sagte ich.

Thorn schaute mich intensiv an, verwundert und kaute dabei auf dem Grashalm. »Wer bist du?«, fragte er.

Ich schwieg.

»Du bist ein Geächteter«, stellte er fest. »Das kann ich am Fehlen der Abzeichen auf deinem Schild und an deiner Tunika erkennen.«

Ich sah keinen Grund, seine Meinung zu bestreiten.

»Geächteter«, sagte er, »wie lautet dein Name?«

»Tarl«, antwortete ich.

»Aus welcher Stadt?«, fragte er.

Es war die unvermeidliche Frage.

»Ko-ro-ba«, sagte ich.

Der Effekt war elektrisierend. Das Mädchen, das hinter mir gestanden hatte, unterdrückte einen Aufschrei. Thorn und sein Krieger sprangen auf die Füße. Mein Schwert flog aus der Scheide.

»Zurück von den Stätten des Staubes«, keuchte der Krieger.

»Nein«, sagte ich, »ich bin ein lebendiger Mensch so wie du.«

»Du wärest besser zu den Stätten des Staubes gegangen«, sagte Thorn. »Du bist von den Priesterkönigen verflucht.«

Ich sah auf das Mädchen.

»Kein Name auf Gor ist so verhasst wie deiner«, sagte sie mit flacher Stimme. Ihr Blick wich dem meinen aus.

Wir vier standen ohne zu sprechen beieinander. Es schien viel Zeit zu vergehen. Ich spürte das Gras an meinen Knöcheln, noch nass vom Morgentau. Ich hörte den Ruf eines Vogels in der Ferne.

Thorn zuckte mit den Achseln.

»Ich werde Zeit brauchen, um meinen Mann zu beerdigen«, sagte er.

»Sie sei dir gegeben«, antwortete ich.

Schweigend hoben Thorn und der andere Krieger eine schmale Grube aus und beerdigten ihren Kameraden. Dann fertigten sie mit zwei Speeren, um die sie einen Umhang wickelten und ihn mit Bindeschnur befestigten, eine provisorische Tragbahre. Darauf betteten Thorn und sein Soldat ihren verwundeten Kameraden.

Thorn sah das Mädchen an, das sich ihm zu meinem Erstaunen näherte und ihre Handgelenke ausstreckte. Er ließ Sklavenfesseln darum einrasten.

»Du brauchst nicht mit ihnen zu gehen«, erklärte ich ihr.

»Ich würde dir keine Freude bereiten«, sagte sie bitter.

»Ich werde dich befreien«, sagte ich.

»Ich akzeptiere nichts von den Händen eines Tarl von Ko-ro-ba«, sagte sie.

Ich streckte meine Hand aus, um sie zu berühren, doch sie erschauderte und wich zurück.

Thorn lachte freudlos. »Es wäre besser gewesen zu den Stätten des Staubes zu gehen, als Tarl von Ko-ro-ba zu heißen«, sagte er.

Ich betrachtete das Mädchen, das nach ihren langen Tagen des Leidens und der Flucht schließlich doch eine Gefangene war. Ihre schlanken Handgelenke waren von Thorns verhassten Sklavenfesseln umschlungen, wunderbar gearbeiteten Sklavenfesseln, wie es viele auf Gor gibt, ausgezeichnete Handwerksarbeit, mit leuchtenden Farben, sogar mit Juwelen besetzt, aber wie alle Sklavenfesseln aus unnachgiebigem Stahl.

Die Fesseln bildeten einen Kontrast zur Ärmlichkeit ihrer grobmaschigen braunen Bekleidung. Thorn befühlte das Kleidungsstück. »Wir werden das hier entfernen«, erklärte er ihr. »Bald, wenn du ordentlich vorbereitet bist, wirst du in teure Vergnügungsseide gekleidet, vielleicht gibt man dir Sandalen, Halstücher, Schleier, Juwelen und Kleider, die das Herz eines Mädchens erfreuen.«

»... einer Sklavin«, widersprach sie.

Thorn hob ihr Kinn mit seinem Finger an. »Du hast einen wunderschönen Hals«, stellte er fest.

Sie sah ihn wütend an, denn sie fühlte die Bedeutung seiner Worte.

»Der bald einen Halsreif tragen wird«, sagte er.

»Wessen?«, wollte sie hochmütig wissen.

Thorn betrachtete sie sorgfältig. Die Jagd war es in seinen Augen offensichtlich wert gewesen. »Meinen«, sagte er.

Das Mädchen wurde beinahe ohnmächtig.

Meine Fäuste waren geballt.

»Nun, Tarl von Ko-ro-ba«, sagte Thorn, »so endet es. Ich nehme dieses Mädchen und überlasse dich den Priesterkönigen.«

»Wenn du sie mit nach Tharna nimmst«, sagte ich, »wird die Tatrix sie befreien.«

»Ich bringe sie nicht nach Tharna, sondern in meine Villa, die außerhalb des Stadtgebietes liegt«, erklärte Thorn. Er lachte unangenehm. »Und dort«, sagte er, »werde ich sie, wie man es von einem guten Mann aus Tharna erwarten kann, nach Herzenslust verehren.«

Ich fühlte, wie meine Hand sich um den Schwertgriff krampfte.

»Pass auf deine Hand auf, Krieger«, warnte Thorn. Er drehte sich zu dem Mädchen um. »Wem gehörst du?«, fragte er.

»Ich gehöre Thorn, dem Hauptmann aus Tharna«, erklärte sie.

Ich ließ das Schwert wieder in die Scheide sinken, erschüttert, hilflos. Vielleicht konnte ich Thorn und seine Krieger töten und sie befreien. Aber was dann? Sollte ich sie für die wilden Tiere Gors befreien oder für einen anderen Sklavenjäger? Sie würde niemals meinen Schutz akzeptieren, und durch ihre eigenen Handlungen zog sie Thorn und seine Sklaverei der Gunst eines Mannes vor, der sich Tarl von Ko-ro-ba nannte.

Ich sah sie an. »Bist du aus Ko-ro-ba?«, fragte ich.

Sie versteifte sich und sah mich hasserfüllt an. »Ich war es«, sagte sie.

»Es tut mir leid«, sagte ich.

Sie starrte mich an, Tränen des Hasses brannten in ihren Augen.

»Warum hast du es gewagt, deine Stadt zu überleben?«, fragte sie.

»Um sie zu rächen!«, antwortete ich.

Sie sah mir lange Zeit in die Augen. Und dann, als Thorn und sein Soldat die Tragbahre mit ihrem verwundeten Kameraden aufnahmen und aufbrachen, sagte sie zu mir: »Leb wohl, Tarl von Ko-ro-ba.«

»Ich wünsche dir alles Gute, Vera von den Türmen des Morgens«, sagte ich.

Sie drehte sich schnell um und folgte ihrem Herrn, während ich allein auf dem Feld zurückblieb.

8 Die Stadt Tharna

Die Straßen von Tharna waren voller Menschen und trotzdem seltsam still. Die Tore waren geöffnet gewesen, und obwohl ich gründlich von den Wachen, großen Speerträgern mit blauen Helmen, untersucht worden war, hatte niemand etwas gegen mein Eintreten einzuwenden gehabt. Es musste so sein, wie ich es gehört hatte, dass die Straßen von Tharna für alle Männer offen waren, die in Frieden kamen, egal aus welcher Stadt.

Neugierig beobachtete ich die Menschenmenge: Menschen, die alle sehr mit ihren Geschäften befasst, dennoch seltsam einsilbig, unterdrückt schienen, völlig anders als das normale überbordende Gewimmel einer goreanischen Stadt. Die meisten der männlichen Bürger trugen graue Tuniken, vielleicht ein Hinweis, dass sie über den Vergnügungen standen, dass sie entschlossen waren, verantwortlich und ernsthaft zu sein, wertvolle Sprösslinge dieser industriellen und nüchternen Stadt.

Im Großen und Ganzen erschienen sie mir als blasser, niedergedrückter Haufen, aber ich war voller Vertrauen, dass sie vollbringen können, was sie sich in den Kopf gesetzt hatten, dass sie Erfolg bei Aufgaben haben würden, die der durchschnittliche Goreaner mit seiner Ungeduld und seinem Leichtsinn einfach als geschmacklos und nicht der Mühe wert abtäte. Denn der durchschnittliche goreanische Mann, das muss eingestanden werden, neigt dazu, die Freuden des Lebens etwas höher einzuschätzen als seine Pflichten. An den Schultern der grauen Tuniken zeigten lediglich schmale Farbstreifen die jeweilige Kaste an. Normalerweise stellten die Kastenfarben von Gor einen überreichlichen Nachweis dar, belebten die Straßen und Brücken einer Stadt, ein glorreiches Schauspiel in Gors klarer sauberer Luft.

Ich fragte mich, ob die Männer dieser Stadt nicht stolz auf ihre Kasten waren wie es die Gesamtheit der anderen Goreaner war, selbst derjenigen, die Angehörige der sogenannten niederen Kasten waren. Selbst Männer einer so niedrigen Kaste wie die der Tarnhüter waren unglaublich stolz auf ihre Berufung, denn wer sonst könnte diese monströsen Beutevögel aufziehen und ausbilden? Ich nahm an, dass Zosk, der Holzarbeiter, stolz war im Wissen, dass er mit seiner großen breitschneidigen Axt einen Baum mit einem Schlag fällen kann, und dass vielleicht nicht einmal ein Ubar solches vollbringen könnte. Selbst die Kaste der Bauern sah sich als der »Ochse, auf dem der Heim-Stein ruht«, und sie konnte selten dazu bewegt werden, ihre schmalen Landstreifen zu verlassen, die sie und ihre Väter besessen und fruchtbar gemacht hatten. Ich vermisste in der Menschenmenge die Gegenwart von Sklavenmädchen, ein üblicher Anblick in anderen Städten, meist hübsche Mädchen, nur in die kurzen, diagonal gestreiften Sklavinnenuniformen von Gor gekleidet, ärmellose, sehr kurz geschnittene Kleidungsstücke, die wenige Zoll über den Knien enden und die einen extremen Kontrast zu den schweren und lästigen Roben der Verhüllung bilden, die von den freien Frauen getragen werden. Allerdings war es auch bekannt, dass manche der freien Frauen ihre leicht bekleideten Schwestern in Gefangenschaft beneideten, die, obwohl sie einen Halsreif trugen, frei waren, kommen und gehen konnten, fast wie sie wollten, die den Wind auf den hohen Brücken spüren konnten, die Arme eines Herrn, der ihre Schönheit pries und sie als Eigentum beanspruchte. Ich erinnerte mich daran, dass es in Tharna, das von einer Tatrix regiert wurde, nur sehr wenige, wenn überhaupt weibliche Sklavinnen gab. Ob es dort männliche Sklaven gab oder nicht, konnte ich nicht gut beurteilen, denn die Halsreife wären unter den grauen Roben verborgen geblieben. Es gibt auf Gor kein spezielles Kleidungsstück für männliche Sklaven, denn man sagt, es wäre nicht gut für sie zu wissen, wie zahlreich sie sind.

Übrigens soll das kurze Kleidungsstück der weiblichen Sklavin nicht nur das Mädchen in ihrer Unfreiheit kennzeichnen, sondern durch die Bloßstellung ihrer Reize soll sie anstelle ihrer freien Schwester zum bevorzugten Beuteobjekt der Raubzüge umherstreifender Tarnreiter werden. Wenn es auch eine Statusfrage ist, eine freie Frau zu entführen, ist das Risiko beim Raub einer Sklavin weitaus geringer. Die Verfolgung wird dann nicht so entschlossen durchgeführt, und man braucht nicht sein Leben in Gefahr zu bringen für ein Mädchen, das sich, wenn die Roben der Verhüllung erst abgelegt sind, als ein Mädchen entpuppt, das das Gesicht eines Urts und das Temperament eines Sleens hat.

Am meisten verwunderten mich in den stillen Straßen von Tharna die freien Frauen. Sie schritten unbewacht durch die Stadt, mit majestätischem Schritt. Die Männer von Tharna wichen ihnen aus, um sie durchzulassen – auf eine Art, dass es zu keiner Berührung kommen konnte. Jede dieser Frauen trug eine prächtige Robe der Verhüllung, reich an Farben und Handwerkskunst, auffällig unter den eintönigen Kleidungsstücken der Männer, doch statt des sonst bei diesen Roben üblichen Schleiers versteckten sich die Gesichtszüge der Trägerinnen hinter einer Maske aus Silber. Die Masken hatten ein identisches Design; jede war einem wunderschönen, aber kalten Gesicht nachempfunden. Einige dieser Masken hatten sich mir zugewandt, als ich vorbeiging, da ihnen meine scharlachrote Kriegertunika ins Auge gefallen war. Es verunsicherte mich, das Objekt ihrer Blicke zu sein, mit diesen leidenschaftslosen, glitzernden Silbermasken konfrontiert zu sein.

In der Stadt umherwandernd, befand ich mich schließlich auf dem Marktplatz von Tharna. Es gab nicht das lautstarke Gezeter, das üblicherweise den goreanischen Markt begleitet, obwohl offensichtlich Markttag war, wenn man nach den zahllosen Ständen mit Gemüse urteilte, den Fleischregalen unter den Markisen, den Kübeln mit gesalzenem Fisch und den auf Teppichen ausgelegten Kleidungsstücken und billigem Schmuck, hinter denen Händler im Schneidersitz saßen. Ich vermisste die schrillen, ständigen Rufe der Verkäufer, jeder einzelne anders, das humorvolle Geplänkel unter Freunden auf dem Marktplatz, den Austausch von Tratsch und von Einladungen zum Essen, das Geschrei der kräftigen Gepäckträger, die sich ihren Weg durch den Tumult suchten, die Schreie der Kinder, die ihren Lehrern abhanden gekommen waren und zwischen den Ständen Fangen spielten. Ich vermisste das Gelächter verschleierter Mädchen, die junge Männer neckten und von diesen geneckt wurden, Mädchen, die eigentlich zu Botengängen für ihre Familien geschickt worden waren, aber dennoch Zeit fanden, die jungen Burschen der Stadt zu verspotten, selbst wenn das vielleicht nur durch einen Blick ihrer dunklen Augen und durch ein beiläufiges Richten ihres Schleiers geschah.

Obwohl von einem freien Mädchen auf Gor durch den Brauch erwartet wird, ihren zukünftigen Gefährten erst dann zu sehen, wenn ihre Eltern ihn ausgewählt haben, ist allgemein bekannt, dass dieser oft ein Junge ist, den sie auf dem Marktplatz getroffen hat. Wenn er um ihre Hand anhält – besonders, wenn sie von niederer Kaste ist –, ist er ihr selten unbekannt, obwohl die Eltern als auch der junge Mann feierlich so tun, als sei dies der Fall. Dasselbe Mädchen, dessen Vater sie streng vor ihren Freier befehlen muss, dasselbe schüchterne Mädchen, wie ihre Eltern wohlwollend feststellen können, das sich ziert und nicht in der Lage scheint ihre Augen in seiner Gegenwart zu heben, ist möglicherweise das gleiche Mädchen, das ihn gestern mit einem Fisch geschlagen und ihn mit einem solchen Strom von Beschimpfungen überschüttet hat, dass ihm noch heute die Ohren klingeln – und all das, weil er zufällig das Pech hatte, in ihre Richtung zu schauen, als ein unvorhersehbarer Windstoß, trotz ihrer größten Bemühungen, vorübergehend die Falten ihres Schleiers verschoben hatte.

Doch dieser Marktplatz war nicht wie die anderen Märkte, die ich auf Gor kennengelernt hatte. Es war einfach ein düsterer Ort, wo man Lebensmittel kaufen und Waren tauschen konnte. Selbst das Handeln, das stattfand, denn es gibt keine Festpreise auf goreanischen Märkten, schien trostlos zu sein. Es war verbissen, und es fehlte die Lust und die Konkurrenz, die ich auf anderen Märkten gesehen hatte, die grandiosen Kraftausdrücke und die heftigen Beleidigungen, die zwischen Käufer und Verkäufer in unvergleichlichem Stil und dennoch treffend ausgetauscht wurden. Auf anderen Märkten kam es sogar gelegentlich vor, dass ein Käufer, der beim Feilschen erfolgreich gewesen war, fünfmal so viele Münzen bezahlte, als ursprünglich ausgehandelt wurde, um dann den Verkäufer selbstgefällig zu beleidigen: »Weil ich dir das bezahlen möchte, was es wert ist.« Dann, wenn der Verkäufer sich genügend echauffiert hat, könnte er dem Käufer die Münzen zurückgeben, einschließlich eines Großteils des vereinbarten Preises mit der höhnischen Bemerkung: »Ich möchte dich nicht betrügen.« Dann kommt es zu einer weiteren Runde an Beleidigungen und schließlich, wenn beide Parteien befriedigt sind und ein Kompromiss erreicht ist, wird der Handel besiegelt. Käufer und Verkäufer trennen sich, und jeder ist überzeugt, dass er bei Weitem den besten Preis erzielt hat.

Auf diesem Markt dagegen näherte sich der Käufer einfach dem Verkäufer und deutete auf einen Gegenstand, um danach eine bestimmte Zahl von Fingern in die Höhe zu heben. Daraufhin hob der Verkäufer eine höhere Zahl von Fingern, manchmal mit einem am Knöchel abgewinkelten Finger, um einen Bruchteil der Währungseinheit zu nennen, bei der es sich vermutlich um kupferne Tarnscheiben handelte. Der Kunde würde dann sein Angebot erhöhen oder sich anschicken, den Stand zu verlassen. Der Verkäufer ließ ihn daraufhin entweder gehen oder senkte seinen Preis, indem er ausdruckslos weniger Finger anhob als zuvor. Wenn eine der beiden Parteien den Handel abschließen wollte, ballte man die Hand zu einer Faust. War der Handel vollzogen, nahm der Käufer eine Anzahl durchbohrter Münzen, aufgefädelt auf einer Schnur, die an seiner linken Schulter hing, gab sie dem Verkäufer, nahm den gekauften Gegenstand und ging. Wenn Worte ausgetauscht wurden, dann geschah dies geflüstert und knapp.

Als ich den Marktplatz verließ, bemerkte ich zwei Männer, die mir folgten, verstohlen, gebückt in ihren ungezeichneten grauen Roben. Ihre Gesichter waren in den Falten ihrer Kleidung verborgen, die sie kapuzenartig über ihre Köpfe gezogen hatten. *Spione*, dachte ich. Es war eine kluge Vorsichtsmaßnahme, die Tharna da einsetzte, wenn es Fremde im Auge behielt, damit ihre Gastfreundschaft nicht missbraucht würde. Ich gab mir keine Mühe, ihrer Überwachung zu entkommen, denn das hätte mir vielleicht als Verletzung der Etikette ausgelegt werden können, vielleicht sogar als das Zugeben räuberischer Absichten. Nebenbei gab es mir dadurch, dass sie nicht wussten, dass ich sie bemerkt hatte, dass sie mir folgten, einen gewissen Vorteil in dieser Angelegenheit. Es war natürlich möglich, dass sie nur neugierig waren. Wie viele scharlachrot gekleidete Krieger erschienen schließlich Tag für Tag in den düsteren Straßen von Tharna?

Ich bestieg einen der Türme von Tharna, weil ich einen Blick über die Stadt werfen wollte. Ich suchte mir die höchste Brücke aus, die ich finden konnte. Sie hatte ein Geländer, im Gegensatz zu den meisten goreanischen Brücken, hoch oder niedrig, die keines besitzen. Langsam ließ ich meine Augen über die Stadt wandern, die sicherlich durch ihre Bewohner und ihre Gebräuche eine der ungewöhnlichsten Städte Gors war.

Tharna, obwohl sie auch eine Zylinderstadt war, schien in meinen Augen weniger schön als viele andere Städte, die ich gesehen hatte. Das lag vielleicht daran, dass die Zylinder insgesamt weniger hoch aufragend und viel breiter waren, als in anderen Städten, sodass der Eindruck von einer Reihe gedrungener gestapelter Scheiben entstand, ganz anders als die aufragenden Wälder der himmelstürmenden Türme und Zinnen, die die meisten goreanischen Städte auszeichneten. Und zusätzlich noch im Gegensatz zu den meisten anderen Städten schienen die Zylinder von Tharna übertrieben ernst zu sein, niedergedrückt von ihrem eigenen Gewicht. Sie waren kaum voneinander zu unterscheiden, eine Ansammlung von Grau- und Brauntönen, so ganz anders als die tausend fröhlichen Farben, die in den meisten anderen Städten leuchteten, wo jeder Zylinder in aufragender Pracht seinen Anspruch darstellte, der kühnste und schönste von allen zu sein.

Selbst die flachen Ebenen um Tharna herum, gezeichnet durch ihre gelegentlichen Unterbrechungen durch verwitterte Felsen, wirkten grau, ziemlich kalt und düster, vielleicht sogar traurig. Tharna war keine Stadt, um das Herz eines Mannes zu erfreuen. Dennoch wusste ich, dass diese Stadt, aus meiner Perspektive, eine der aufgeklärtesten und zivilisiertesten Städte Gors war. Trotz dieser Überzeugung fühlte ich mich unverständlicherweise durch Tharna niedergedrückt, und ich fragte mich, ob sie nicht auf ihre eigene Art, irgendwie unmerklich barbarischer, härter, weniger menschlich war als ihre raueren, weniger edlen, aber schöneren Schwestern. Ich beschloss, dass ich versuchen sollte, mir einen Tarn zu sichern und so schnell wie möglich zum Sardargebirge weiterzureisen, um meine Verabredung mit den Priesterkönigen einzuhalten.

»Fremder«, sagte eine Stimme.

Ich drehte mich um.

Einer der nicht gekennzeichneten Männer, die mir gefolgt waren, hatte sich genähert. Sein Gesicht war durch die Falten seiner Robe verborgen. Mit einer Hand hielt er die Falten zusammen, damit der Wind das Tuch nicht anheben und sein Gesicht enthüllen würde, während seine andere Hand das Brückengeländer umklammert hielt, als wäre ihm die Höhe unbequem und würde ihn verunsichern.

Ein leichter Regen hatte eingesetzt.

»Tal«, sagte ich zu dem Mann und hob meinen Arm zum üblichen goreanischen Gruß.

»Tal«, antwortete er, ohne seinen Arm vom Geländer zu lösen.

Er näherte sich mir, näher als ich es mochte. »Du bist ein Fremder in dieser Stadt«, stellte er fest.

»Ja«, sagte ich.

»Wer bist du, Fremder?«

»Ich bin ein Mann ohne Stadt«, sagte ich, »dessen Name Tarl lautet.« Ich wollte nicht wieder dieses Chaos haben, das ich zuvor durch die Erwähnung des Namens Ko-ro-ba ausgelöst hatte.

»Was hast du vor in Tharna?«, wollte er wissen.

»Ich möchte gerne einen Tarn erwerben«, sagte ich, »für eine Reise, die ich plane.« Ich hatte ihm ziemlich direkt geantwortet. Ich nahm an, er sei ein Spion, beauftragt, meine Gründe für den Besuch Tharnas in Erfahrung zu bringen. Ich verachtete es, diesen Grund zu verheimlichen, behielt allerdings das Ziel meiner Reise für mich. Dass ich entschlossen war, das Sardargebirge zu erreichen, brauchte er nicht zu wissen. Dass ich Geschäfte mit den Priesterkönigen zu tätigen hatte, war nicht seine Sache.

»Ein Tarn ist teuer«, sagte er.

»Ich weiß«, antwortete ich.

»Hast du Geld?«, fragte er.

»Nein«, sagte ich.

»Wie stellst du es dir dann vor, deinen Tarn zu bekommen?«, wollte er wissen.

»Ich bin kein Geächteter«, sagte ich, »obwohl ich keine Abzeichen auf meiner Tunika oder meinem Schild trage.«

»Natürlich nicht«, sagte er schnell. »Es gibt keinen Platz für einen Geächteten in Tharna. Wir sind hart arbeitende und ehrliche Menschen.«

Ich konnte sehen, dass er mir nicht glaubte, und irgendwie glaubte auch ich ihm nicht. Ohne wirklichen Grund begann ich, ihn nicht zu mögen. Mit beiden Händen ergriff ich seine Kapuze und zog sie ihm vom Gesicht. Er schnappte nach dem Stoff und zog ihn schnell wieder an seinen alten Platz. Ich erhaschte einen kurzen Blick auf ein gelbliches Gesicht, mit einer Haut wie vertrocknete Zitronen und blassen blauen Augen. Sein Begleiter, der heimlich Ausschau gehalten hatte, begann sich, vorwärts zu bewegen und hielt dann wieder an. Der gelbgesichtige Mann drehte seinen Kopf nach rechts und links, um festzustellen, ob jemand in der Nähe war, ob dies jemand beobachtet hatte.

»Ich sehe gern, mit wem ich spreche« sagte ich.

»Natürlich«, antwortete der Mann schmeichlerisch und ein wenig unsicher, wobei er seine Kapuze noch tiefer in sein Gesicht zog.

»Ich möchte einen Tarn erwerben«, sagte ich. »Kannst du mir helfen?« Wenn er sich dazu außerstande sähe, war ich entschlossen, das Interview zu beenden.

»Ja«, sagte der Mann.

Ich war interessiert.

»Ich kann dir nicht nur helfen, einen Tarn zu erwerben«, sagte der Mann, »sondern auch tausend goldene Tarnscheiben und Vorräte für eine beliebig lange Reise, die du zu unternehmen wünschst.«

»Ich bin kein Attentäter«, sagte ich.

»Ah!«, erwiderte der Mann.

Seit der Belagerung Ars, als Pa-Kur der Meisterattentäter, die Grenzen seiner Kaste verletzt hatte und sich erdreistete, im Gegensatz zu den Traditionen Gors eine Horde gegen eine Stadt zu führen, in der Absicht, sich selbst zum Ubar zu machen, hatte die Kaste der Attentäter als verhasste, gejagte Männer leben müssen, nicht länger geschätzte Söldner, deren Dienste von den Städten und oft auch von Interessengruppen innerhalb der Städte erwünscht waren. Jetzt streiften viele Attentäter auf Gor herum, fürchteten sich, die düsteren schwarzen Tuniken ihrer Kaste zu tragen und verkleideten sich als Mitglieder anderer Kasten, nicht selten als Krieger.

»Ich bin kein Attentäter«, wiederholte ich.

»Natürlich nicht«, sagte der Mann. »Die Kaste der Attentäter gibt es nicht mehr.«

Ich bezweifelte das.

»Aber reizt dich nicht das Angebot eines Tarns, mit Gold und Vorräten belohnt zu werden, Fremder?«, wollte der Mann wissen, während seine blassen Augen durch die Falten seiner grauen Robe zu mir hochblinzelten.

»Was muss ich tun, um das zu verdienen?«, fragte ich.

»Du brauchst niemanden zu töten«, stellte der Mann klar.

»Was sonst?«, fragte ich.

»Du bist mutig und stark«, sagte er,

»Was muss ich tun?«, fragte ich.

»Du hast zweifellos Erfahrung in Sachen dieser Art«, vermutete der Mann.

»Was möchtest du, das ich tue?«, verlangte ich zu wissen.

»Eine Frau fortbringen«, sagte er.

Der leichte Nieselregen, fast ein grauer Nebel, der zu der unglücklichen Traurigkeit von Tharna passte, hatte nicht nachgelassen und mittlerweile

meine Kleidung durchnässt. Der Wind, den ich vorher nicht wahrgenommen hatte, schien mir jetzt kalt.

»Welche Frau?«, fragte ich.

»Lara«, sagte er.

»Und wer ist Lara?«, fragte ich.

»Die Tatrix von Tharna«, sagte er.

9 Die Kal-da-Kneipe

Wie ich so auf der Brücke stand und den kriecherischen, vermummten Verschwörer ansah, fühlte ich plötzlich Traurigkeit in mir aufsteigen. Selbst hier in der edlen Stadt Tharna gab es Intrigen, politische Streitigkeiten und Ehrgeiz, der sich nicht zügeln lassen wollte. Man hatte mich für einen Attentäter gehalten oder für einen Geächteten. Eingeschätzt worden war ich als ein gefälliges Instrument, um die widerlichen Pläne einer der unzufriedenen Gruppierungen Tharnas durchzusetzen.

»Ich lehne ab«, sagte ich.

Der kleine, zitronengesichtige Mann fuhr zurück, als wäre er geschlagen worden. »Ich repräsentiere eine machtvolle Persönlichkeit dieser Stadt«, sagte er.

»Ich möchte Lara, der Tatrix von Tharna, nicht schaden«, teilte ich ihm mit.

»Was bedeutet sie dir?«, fragte mich der Mann.

»Nichts«, antwortete ich.

»Und dennoch weigerst du dich?«

»Ja«, sagte ich, »ich weigere mich.«

»Du hast Angst«, sagte er.

»Nein«, sagte ich, »ich habe keine Angst.«

»Du wirst deinen Tarn niemals bekommen«, zischte der Mann. Er machte auf dem Absatz kehrt und hastete, sich noch immer am Brückengeländer festhaltend, hin zum sicheren Rand des Zylinders, zu seinem Kameraden. Dort angekommen, rief er mir über die Schulter zu: »Du wirst die Mauern von Tharna nicht lebend verlassen!«

»Dann soll es so sein«, sagte ich. »Ich werde deinen Wunsch nicht erfüllen!«

Die schmächtige Gestalt in der grauen Robe, fast so substanzlos wie der Nebel selbst, schien bereit zu sein zu verschwinden. Doch plötzlich zögerte sie. Der Mann schien einen Moment lang zu schwanken, aber dann sprach er kurz mit seinem Kameraden. Sie schienen sich irgendwie einig zu sein. Vorsichtig wagte er sich wieder auf die Brücke hinaus, während sein Kamerad zurückblieb.

»Ich habe übereilt gesprochen«, sagte er. »Du bist in Tharna in keiner Gefahr. Wir sind hart arbeitende und ehrliche Menschen.«

»Es freut mich, das zu hören«, sagte ich.

Zu meiner Überraschung drückte er mir einen kleinen, schweren Lederbeutel mit Münzen in meine Hand. Er lächelte zu mir hoch, ein verzerrtes

Grinsen, das durch die engen Falten der grauen Robe sichtbar war. »Willkommen in Tharna!«, sagte er und floh über die Brücke in den Zylinder. »Komm zurück!«, schrie ich und hielt ihm den Beutel mit Münzen hin. »Komm zurück!«

Aber er war verschwunden.

Zumindest in dieser Nacht, in dieser verregneten Nacht, würde ich nicht wieder in den Feldern schlafen, denn dank des merkwürdigen Geschenks des vermummten Verschwörers hatte ich nun die Mittel, mir ein Zimmer zu mieten. Ich verließ die Brücke und stieg die Wendeltreppe des Zylinders hinab, sodass ich mich bald wieder auf den Straßen der Stadt befand.

Herbergen und ähnliche Einrichtungen sind auf Gor nicht gerade im Überfluss vorhanden, hier wirkt sich die Feindseligkeit der Städte aus, aber normalerweise kann man sie in jeder Stadt finden. Es müssen schließlich Vorkehrungen zur Unterbringung von Händlern getroffen werden, für Delegationen aus anderen Städten, für autorisierte Besucher der einen oder der anderen Art und, um offen zu sein, haben die Gastwirte nicht immer Skrupel wegen des Rufes ihrer Gäste und stellen kaum Fragen, wenn sie eine Handvoll kupferner Tarnscheiben bekommen. In Tharna jedoch, berühmt für seine Gastfreundschaft, war ich zuversichtlich, reichlich Herbergen zu finden. Es war daher überraschend, dass ich keine einzige entdecken konnte.

Ich beschloss, dass ich, wenn es zum Schlimmsten kommen sollte, noch immer eine Pagataverne aufsuchen konnte, wo ich – wenn die Tavernen von Tharna denen in Ko-ro-ba oder Ar ähneln würden – die Nacht in eine Wolldecke gerollt unter den niedrigen Tischen ungehindert verbringen konnte, zum Preis eines Topfes mit Paga, dem starken fermentierten Getränk, das aus den gelben Körnern von Gors Lagergetreide gebraut wird, dem Sa-Tarna, auch Lebenstochter genannt. Der Ausdruck leitet sich von Sa-Tassna, dem Wort für Fleisch ab, der Lebensmutter bedeutet. Paga ist eine Verkürzung von Pagar-Sa-Tarna, was Freude der Lebenstochter heißt. Gewöhnlich konnte man in Pagatavernen noch andere Zerstreuungen als Paga finden, doch im grauen Tharna waren Zimbeln, Trommeln und Flöten der Musiker, der Klang der Glöckchen an den Fußgelenken der Tanzmädchen wohl sehr ungewöhnliche Töne.

Ich hielt eine der grauen anonymen Gestalten an, die durch diese kalte Dämmerung eilten.

»Mann aus Tharna«, fragte ich, »wo kann ich eine Herberge finden?«

»Es gibt keine Herbergen in Tharna«, antwortete der Mann und sah mich intensiv an. »Du bist ein Fremder«, stellte er fest.

»Ein müder Reisender, der eine Unterkunft sucht«, sagte ich.

»Flieh, Fremder«, sagte er.

»Ich bin willkommen in Tharna«, sagte ich.

»Verlass die Stadt, solange du noch Zeit hast«, sagte er und schaute sich um, ob jemand zuhörte.

»Ist keine Pagataverne in der Nähe, wo ich etwas Ruhe finden kann?«, fragte ich.

»Es gibt keine Pagatavernen in Tharna«, sagte der Mann – mit einer Spur von Belustigung, wie ich fand.

»Wo kann ich die Nacht verbringen?«, fragte ich.

»Du kannst sie außerhalb der Stadtmauern in den Feldern verbringen«, sagte er, »oder du kannst sie im Palast der Tatrix verbringen.«

»Das hört sich an, als sei es im Palast der Tatrix bequemer«, stellte ich fest.

Der Mann lachte bitter. »Wie viele Stunden hältst du dich schon innerhalb der Stadtmauern von Tharna auf?«, wollte er wissen.

»Zur sechsten Stunde habe ich Tharna betreten«, antwortete ich.

»Dann ist es zu spät«, sagte der Mann mit einer Spur von Bedauern, »denn du bist länger als zehn Stunden innerhalb der Stadtmauern.«

»Was meinst du damit?«, fragte ich.

»Willkommen in Tharna«, sagte der Mann und eilte davon in die Dämmerung.

Ich war etwas aufgeschreckt durch dieses Gespräch, und ich hatte unwillkürlich begonnen, in Richtung der Stadtmauern zu gehen. Ich stand vor dem großen Tor von Tharna. Die zwei gigantischen Balken, die es verschlossen, waren an ihrem Platz; Balken, die nur von einem Gespann Breit-Tharlarions bewegt werden konnten, den Lastechsen von Gor, oder aber von hundert Sklaven. Die Tore, gehalten von Bändern aus Stahl, beschlagen mit Messingplatten, grau im Nebel, das schwarze Holz deutlich über mir in die Dämmerung ragend, waren geschlossen.

»Willkommen in Tharna«, sagte einer der Wachen, der sich im Schatten der Tore auf seinen Speer stützte.

»Danke, Krieger«, sagte ich und wandte mich wieder der Stadt zu.

Hinter mir hörte ich sein Lachen, ein ähnliches bitteres Lachen, wie ich es schon vorher von anderen Bürgern gehört hatte.

Als ich so durch die Straßen wanderte, kam ich schließlich zu einem niedrigen Portal im Mauerwerk eines Zylinders. Auf jeder Seite der Tür flackerte in einer schmalen Nische, geschützt vor dem Nieselregen, die gelbe Flamme einer Tharlarionöllampe. Im Flackern konnte ich die verblassenden Buchstaben auf der Tür lesen: »Hier wird Kal-da verkauft«.

Kal-da ist ein heißes Getränk, fast kochend heiß, das aus verdünntem Ka-la-na-Wein hergestellt wird, vermischt mit Zitronensaft und scharfen Gewürzen. Ich mochte dieses mundverbrennende Gebräu nicht besonders, aber es war bei einigen Angehörigen der niederen Kasten sehr beliebt, besonders bei denjenigen, die mühsame Arbeiten per Hand verrichteten. Ich war sicher, dass die Beliebtheit des Getränks mehr auf seine Fähigkeit zurückzuführen war, einen Mann zu erwärmen, seinen Körper zu erreichen und auch auf den niedrigen Preis, als auf irgendwelche geschmacklichen Besonderheiten, da nur minderwertiger Ka-la-na-Wein zum Brauen verwendet wird. Doch ich redete mir ein, dass mir in dieser Nacht aller Nächte, in dieser kalten, niederdrückenden, nassen Nacht eine Tasse Kal-da wohl guttun würde. Darüber hinaus sollte es da, wo es Kal-da gab, auch Brot und Fleisch geben. Ich dachte an das gelbe goreanische Brot, gebacken in der Form runder, flacher Laibe, frisch und heiß. Mir lief bei dem Gedanken an ein Tabuksteak das Wasser im Mund zusammen oder, falls ich das Glück haben sollte bei einem Stück gerösteten Tarsk, dem furchterregenden wilden Eber der gemäßigten Zonen Gors mit seinen sechs Reißzähnen. Ich lächelte in mich hinein, fühlte den Beutel mit den Münzen, bückte mich und stieß die Tür auf.

Ich ging drei Stufen hinunter und befand mich in einem warmen, schwach beleuchteten Raum mit niedriger Decke, vollgestopft mit den auf Gor üblichen niedrigen Tischen, an denen Gruppen von fünf oder sechs Männern in den grauen Roben aus Tharna saßen. Das Murmeln der Gespräche verstummte, als ich eintrat. Die Männer schauten mich an. Es schienen keine Krieger im Raum zu sein. Keiner der Männer schien bewaffnet zu sein.

Es musste ein seltsamer Anblick für sie gewesen sein, ein scharlachrot gekleideter Krieger, Waffen tragend, der plötzlich eintrat, ein Mann aus einer anderen Stadt unerwartet in ihrer Mitte.

»Was hast du hier verloren?«, fragte der Wirt des Lokals, ein kleiner, dünner, kahlköpfiger Mann, der eine kurzärmelige graue Tunika und eine schmierige schwarze Schürze trug. Er kam nicht näher, sondern blieb hinter seinem Tresen und wischte langsam und nachdenklich Pfützen vergossenen Kal-das von der fleckigen Oberfläche.

»Ich reise durch Tharna«, sagte ich. »Und ich würde gerne einen Tarn erwerben, um meine Reise fortzusetzen. Heute Nacht möchte ich Essen und Unterkunft.«

»Hier ist kein Ort für jemanden von hoher Kaste«, sagte der Mann.

Ich sah mich um, sah die Männer im Raum mit ihren niedergeschlagenen, verhärmten Gesichtern. In diesem Licht war es schwer, ihre Kaste zu erkennen, denn sie alle trugen die grauen Roben aus Tharna, und nur ein farbiges Band an der Schulter zeigte den Status im Sozialgefüge an. Was mich am meisten traf, hatte nichts mit der Kaste zu tun, sondern mit ihrem offensichtlichen Mangel an geistiger Energie. Ich wusste nicht, ob sie schwach waren oder nur sehr wenig von sich selbst hielten. Sie schienen mir kraftlos zu sein, ohne Stolz, flache, trockene, zerbrochene Männer, Männer ohne Respekt vor sich selbst.

»Du bist von hoher Kaste«, sagte der Wirt. »Es ist nicht recht, dass du hier bleibst.«

Ich fand den Gedanken, wieder in die kalte, regnerische Nacht nach draußen zu gehen, nicht sonderlich angenehm; noch einmal durch die Straßen zu irren, jämmerlich, kalt bis ins Mark, um einen Platz zum Essen und Schlafen zu finden. Ich nahm eine Münze aus dem Lederbeutel und warf sie dem Besitzer zu. Er fing sie geschickt aus der Luft wie ein skeptischer Kormoran. Er untersuchte die Münze. Es war eine silberne Tarnscheibe. Er biss in das Metall, seine Kiefermuskeln wölbten sich im Licht der Lampen. Eine Spur habgierigen Vergnügens erschien in seinen Augen. Ich wusste, dass er sich nicht die Mühe machen würde, mir die Münze wieder zurückzugeben.

»Welche Kaste ist dies?«, fragte ich.

Der Wirt lächelte. »Geld kennt keine Kaste«, sagte er.

»Bring mir Essen und Trinken«, verlangte ich.

Ich ging zu einem düsteren, verlassenen Tisch im hinteren Teil des Raumes, von dem aus ich die Tür einsehen konnte. Ich lehnte mein Schild und meinen Speer an die Wand, stellte den Helm neben dem Tisch ab, schnallte den Schwertgürtel ab, legte die Waffe über den Tisch vor mir und bereitete mich darauf vor, zu warten.

Ich hatte es mir kaum hinter dem Tisch bequem gemacht, als der Wirt schon einen großen, dicken Krug mit dampfendem Kal-da vor mich hinstellte. Ich verbrannte mir fast die Hände, als ich den Krug anhob. Ich nahm einen langen, brennenden Schluck von dem Gebräu, und obwohl es mir zu einer anderen Zeit wohl widerlich vorgekommen wäre, sank es mir heute Nacht durch meinen Körper wie zischendes Feuer – ein brutaler Reizstoff, der so widerwärtig schmeckte und mir trotzdem so guttat, dass ich lachen musste.

Und ich lachte tatsächlich.

Die im Raum versammelten Männer aus Tharna schauten mich an, als wäre ich verrückt geworden. Unglauben, fehlendes Verstehen waren in ihre Gesichter geschrieben. Ich fragte mich, ob die Männer in Tharna oft lachten. Es war ein eintöniger Ort, aber der Kal-da hatte ihn bereits ein wenig angenehmer werden lassen.

»Redet, lacht!«, rief ich den Männern aus Tharna zu, die seit meinem Eintreten kein Wort gesprochen hatten. Ich starrte sie an. Nach einem weiteren großen Schluck Kal-da schüttelte ich meinen Kopf, um die wirbelnden Feuer aus Augen und Hirn zu vertreiben. Ich griff meinen Speer und donnerte ihn auf den Tisch. »Wenn ihr nicht reden könnt«, sagte ich, »wenn ihr nicht lachen könnt, dann singt wenigstens!«

Sie waren überzeugt, dass sie einem Irren begegnet waren. Obwohl ich annehme, dass es der Kal-da war, bilde ich mir gern ein, dass es nur meine Ungeduld mit den Männern aus Tharna war, der unmäßige Ausdruck meiner Frustration über diesen grauen, trostlosen Ort und seine verdrießlichen, ernsten und teilnahmslosen Bewohner. Die Männer aus Tharna weigerten sich, ihr Schweigen zu brechen.

»Sprechen wir nicht dieselbe Sprache?«, fragte ich und bezog mich dabei auf die wundervolle Muttersprache, die üblicherweise in den meisten goreanischen Städten gesprochen wird. »Ist es nicht eure Sprache?«, wollte ich wissen.

»Sie ist es«, murmelte einer der Männer.

»Warum sprichst du sie dann nicht?«, forderte ich ihn auf.

Der Mann schwieg.

Der Wirt erschien mit heißem Brot, Honig, Salz und – zu meiner großen Freude – einem riesigen, heiß gerösteten Brocken Tarsk. Ich stopfte mir den Mund mit Nahrung voll und spülte diese mit einem weiteren donnernden Zug Kal-da hinunter.

»Wirt!«, rief ich und schlug meinen Speer auf den Tisch.

»Ja, Krieger«, antwortete er.

»Wo sind die Vergnügungssklavinnen?«, wollte ich wissen.

Der Wirt schien fassungslos zu sein.

»Ich will eine Frau tanzen sehen!«, verlangte ich.

Die Männer aus Tharna schienen entsetzt zu sein. Einer flüsterte: »Es gibt keine Vergnügungssklavinnen in Tharna.«

»Leider!«, schrie ich, »Kein einziger Halsreif in ganz Tharna!«

Zwei oder drei Männer lachten. Zumindest hatte ich sie berührt.

»Diese Wesen, die sich hinter ihren Masken aus Silber auf den Straßen herumtreiben, sind das wirklich Frauen?«, fragte ich.

»Sicher«, sagte einer der Männer, mühsam ein Lachen unterdrückend.

»Ich bezweifle das«, rief ich. »Soll ich eine holen, damit wir sehen können, ob sie für uns tanzen kann?«

Die Männer lachten.

Ich gab vor, mich auf meine Füße zu erheben, doch der Wirt drückte mich voller Panik zurück und eilte davon, um mehr Kal-da zu holen. Seine Strategie bestand darin, mir so viel Kal-da die Kehle hinunterzugießen, dass ich zu nichts anderem mehr fähig sein würde, als unter den Tisch zu rollen und zu schlafen. Einige der Männer scharten sich jetzt um meinen Tisch.

»Wo kommst du her?«, fragte einer von ihnen eifrig.

»Ich habe mein ganzes Leben in Tharna verbracht«, erzählte ich ihnen.

Es gab donnerndes Gelächter.

Bald schon dirigierte ich, den Rhythmus mit dem Speerschaft auf den Tisch schlagend, eine Reihe rauer Lieder, zumeist wilde Trinklieder, Soldatenlieder, Lieder vom Lagerleben und vom Marschieren. Aber ich lehrte sie auch Lieder, die ich selbst in der Karawane von Mintar dem Händler gelernt hatte, vor so langer Zeit, als ich Talena zum ersten Mal lieben gelernt hatte, Lieder von Liebe, Einsamkeit, den Schönheiten der Heimatstadt und von den Feldern Gors.

Der Kal-da floss in Strömen in dieser Nacht, und dreimal musste das Öl in den hängenden Tharlarionlampen von dem schwitzenden und zufriedenen Wirt der Kal-da-Kneipe nachgefüllt werden. Männer aus den Straßen pressten sich durch die niedrige Tür, verblüfft vom Lärm, der nach draußen drang, und feierten schon bald mit uns. Auch einige Krieger traten ein und anstatt zu versuchen, die Ordnung wieder herzustellen, setzten sie ihre Helme ab, füllten sie mit Kal-da und saßen im Schneidersitz bei uns, um ihren Teil mitzusingen und mitzutrinken.

Schließlich waren die Tharlarionlampen flackernd erloschen, und das kalte Licht des Morgengrauens erleuchtete blass den Raum. Viele Männer waren gegangen; noch mehr waren vermutlich neben die Tische gefallen oder lagen an den Seiten des Raumes. Selbst der Wirt schlief, den Kopf auf seine überschlagenen Arme auf den Tresen gebettet, dahinter standen die großen Kal-da-Braukessel, die jetzt endlich leer und kalt waren. Ich rieb den Schlaf aus meinen Augen. Eine Hand lag auf meiner Schulter.

»Wach auf!«, verlangte eine Stimme.

»Er ist es«, ertönte eine andere Stimme, eine, die mir bekannt vorkam.

Ich kämpfte mich auf die Füße und sah mich dem kleinen, zitronengesichtigen Verschwörer gegenüber.

»Wir haben dich gesucht«, sagte die andere Stimme, die, wie ich jetzt sah, einem stämmigen Wachmann aus Tharna gehörte. Hinter ihm standen drei weitere mit ihren blauen Helmen.

»Er ist der Dieb«, sagte der zitronengesichtige Mann und zeigte auf mich. Seine Hand schoss auf den Tisch zu, wo der Beutel mit Münzen lag, halb ausgeschüttet zwischen den eingetrockneten Kal-da-Pfützen.

»Das sind meine Münzen«, sagte der Verschwörer. »Mein Name ist in das Leder des Beutels gestickt.« Er hielt den Beutel unter die Nase des Wachmanns.

»Ost«, las der Wachmann vor. Es war auch noch der Name einer winzigen Reptilienart von leuchtendem Orange, der giftigsten Schlange auf ganz Gor.

»Ich bin kein Dieb«, sagte ich. »Er gab mir die Münzen.«

»Er lügt«, sagte Ost.

»Ich lüge nicht!«, widersprach ich.

»Du stehst unter Arrest«, stellte der Wachmann fest.

»In wessen Namen?«, verlangte ich Auskunft.

»Im Namen von Lara«, sagte der Mann, »der Tatrix von Tharna.«

10 Der Palast der Tatrix

Widerstand wäre sinnlos gewesen. Meine Waffen waren mir, während ich schlief, abgenommen worden, da ich so dumm gewesen war, der Gastfreundschaft von Tharna zu trauen. Ich stand den Wachen unbewaffnet gegenüber. Dennoch musste der Offizier den Trotz in meinen Augen bemerkt haben, denn er gab seinen Männern ein Zeichen, und drei Speere senkten sich, um meine Brust zu bedrohen.

»Ich habe nichts gestohlen«, stellte ich klar.

»Du kannst deine Sache der Tatrix vortragen«, sagte der Wachmann.

»Legt ihn in Eisen«, verlangte Ost.

»Bist du ein Krieger?«, fragte der Wachmann.

»Das bin ich«, antwortete ich.

»Habe ich dein Wort, dass du mich friedlich zum Palast der Tatrix begleitest?«, fragte der Wachmann.

»Ja«, sagte ich.

Der Wachmann wandte sich an seine Männer: »Es wird nicht nötig sein, ihn in Eisen zu legen.«

»Ich bin unschuldig«, erklärte ich dem Wachmann.

Er sah mich an, mit offenen Augen hinter dem Y-förmigen Schlitz seines düsteren blauen Helmes von Tharna. »Das muss die Tatrix entscheiden«, sagte er.

»Du musst ihn in Eisen legen!«, keuchte Ost.

»Still, du Wurm!«, sagte der Wachmann, und der Verschwörer hüllte sich in erzwungenes Schweigen. Ich folgte dem Wachmann, umringt von dessen Männern, zum Palast der Tatrix. Ost wieselte hinter uns her, schnaufend und keuchend, während seine kurzen krummen Beine darum kämpften, mit dem Schritt von Kriegern mitzuhalten.

Ich spürte, dass meine Chancen auf Entkommen selbst dann, wenn ich meine Bürgschaft verraten hätte, was ich als Krieger von Gor nicht tun würde, in jedem Fall sehr klein sein würden. Aller Wahrscheinlichkeit nach hätten bereits nach den ersten Schritten in Richtung Freiheit drei Speere meinen Körper durchbohrt. Ich respektierte die ruhigen, effizienten Wachleute von Tharna und war ihren erfahrenen Kriegern bereits zuvor auf einem Feld weit weg von der Stadt gegenübergetreten. Ich fragte mich, ob Thorn in der Stadt sein mochte und ob Vera ihre Vergnügungsseide in seiner Villa trug.

Ich wusste, dass ich, wenn es in Tharna Gerechtigkeit geben sollte, freigesprochen würde, dennoch war ich unsicher – denn wie sollte ich wissen, ob mein Fall fair gehört und beurteilt würde? Dass ich im Besitz von Osts Beutel mit Münzen gewesen war, erschien sicher als Augenbeweis meiner Schuld, und das konnte durchaus die Entscheidung der Tatrix beeinflussen. Wie würde mein Wort, das Wort eines Fremden, gegen die Worte Osts gewichtet werden, eines Bürgers von Tharna und möglicherweise eines bedeutenden Bürgers?

Dennoch, vielleicht unglaublicherweise, wartete ich darauf, den Palast und die Tatrix zu sehen, die ungewöhnliche Frau von Angesicht zu Angesicht zu treffen, die eine Stadt auf Gor regieren und sogar gut regieren konnte. Wäre ich nicht gefangen genommen worden, hätte ich vermutlich sogar selbst aus eigenem freien Willen die Tatrix von Tharna angerufen, um, wie ein Bürger es ausgedrückt hatte, die Nacht in ihrem Palast zu verbringen.

Nachdem wir etwa zwanzig Minuten durch die eintönigen, gepflasterten und gewundenen Straßen von Tharna marschiert waren, wobei ihre grauen Bürger uns den Weg freigaben und ausdruckslos auf den scharlachrot gekleideten Krieger starrten, kamen wir zu einer breiten gewundenen Prachtstraße, steil ansteigend mit schwarzen Steinen gepflastert, die noch vom Regen der Nacht glänzten. Zu beiden Seiten der Straße befand sich eine allmählich ansteigende Ziegelmauer, und während wir aufwärts trotteten, wurden die Mauern auf beiden Seiten höher und die Straße schmäler.

Schließlich sah ich etwa hundert Meter vor uns, im Morgenlicht kalt wirkend, den Palast; eigentlich eine runde Festung aus Ziegeln, schwarz, schwer, schmucklos, beeindruckend. Am Eingang des Palastes schrumpfte die dunkle nasse Prachtstraße zu einem Durchgang, der gerade noch für einen einzelnen Mann breit genug war, während die Mauern gleichzeitig zu einer Höhe von vielleicht dreißig Fuß anstiegen.

Der Eingang selbst war nicht viel mehr als eine schmale, einfache Eisentür, etwa achtzehn Zoll breit und vielleicht fünf Fuß hoch. Nur jeweils ein einzelner Mann konnte zur gleichen Zeit den Palast von Tharna entweder verlassen oder betreten. Er war weit entfernt von den breiten Portalen der Zentralzylinder so vieler goreanischer Städte, durch die man mit Leichtigkeit ein Gespann Tharlarions in goldenen Panzern treiben konnte. Ich fragte mich, ob es in dieser ernsten und brutalen Festung, diesem Palast der Tatrix von Tharna, Gerechtigkeit geben konnte. Die Wachleute zeigten auf die Tür und traten hinter mich. Ich stand vor der Tür, als Erster im engen Durchgang.

»Wir treten nicht ein«, sagte der Wachmann. »Nur du und Ost.«

Ich drehte mich um, um sie anzusehen, und sofort senkten sich drei Speere bis auf die Höhe meiner Brust.

Das Geräusch von dahingleitenden Bolzen war zu hören, und die eiserne Tür schwang auf und enthüllte dahinter nichts als Dunkelheit.

»Tritt ein!«, befahl der Wachmann.

Ich schaute noch einmal auf die Speere, lächelte die Wachleute grimmig an und trat, den Kopf senkend, durch die schmale Tür.

Plötzlich schrie ich erschrocken auf, da ich ins Nichts griff und abwärts fiel. Ich hörte Ost überrascht und panisch aufschreien, als er hinter mir durch die Tür gestoßen wurde.

Ungefähr zwanzig Fuß tiefer traf ich brutal aufschlagend auf den Boden, in absoluter Dunkelheit, auf einen Steinboden, bedeckt mit nassem Stroh. Osts Körper traf fast gleichzeitig auf meinen Körper. Ich rang nach Luft. Mein Blick schien von goldenen und purpurnen Sternen umringt zu werden. Ich war mir nur schemenhaft bewusst, dass mich das Maul irgendeines großen Tieres packte und durch eine runde tunnelartige Öffnung zog. Ich versuchte, mich zu wehren, doch es war sinnlos. Mir wurde die Luft aus den Lungen gedrückt, der Tunnel gab mir keine Bewegungsfreiheit. Ich roch das nasse Fell des Tieres, irgendeines Nagers, den Geruch seiner Höhle, das verschmutzte Stroh. Mir waren, ganz weit entfernt, Osts hysterische Schreie bewusst.

Eine Zeit lang krabbelte das Tier, sich rückwärts bewegend und seine Beute mit dem Kiefer haltend, durch den Tunnel. Es zog mich mit einer Reihe schneller heftiger Rucks durch die Röhre, zerrte mich an den Steinwänden entlang, zerkratzte mich und zerfetzte meine Tunika.

Schließlich zog es mich in einen runden, kuppelförmigen Raum, erleuchtet von zwei Fackeln in Eisenhalterungen, die in die bearbeiteten Steinwände eingelassen waren. Ich hörte eine befehlsgewohnte Stimme, laut, hart. Enttäuscht quiekte das Tier. Ich hörte den Knall einer Peitsche und denselben Befehl erneut, diesmal mit größerer Schärfe gesprochen. Widerstrebend löste das Tier seinen Griff und wich zurück, kauerte sich zusammen und beobachtete mich mit seinen länglichen, schief stehenden Augen, die im Fackelschein wie geschmolzenes Gold wirkten.

Es war ein riesiges Urt, fett, glänzend und weiß; es fletschte seine drei Reihen nadelscharfer Zähne in meine Richtung und quiekte ärgerlich. Zwei Hörner, Reißzähne wie flache Halbmonde, bogen sich aus seinem Kiefer. Zwei weitere Hörner, gleich den ersten, Auswüchse der Knochenstruktur, die den oberen Rand der Augenhöhle bildet, ragten über diese glänzenden Augen hinweg, die mich zu verschlingen schienen, als warteten sie auf die Erlaubnis des Wärters, sich auf den Futtertrog zu stürzen. Sein fetter Körper zitterte vor Vorfreude.

Die Peitsche knallte erneut, ein weiterer Befehl wurde gerufen. Das Tier verschwand mit vor Frustration peitschendem, haarlosem Schwanz in einem anderen Tunnel. Ein aus Gittern bestehendes eisernes Tor schloss sich hinter ihm.

Mehrere starke Hände ergriffen mich, und ich erhaschte einen Blick auf ein schweres silbernes Objekt. Ich versuchte, mich aufzurichten, wurde jedoch mit dem Gesicht auf den Steinboden gepresst. Ein schwerer Gegenstand, dick wie ein klappbarer Balken, wurde mir um meinen Hals gelegt. Meine Handgelenke wurden in ihrer Stellung gehalten, und der Gegenstand schloss sich um meinen Hals und meine Handgelenke. Mit nachlassender Zuversicht hörte ich das Schließen eines schweren Schlosses.

»Er trägt das Joch«, sagte eine Stimme.

»Erhebe dich, Sklave«, sagte eine andere.

Ich versuchte, mich auf die Füße zu stellen, doch das Gewicht war zu schwer. Ich hörte das Zischen der Peitsche und knirschte mit den Zähnen, als die Lederschlange in mein Fleisch biss. Immer wieder schlug sie wie ein Blitz auf mich herab. Es gelang mir, meine Knie unter mich zu bringen und dann schmerzhaft, das Joch anhebend, mich unsicher auf meine Füße zu kämpfen.

»Gut gemacht, Sklave«, sagte eine Stimme.

Zwischen dem Brennen der Peitschenstriemen fühlte ich die kalte Luft des Verlieses auf meinem Rücken. Die Peitsche hatte meine Tunika geöffnet, ich musste wohl bluten. Ich drehte mich um, um den Mann zu sehen, der gesprochen hatte. Er war derjenige, der die Peitsche hielt. Ich bemerkte grimmig, dass das Leder nass von meinem Blut war.

»Ich bin kein Sklave«, sagte ich.

Der Mann hatte einen entblößten Oberkörper, ein fleischiger Typ mit Lederriemen, die um die Handgelenke geschnallt waren, das Haar war mit einem grauen Haarband zurückgebunden.

»In Tharna«, sagte er, »kann ein Mann wie du nichts anderes sein.«

Ich schaute mich im Raum um, der sich etwa fünfundzwanzig Fuß über dem Boden zu einer Kuppel wölbte. Es gab mehrere Ausgänge, die meisten davon waren kleine verschlossene Öffnungen. Aus einigen von ihnen konnte ich Stöhnen hören. Aus einigen anderen hörte ich das Scharren und Quieken von Tieren, vielleicht weitere riesige Urts. An einer Wand stand eine große Schale mit brennenden Kohlen, aus der die Handgriffe verschiedener Eisen herausragten. Eine Art Gestell befand sich neben der Schale mit den glühenden Kohlen. Es war groß genug, um einen Menschen zu tragen. An den Wänden waren Ketten befestigt, und hier und dort hingen noch andere Ketten von der Decke herab. Wie in einer Art Werkstatt hingen verschieden geartete Instrumente an den Wänden, die ich nicht weiter beschreiben möchte, außer dass sie auf raffinierte Art und Weise zur Folterung von Menschen entworfen wurden.

Es war ein hässlicher Ort.

»Hier«, sagte der Mann stolz, »bewahren wir den Frieden von Tharna.«

»Ich verlange, zur Tatrix gebracht zu werden«, sagte ich.

»Natürlich«, erwiderte der Mann. Er lachte ohne Freundlichkeit. »Ich bringe dich persönlich zur Tatrix.«

Ich hörte das Rattern von Ketten in einem Flaschenzug und sah, wie eines der verschlossenen Tore, die aus dem Raum führten, sich langsam hob. Der Mann gestikulierte mit seiner Peitsche. Ich verstand, dass ich durch die Öffnung treten sollte.

»Die Tatrix erwartet dich«, sagte er.

11 Lara, Tatrix von Tharna

Ich trat durch die Öffnung und begann, den schmerzhaften Aufstieg in einem schmalen runden Durchgang, bei jedem Schritt unter dem Gewicht des schweren Metalljochs schwankend. Der Mann mit der Peitsche trieb mich fluchend zu größerer Eile an. Er stieß mich bösartig mit der Peitsche, da die Enge des Durchgangs ihm nicht erlaubte, die Peitsche so zu benutzen, wie er es gern getan hätte.

Meine Beine und Schultern schmerzten schon jetzt unter der Last des Joches.

Wir traten in eine breite, aber dämmrige Halle. Mehrere Türen führten aus ihr hinaus. Mit der Peitsche lenkte der Mann mit den Handgelenksriemen mich durch eine dieser Türen, indem er mich höhnisch anstieß. Diese Tür führte in einen weiteren Korridor, von dem mehrere Türen abzweigten und so ging es weiter. Es war, als würde ich durch einen Irrgarten oder durch ein Abwassernetz geleitet. Ab und zu waren die Hallen durch Tharlarionöllampen beleuchtet, die in Halterungen an den Wänden befestigt waren. Das Innere des Palastes schien mir verlassen zu sein. Es war frei von Farben oder Verzierungen. Ich stolperte weiter, mit schmerzenden Peitschenstriemen, und fast erdrückt von der Last des Jochs. Ich bezweifelte, dass ich ohne Hilfe wieder aus diesem finsteren Labyrinth herausfinden könnte.

Schließlich befand ich mich in einem großen gewölbten Raum, der von Fackeln an den Wänden beleuchtet wurde. Trotz seiner Erhabenheit war der Raum ungeschmückt so wie die anderen Räume und Durchgänge, die ich bisher gesehen hatte, dunkel und beklemmend. Nur ein einziges Schmuckstück entlastete die Wände von ihrem melancholischen Anblick: das Bild einer gigantischen goldenen Maske, die dem Konterfei einer wunderschönen Frau nachempfunden war. Unter dieser Maske stand auf einem hohen Podium ein monumentaler Thron aus Gold.

Auf den breiten Stufen, die zum Thron führten, standen kurulische Stühle, auf denen, wie ich annahm, Mitglieder des Hohen Rates aus Tharna saßen. Ihre glitzernden Silbermasken, jede nach dem Bildnis der gleichen schönen Frau gearbeitet, beobachteten mich ausdruckslos.

Überall im Raum verteilt standen ernste Krieger aus Tharna, die in ihren blauen Helmen und einer winzigen Silbermaske an der Schläfe grimmig aussahen – die Mitglieder der Palastwache. Einer dieser helmtragenden Krieger stand nahe am Fuße des Thrones. Es schien etwas Vertrautes von ihm auszugehen.

Auf dem Thron selbst saß eine Frau, stolz, erhaben in hochmütiger Würde, fürstlich in majestätische Roben aus goldenem Stoff gekleidet und mit einer Maske nicht aus Silber, sondern aus purem Gold, geschnitten wie die anderen nach dem Abbild der gleichen schönen Frau. Die Augen hinter der glitzernden Goldmaske musterten mich. Niemand brauchte mir zu sagen, dass ich in der Gegenwart von Lara war, der Tatrix von Tharna.

Der Krieger am Fuße des Thrones nahm seinen Helm ab. Es war Thorn, Hauptmann von Tharna, den ich auf den Feldern weit vor der Stadt getroffen hatte. Seine eng stehenden Augen, einem Urt gleich, schauten mich verächtlich an.

Er kam näher, um mich anzusehen.

»Auf die Knie!«, befahl er. »Du stehst vor Lara, der Tatrix von Tharna!«

Ich würde nicht knien.

Thorn trat mir die Füße unter dem Körper weg, und unter dem Gewicht des Jochs brach ich hilflos am Boden zusammen.

»Die Peitsche!«, sagte Thorn und streckte seine Hand aus. Der fleischige Mann mit den Handgelenksriemen legte sie ihm in die Hand. Thorn hob das Instrument, um meinen Rücken mit ihrem harten Schlag aufzureißen.

»Schlag ihn nicht«, sagte eine gebieterische Stimme, und Thorns Peitschenarm sank nieder, als wären die Muskeln durchtrennt worden. Die Stimme gehörte der Frau hinter der goldenen Maske, Lara selbst. Ich war dankbar.

Heiß und verschwitzt, jede Faser meines Körpers vor Schmerz schreiend, gelang es mir, mich auf meine Knie zu kämpfen. Thorns Hand würde nicht zulassen, dass ich mich weiter erhob. Ich kniete unter einem Joch vor der Tatrix von Tharna. Die Augen hinter der goldenen Maske musterten mich neugierig.

»Ist es so, Fremder«, fragte sie, »dass du den Wohlstand von Tharna aus der Stadt tragen wolltest?«

Ich war verwirrt, mein Körper war schmerzerfüllt, mein Blick durch den Schweiß verschwommen.

»Das Joch ist aus Silber«, erklärte sie, »aus den Minen von Tharna.«

Ich war überrascht, denn wenn das Joch wirklich aus Silber war, dann würde der Wert des Metalls einen Ubar freikaufen können.

»Wir in Tharna halten so wenig von Reichtümern, dass wir sie als Joch für unsere Sklaven benutzen«, sagte die Tatrix.

Mein ärgerlicher Blick sagte ihr, dass ich mich selbst nicht als Sklave betrachtete.

Aus dem kurulischen Stuhl neben dem Thron erhob sich eine andere Frau, die eine aufwendig gearbeitete Silbermaske und herrliche Roben aus wertvollem Silberstoff trug. Hochmütig stand sie neben der Tatrix, während die ausdruckslose Silbermaske auf mich herabsah, scheußlich aussehend im Licht der Fackeln, das sich in ihr spiegelte. Ohne die Maske von mir abzuwenden, sagte sie zur Tatrix: »Vernichte dieses Tier!« Es war eine kalte, durchdringende Stimme, klar, entschlossen, autoritär.

»Gibt das Gesetz von Tharna ihm nicht das Recht zu sprechen, Dorna die Stolze, Zweite in Tharna?«, fragte die Tatrix, deren Stimme ebenfalls gebieterisch und kalt war, die mir aber besser gefiel als die Stimme der Frau, die die Silbermaske trug.

»Erkennt das Gesetz Tiere an?«, wollte die Frau wissen, deren Name Dorna die Stolze war. Es war fast so, als fordere sie ihre Tatrix heraus, und ich fragte mich, ob Dorna die Stolze damit zufrieden war, die Zweite in Tharna zu sein. Der Sarkasmus in ihrer Stimme war kaum verborgen.

Die Tatrix war nicht bereit, Dorna der Stolzen zu antworten.

»Besitzt er noch seine Zunge?«, fragte die Tatrix den Mann mit den Lederbändern an den Handgelenken, der hinter mir stand.

»Ja, Tatrix«, sagte der Mann.

Ich glaubte, dass die Frau in der Silbermaske, die als Zweite in Tharna angesprochen worden war, sich bei dieser Enthüllung vor Besorgnis versteifte. Die Silbermaske wandte sich an den Mann mit den Handgelenksriemen. Er stammelte, und ich überlegte, ob sein fleischiger Körper hinter mir zitterte. »Es war der Wunsch der Tatrix, dass der Sklave ins Joch geschlossen und in die Kammer der goldenen Maske gebracht werde, so schnell wie möglich und unverletzt.«

Ich lächelte in mich hinein, während ich an die Zähne des Urts und an die Peitsche dachte, die sich beide in mein Fleisch gegraben hatten.

»Warum wolltest du nicht niederknien, Fremder?«, fragte die Tatrix von Tharna.

»Ich bin ein Krieger«, antwortete ich.

»Du bist ein Sklave!«, zischte Dorna die Stolze hinter dieser ausdruckslosen Maske. Dann wandte sie sich der Tatrix zu. »Entferne seine Zunge!«, forderte sie.

»Gibst du derjenigen Befehle, die die Erste in Tharna ist?«, fragte die Tatrix.

»Nein, geliebte Tatrix«, sagte Dorna die Stolze.

»Sklave!«, sagte die Tatrix.

Ich reagierte nicht auf diese Anrede.

»Krieger«, sagte sie.

In meinem Joch hob ich den Blick zu ihrer Maske. In ihrer Hand, die in einem goldenen Handschuh steckte, hielt sie einen kleinen dunklen

Lederbeutel, halb gefüllt mit Münzen. Ich vermutete, dass es sich um die Münzen von Ost handelte und fragte mich, wo der Verschwörer wohl sein möge.

»Gib zu, dass du Ost von Tharna diese Münzen gestohlen hast«, sagte die Tatrix.

»Ich habe nichts gestohlen«, erwiderte ich. »Lass mich frei.«

Thorn lachte freudlos hinter mir.

»Ich rate dir zu gestehen«, sagte die Tatrix.

Ich nahm an, dass sie aus irgendeinem Grund versessen darauf war, dass ich mich des Verbrechens schuldig bekennen sollte. Aber da ich unschuldig war, weigerte ich mich.

»Ich habe die Münzen nicht gestohlen«, wiederholte ich.

»Dann, Fremder«, sagte die Tatrix, »tut es mir leid für dich.«

Ich konnte ihre Bemerkung nicht wirklich verstehen, und mein Rücken fühlte sich an, als wäre er bereit, unter dem Gewicht des Jochs zu zerbrechen. Mein Nacken schmerzte unter dem Gewicht. Der Schweiß lief an meinem Körper hinunter, und mein Rücken brannte noch immer von den Peitschenschlägen.

»Bringt Ost herein!«, befahl die Tatrix.

Ich glaubte, Dorna die Stolze räkelte sich unbehaglich auf ihrem kurulischen Stuhl. Sie glättete nervös die Falten ihrer silbernen Robe mit ihrer Hand in einem Silberhandschuh.

Hinter mir war ein Wimmern und Schlurfen zu hören, und zu meinem Erstaunen schleuderte einer der Palastwächter, mit der winzigen glitzernden Silbermaske an der linken Schläfe, den Verschwörer Ost, im Joch und heulend, vor den Fuß des Thrones. Osts Joch war viel leichter als das meine, aber da er auch kleiner war, war das Gewicht trotzdem zu viel für ihn.

»Knie nieder vor der Tatrix!«, befahl Thorn, der noch immer die Peitsche hielt.

Ost versuchte, sich vor Angst schreiend aufzurichten, doch er konnte das Joch nicht anheben.

Thorns Peitschenarm war erhoben.

Ich erwartete, dass die Tatrix zu seinen Gunsten eingreifen würde, so wie sie es bei mir getan hatte, aber diesmal sagte sie nichts. Sie schien mich zu beobachten. Ich fragte mich, welche Gedanken hinter dieser ruhigen Maske aus Gold arbeiteten.

»Schlag ihn nicht«, sagte ich.

Ohne ihre Augen von mir zu lösen, sagte Lara zu Thorn: »Mach dich bereit, zuzuschlagen.«

Das gelbliche, blaurot gezeichnete Gesicht verzerrte sich zu einem Grinsen, und Thorns Faust fasste den Peitschengriff fester. Er ließ die Tatrix nicht aus den Augen, denn er wollte sofort zuschlagen, wenn sie den Schlag erlauben würde.

»Erhebe dich«, sagte die Tatrix zu Ost, »oder du wirst auf deinem Bauch sterben wie eine Schlange, die du auch bist.«

»Ich kann nicht«, weinte Ost. »Ich kann nicht!«

Die Tatrix hob kalt ihre behandschuhte Hand. Wenn sie fiel, würde auch die Peitsche zuschlagen.

»Nein!«, sagte ich.

Langsam, jeden Muskel anspannend, um die Balance zu halten, die Muskel in meinen Beinen und in meinem Rücken waren wie überstrapazierte Kabel, streckte ich meine Hand nach Ost aus, und unter Schmerzen, um meine Balance kämpfend, fügte ich das Gewicht seines Jochs dem meinen hinzu und zog ihn auf die Knie.

Die Frauen mit den Silbermasken im Raum stießen ein Keuchen aus. Ein oder zwei der Krieger hatten, ungeachtet der Gepflogenheiten von Tharna, meine Tat anerkannt, indem sie mit den Bronzespitzen ihrer Speere auf ihre Schilde schlugen.

Thorn schleuderte irritiert die Peitsche zurück in die Hände des Mannes mit den Handgelenksriemen.

»Du bist stark«, stellte die Tatrix von Tharna fest.

»Stärke ist ein Attribut von wilden Tieren«, sagte Dorna die Stolze.

»Das ist wahr«, erwiderte die Tatrix.

»Aber er ist trotzdem ein schönes wildes Tier, nicht wahr?«, fragte eine der Frauen mit den Silbermasken.

»Er soll bei den Vergnügungen von Tharna eingesetzt werden«, wandte eine andere ein.

Lara hob die Hand mit dem Handschuh, um Ruhe zu befehlen.

»Wie kann es sein«, fragte ich, »dass du einem Krieger die Peitsche ersparst, um sie dann bei einem so miserablen Kerl wie Ost einzusetzen?«

»Ich hatte gehofft, dass du unschuldig wärest, Fremder«, sagte sie. »Die Schuld von Ost ist mir bekannt.«

»Ich bin unschuldig«, sagte ich.

»Dennoch gibst du zu, dass du die Münzen nicht gestohlen hast«, sagte sie.

Meine Gedanken wirbelten. »Das ist wahr«, sagte ich. »Ich habe die Münzen nicht gestohlen.«

»Dann bist du schuldig«, sagte die Stimme von Lara, meinem Gefühl nach traurig.

»Woran?«, verlangte ich zu wissen.

77

»An der Verschwörung gegen den Thron von Tharna«, erwiderte die Tatrix.

Ich war sprachlos.

»Ost«, sagte die Tatrix mit eisiger Stimme, »du bist schuldig des Verrates an Tharna. Es ist bekannt, dass du gegen den Thron konspirierst.«

Einer der Wächter, der Ost hereingebracht hatte, sprach: »Es ist, wie unsere Spione berichtet haben, Tatrix. In seinen Quartieren wurden umstürzlerische Dokumente gefunden, Briefe mit Anweisungen, die Übernahme des Throns betreffend, und Säcke mit Gold, um Komplizen anzuwerben.«

»Hat er diese Dinge auch gestanden?«, fragte Lara.

Ost brabbelte hilflos, bettelte um Gnade, sein Nacken wand sich unter dem Joch.

Die Wachleute lachten. »Ein Blick auf das weiße Urt und er gestand alles.«

»Wer, du Schlange, hat das Gold zur Verfügung gestellt?«, fragte die Tatrix. »Von wem kamen die Briefe mit den Anweisungen?«

»Ich weiß es nicht, geliebte Tatrix«, weinte Ost. »Die Briefe und das Gold wurden von einem Krieger mit einem Helm überbracht.«

»Zum Urt mit ihm!«, spottete Dorna die Stolze verächtlich.

Ost krümmte sich, jammerte um Gnade. Thorn trat ihn, um ihn zum Schweigen zu bringen.

»Was weißt du sonst noch über diese Verschwörung gegen den Thron?«, fragte Lara den wimmernden Ost.

»Nichts, geliebte Tatrix.«, wimmerte er.

»Nun gut«, sagte Lara und wandte ihre glitzernde Maske den Wachleuten zu, die Ost mitsamt seinem Joch auf die Beine gezerrt hatten, »bringt ihn in die Kammer zu den Urts.«

»Nein, nein, nein!«, wimmerte Ost. »Ich weiß mehr, viel mehr!«

Die Frauen mit den Silbermasken beugten sich auf ihren Stühlen vor. Nur die Tatrix selbst und Dorna die Stolze blieben gerade sitzen. Obwohl der Raum kühl war, fiel mir auf, dass Thorn, der Hauptmann von Tharna, schwitzte. Seine Hände verkrampften sich und lösten sich wieder.

»Was weißt du noch?«, wollte die Tatrix wissen.

Ost schaute sich um, so gut er konnte, seine Augen wölbten sich angstvoll aus ihren Höhlen.

»Kennst du den Krieger, der dir die Briefe und das Gold gebracht hat?«, fragte sie.

»Ihn kenne ich nicht«, sagte Ost.

»Erlaubt mir, sein Joch mit Blut zu tränken!«, bat Thorn und zog sein Schwert. »Bereiten wir diesem Schurken hier ein Ende!«

»Nein«, sagte Lara. »Was weißt du sonst noch, Schlange?«, fragte sie den erbärmlichen Verschwörer.

»Ich weiß«, sagte Ost, »dass der Anführer der Verschwörung eine hochgestellte Persönlichkeit aus Tharna ist – jemand, der eine Silbermaske trägt, eine Frau.«

»Undenkbar!«, schrie Lara und erhob sich auf ihre Füße. »Niemand, der die Silbermaske trägt, könnte Tharna untreu werden!«

»Dennoch ist es so«, schluchzte Ost.

»Wer ist die Verräterin?«, fragte Lara.

»Ich kenne ihren Namen nicht«, sagte Ost.

Thorn lachte.

»Aber«, sagte Ost hoffnungsvoll, »ich habe einmal mit ihr gesprochen und könnte ihre Stimme wiedererkennen, wenn man mir zu leben erlaubt.«

Thorn lachte erneut. »Es ist ein Trick, um sein Leben zu erkaufen.«

»Was meinst du, Dorna die Stolze?«, fragte Lara diejenige, die die Zweite in Tharna war.

Aber statt zu antworten schien Dorna die Stolze seltsam still zu sein. Sie streckte die Hand in ihrem silbernen Handschuh aus, die Handfläche ihrem Körper zugewandt und hackte brutal mit ihr nach unten, als wäre es eine Klinge.

»Gnade, große Dorna!«, schrie Ost.

Dorna wiederholte die Geste, langsam, grausam.

Aber die Hände von Lara waren ausgestreckt, die Handflächen nach oben, und sie hob sie leicht. Es war eine großzügige Geste, die Gnade bezeugte.

»Danke, geliebte Tatrix«, wimmerte Ost, die Augen voller Tränen. »Danke!«

»Sag mir, Schlange«, fragte Lara, »stahl der Krieger dir die Münzen?«

»Nein, nein«, heulte Ost.

»Hast du sie ihm gegeben?«, wollte sie wissen.

»Das habe ich getan«, sagte er. »Das habe ich getan.«

»Und hat er sie akzeptiert?«, fragte sie.

»Das hat er«, sagte Ost.

»Du hast mir die Münzen aufgedrängt und bist weggelaufen«, sagte ich. »Ich hatte keine andere Wahl.«

»Er hat die Münzen angenommen«, brummte Ost, sah mich bösartig an, offensichtlich entschlossen, dass ich mit ihm jedes Schicksal teilen würde, das vor ihm liegen mochte.

»Ich hatte keine andere Wahl«, sagte ich ruhig.

Ost schickte einen giftigen Blick in meine Richtung.

»Wenn ich ein Verschwörer wäre«, sagte ich, »wenn ich mit diesem Mann verbündet wäre, warum hätte er mich dann des Diebstahls der Münzen bezichtigen sollen, warum mich verhaften lassen?«

Ost erbleichte. Sein kleiner, nagetierähnlicher Verstand hastete von Gedanken zu Gedanken, doch sein Mund bewegte sich nur unkontrolliert, stumm.

Thorn sprach: »Ost wusste, dass er der Verschwörung gegen den Thron verdächtigt wurde.«

Ost sah verwirrt aus.

»Deshalb«, sagte Thorn, »musste er den Anschein erwecken, dass er das Geld nicht freiwillig diesem Krieger – oder Attentäter, wie es aussieht – gegeben, sondern dass dieser es vielmehr von ihm gestohlen hatte. Auf diese Art hätte er zu einem späteren Zeitpunkt frei von Schuld erscheinen und dabei den Mann vernichten können, der von seiner Mitschuld wusste.«

»Das ist wahr«, rief Ost dankbar aus, eifrig diesen Ausweg von so einer machtvollen Gestalt, wie Thorn es war, anzunehmen.

»Wie kam es dazu, dass Ost dir die Münzen gab, Krieger?«, fragte die Tatrix.

»Ost gab sie mir«, sagte ich, »... als Geschenk.«

Thorn warf den Kopf zurück und lachte.

»Ost hat in seinem ganzen Leben noch nichts verschenkt«, dröhnte Thorn, wischte sich den Mund und kämpfte, um seine Fassung wiederzufinden.

Es gab sogar leise Geräusche des Vergnügens von den Gestalten mit den Silbermasken, die auf den Stufen zum Thron saßen. Ost selbst kicherte.

Doch die Maske der Tatrix funkelte Ost an, und sein Kichern erstarb in seinem dünnen Hals. Die Tatrix erhob sich von ihrem Thron und zeigte mit dem Finger auf den schurkischen Verschwörer. Ihre Stimme war kalt, als sie den Wachmann ansprach, der ihn in den Raum gebracht hatte. »Zu den Minen mit ihm!«, sagte sie.

»Nein, geliebte Tatrix, nein!«, schrie Ost. Panik, wie bei einer gefangenen Katze, schien sich hinter seinen Augen aufzubauen, und er begann, unter seinem Joch zu zittern wie ein krankes Tier. Verächtlich zog der Wachmann ihn auf die Beine und zerrte ihn stolpernd und wimmernd aus dem Raum. Ich vermutete, das Urteil in die Minen geschickt zu werden, war gleichbedeutend mit einem Todesurteil.

»Du bist grausam«, sagte ich zur Tatrix.

»Eine Tatrix muss grausam sein«, sagte Dorna.

»Das«, erwiderte ich, »würde ich lieber aus dem Mund der Tatrix selbst hören.«

Dorna versteifte sich bei dieser Zurückweisung.

Nach einiger Zeit sprach die Tatrix, die wieder auf ihrem Thron Platz genommen hatte. Ihre Stimme war ruhig. »Manchmal, Fremder«, sagte sie, »ist es hart, die Erste in Tharna zu sein.«

Diese Antwort hatte ich nicht erwartet.

Ich fragte mich, was für eine Art Frau die Tatrix von Tharna wohl sein mochte, was hinter der Maske aus Gold verborgen lag. Für einen Moment tat mir die goldene Gestalt leid, vor deren Thron ich kniete.

»Und nun zu dir«, sagte Lara, während ihre Maske auf mich herabblitzte. »Du gibst zu, dass du die Münzen nicht von Ost gestohlen hast, und mit diesem Eingeständnis gibst du auch zu, dass er sie dir gegeben hat.«

»Er drückte sie mir in die Hand«, sagte ich, »und rannte davon.« Ich schaute die Tatrix an. »Ich kam nach Tharna, um einen Tarn zu erwerben. Ich hatte kein Geld. Mit den Münzen von Ost hätte ich mir einen gekauft und meine Reise fortsetzen können. Hätte ich sie wegwerfen sollen?«

»Diese Münzen«, sagte Lara und hielt den zierlichen Beutel in ihrer Hand mit dem goldenen Handschuh, »waren dazu bestimmt, meinen Tod zu kaufen.«

»So wenige Münzen?«, fragte ich skeptisch.

»Offensichtlich sollte die vollständige Summe nach vollbrachter Tat folgen«, sagte sie.

»Die Münzen waren ein Geschenk«, sagte ich. »Zumindest glaubte ich das.«

»Ich glaube dir nicht«, sagte sie.

Ich schwieg.

»Welche Summe hat dir Ost insgesamt geboten?«, fragte sie.

»Ich habe es abgelehnt, bei seinem Komplott mitzumachen«, sagte ich.

»Welche Summe hat dir Ost insgesamt geboten?«, wiederholte die Tatrix.

»Er sprach von einem Tarn«, antwortete ich, »tausend goldenen Tarnscheiben und Vorräten für eine lange Reise.«

»Goldene Tarnscheiben sind anders als solche aus Silber und knapp in Tharna«, stellte die Tatrix fest. »Jemand ist offensichtlich bereit, einen hohen Preis für meinen Tod zu bezahlen.«

»Nicht für deinen Tod«, sagte ich.

»Sondern für was?«, fragte sie.

»Für deine Entführung«, antwortete ich.

Die Tatrix versteifte sich plötzlich, ihr ganzer Körper zitterte vor Wut. Sie erhob sich, scheinbar außer sich vor Wut.

»Tränk das Joch mit Blut«, drängte Dorna.

Thorn trat vor, seine Klinge erhoben.

»Nein«, schrie die Tatrix, und zum Erstaunen aller stieg sie selbst die breiten Stufen der Empore hinab.

Zitternd vor Wut stand sie vor mir, über mir, in ihren goldenen Roben und mit ihrer Goldmaske. »Gib mir die Peitsche!«, schrie sie. »Gib sie mir!« Der Mann mit den Handgelenksriemen kniete eilig vor ihr nieder und hob die Peitsche ihren Händen entgegen. Sie ließ sie grausam durch die Luft knallen, und das Geräusch war scharf und bösartig.

»Du möchtest mich also auf dem scharlachroten Teppich sehen«, sagte sie zu mir, beide Hände um den Peitschengriff geklammert, »mit gelben Bändern gebunden, nicht wahr?«

Ich verstand die Bedeutung ihrer Worte nicht.

»Du willst mich in Camisk und Halsreif sehen, nicht wahr?«, zischte sie hysterisch.

Die Frauen in den Silbermasken wichen erschüttert zurück. Es gab Rufe des Ärgers und des Entsetzens.

»Ich bin eine Frau aus Tharna!«, schrie sie. »Die Erste in Tharna! Die Erste!«

Dann schlug sie, außer sich vor Wut, die Peitsche in beiden Händen haltend wie verrückt auf mich ein. »Es ist die Liebkosung der Peitsche, die du bekommst!«, schrie sie. Wieder und wieder schlug sie zu, dennoch gelang es mir, trotz alledem, auf den Knien zu bleiben, nicht zu fallen. Meine Sinne wirbelten durcheinander, mein Körper, gequält durch das Gewicht des silbernen Jochs und jetzt umhüllt vom flammenden Schmerz der Peitsche, bebte in unkontrollierbarer Qual. Dann, als die Tatrix erschöpft war, gelang es mir, mit einer Anstrengung, die ich kaum zu erklären vermag, mich auf meine Füße zu stellen, blutig, das Joch tragend, mein Fleisch in Fetzen hängend – und auf sie herabzusehen.

Sie drehte sich um und floh auf die Empore. Sie rannte die Stufen hinauf und wandte sich erst um, als sie schließlich vor ihrem Thron stand. Sie zeigte mit der Hand auf mich, mit dieser Hand, die in ihrem goldenen Handschuh steckte, der jetzt von meinem Blut befleckt und nass und dunkel vom Schweiß ihrer Hand war.

»Er soll bei den Vergnügungen von Tharna eingesetzt werden!«, sagte sie.

12 Andreas aus der Kaste der Dichter

Man hatte mich in eine Haube gesteckt und durch die Straßen getrieben, stolpernd unter dem Gewicht des Joches. Schließlich hatte ich ein Gebäude betreten und war eine lange, gewundene Rampe hinuntergestiegen, die durch dunkle Durchgänge führte. Als man mir die Haube abnahm, war mein Joch an der Wand eines Verlieses festgekettet worden.

Der Ort wurde von einer kleinen, stinkenden Tharlarionöllampe erleuchtet, die nahe der Decke an der Wand befestigt war. Ich hatte keine Ahnung, wie weit ich mich unter der Erdoberfläche befinden mochte. Fußboden und Wände waren aus schwarzem Stein, in riesige Blöcke gehauen, von denen jeder ungefähr eine Tonne wog. Die Lampe trocknete zwar den Stein in ihrer Nähe, doch am Boden und fast überall an den Wänden war Feuchtigkeit und der Geruch von Schimmel. Etwas Stroh war auf dem Boden verstreut. Von dem Platz, an dem ich angekettet war, konnte ich einen Wasserbehälter erreichen. Ein Futtertrog stand neben meinem Fuß. Erschöpft, der Körper gequält vom Gewicht des Jochs und dem Biss der Peitsche, legte ich mich auf die Steine und schlief. Wie lange ich schlief, weiß ich nicht. Als ich erwachte, schmerzte jeder Muskel in meinem Körper, aber jetzt war es ein dumpfer, kalter Schmerz. Ich versuchte mich zu bewegen, während meine Wunden zur Tortur wurden.

Trotz des Jochs kämpfte ich mich in den Schneidersitz und schüttelte den Kopf. Im Futtertrog neben mir sah ich einen halben Laib grob gebackenen Brotes. Ins Joch geschlossen, wie ich war, gab es keine Möglichkeit, dessen habhaft zu werden und es in den Mund zu schieben. Ich hätte auf dem Bauch hinkriechen können, und mir war klar, dass ich es tun müsste, wenn mein Hunger groß genug würde, aber der Gedanke ärgerte mich. Das Joch war nicht nur ein Werkzeug, um einen Mann sicher festzusetzen, sondern auch, um ihn zu demütigen, ihn so zu behandeln, als sei er ein Tier.

»Lass mich dir helfen«, sagte die Stimme eines Mädchens neben mir.

Ich drehte mich herum, und die Trägheit des Jochs trieb mich fast gegen die Wand. Zwei kleine Hände fingen es auf und schafften es mühsam, das schwere Gebilde wieder zurückschwingen zu lassen, sodass ich meine Balance halten konnte.

Ich sah das Mädchen an. Vielleicht war es nur ein einfaches Mädchen, doch ich fand sie attraktiv. Da war Wärme in ihr, die ich in Tharna nicht zu finden erwartet hatte. Ihre dunklen Augen musterten mich voller Besorgnis. Ihr Haar, rötlich braun, war hinter ihrem Kopf nachlässig zum Pferdeschwanz gebunden.

Als ich sie ansah, senkte sie scheu den Blick. Sie trug nur ein einziges Kleidungsstück, ein langes, schmales Rechteck aus rauem braunem Material, vielleicht achtzehn Zoll breit, das wie ein Poncho über ihren Kopf gezogen wurde, und bis kurz oberhalb ihrer Knie fiel. Es wurde von einer Kette wie von einem Gürtel gehalten.

»Ja«, sagte sie voller Scham. »Ich trage die Camisk.«

»Du bist reizvoll«, sagte ich.

Sie sah mich zwar erschreckt, aber dennoch dankbar an.

Wir sahen uns im Halbdunkel des Verlieses in die Augen, ohne zu sprechen. Es gab kein Geräusch an diesem dunklen, kalten Ort. Die Schatten der winzigen Tharlarionöllampe weit über uns flackerten an den Wänden und auf dem Gesicht des Mädchens.

Sie streckte ihre Hand aus und berührte das silberne Joch, das ich trug.

»Sie sind grausam«, sagte sie.

Dann nahm sie, ohne zu sprechen, das Brot aus dem Trog und hielt es mir hin. Ich nahm zwei oder drei gierige Bissen, füllte meinen Mund mit dem groben Gebäck, kaute es und schluckte es hinunter.

Ich bemerkte, dass ihr Hals von einem Reif aus grauem Metall umschlossen war. Ich nahm an, dass er zeigen sollte, dass sie eine Stadtsklavin aus Tharna war. Sie griff in das Wassergefäß, säuberte zunächst die Oberfläche des Wassers von dem grünlichen Schleim, der dort trieb, und brachte dann in ihren gewölbten Händen Wasser zu meinen verdorrten Lippen.

»Ich danke dir«, sagte ich.

Sie lächelte mich an. »Man dankt nicht einer Sklavin«, bemerkte sie.

»Ich dachte, in Tharna sind die Frauen frei«, sagte ich und deutete mit meinem Kopf auf den grauen Halsreif aus Metall, den sie trug.

»Man wird mich nicht in Tharna behalten«, erwiderte sie. »Man wird mich aus der Stadt schicken, zu den großen Farmen, wo ich den Feldsklaven Wasser bringen muss.«

»Was war dein Vergehen?«, fragte ich.

»Ich habe Tharna betrogen«, sagte sie.

»Du hast ein Komplott gegen den Thron geschmiedet?«, wollte ich wissen.

»Nein«, sagte das Mädchen. »Ich hatte Gefühle für einen Mann.«

Ich war sprachlos.

»Einst trug ich die silberne Maske, Krieger«, sagte das Mädchen. »Aber jetzt bin ich nur noch eine erniedrigte Frau, denn ich habe mir erlaubt zu lieben.«

»Das ist kein Verbrechen«, entgegnete ich.

Das Mädchen lachte fröhlich. Ich hörte sehr gern die plötzliche glückliche Musik eines Frauenlachens; ein Lachen, das einen Mann so sehr erfreuen kann, das auf seine Sinne einwirkt wie Ka-la-na-Wein.

Plötzlich schien es, als spürte ich das Gewicht des Jochs nicht mehr.

»Erzähl mir von ihm«, sagte ich, »aber sag mir zuerst deinen Namen.«

»Ich bin Linna von Tharna«, sagte sie. »Und wie ist dein Name?«

»Tarl«, sagte ich.

»Aus welcher Stadt?«

»Aus keiner Stadt.«

»Ah!«, sagte das Mädchen lächelnd und forschte nicht weiter. Sie hatte vermutlich angenommen, dass sie ihre Zelle mit einem Geächteten teilte. Sie setzte sich, mit glücklichen Augen, wieder auf ihre Fersen. »Er war nicht einmal aus dieser Stadt«, sagte sie.

Ich pfiff erstaunt. Das war aus goreanischer Sicht eine ernste Angelegenheit.

»Und noch schlimmer als das«, lachte sie, in die Hände klatschend, »er war aus der Kaste der Sänger.«

Es hätte schlimmer sein können, dachte ich. Obwohl die Kaste der Sänger oder Dichter keine hohe Kaste war, genoss sie dennoch mehr Ansehen als zum Beispiel die Kaste der Topfmacher oder die der Sattelmacher, mit denen sie manchmal verglichen wurde. Auf Gor gilt der Sänger oder Dichter als Handwerker, der starke Sprichworte macht, so ähnlich wie ein Topfmacher gute Töpfe oder ein Sattelmacher wertvolle Sättel herstellt. Er muss seine Rolle in der sozialen Struktur spielen, von Schlachten und Geschichten berichten, von Helden und Städten singen, doch es wird auch von ihm erwartet, über das Leben zu singen, von Liebe und Freude, und nicht nur von Waffen und Ruhm. Und es gehört zu seiner Aufgabe, die Goreaner von Zeit zu Zeit an die Einsamkeit und den Tod zu erinnern, falls sie vergessen sollten, dass sie Menschen sind.

Man sagt den Sängern nach, dass sie außergewöhnliche Fähigkeiten besäßen, aber das trifft auch auf die Tarnpfleger und Holzarbeiter zu. Dichter werden auf Gor wie auch auf meinem Geburtsplaneten mit einiger Skepsis betrachtet, und sie gelten als ein wenig verrückt, aber es gab niemanden, dem es in den Sinn gekommen wäre, dass sie an göttlichem Irrsinn leiden könnten oder wiederholte Empfänger göttlicher Eingebungen wären. Die Priesterkönige von Gor, die auf diesem rauen Planeten die Rolle von Gottheiten spielten, erzeugten nichts weiter als Ehrfurcht und gelegentlich Angst. Die Menschen lebten in einem Waffenstillstand mit den Priesterkönigen, hielten ihre Gesetze ein und feierten deren Feiertage; sie brachten die erforderlichen Opfergaben und Trankopfer dar, aber insgesamt verdrängten sie diese Götter so gut wie möglich. Hätte man einem Dichter gesagt, dass er durch einen Priesterkönig inspiriert gewesen sei, wäre er ziemlich entrüstet. »Ich, Soundso aus der und der Stadt habe dieses Lied gemacht«, würde er sagen, »und nicht die Priesterkönige.«

Trotz einiger Vorbehalte wurde der Dichter oder Sänger auf Gor geliebt. Es wäre ihm nicht in den Sinn gekommen, seinen Berufsstand mit Leid und Qual in Misskredit zu bringen; die Kaste der Dichter wurde für eine ausgesprochen glückliche Gruppe von Menschen gehalten. »Eine Handvoll Brot für ein Lied«, war eine auf Gor häufige Einladung an Mitglieder dieser Kaste, und sie konnte von den Lippen eines Bauern oder eines Ubars stammen. Und der Dichter war sehr stolz darauf, dass er dasselbe Lied in der Hütte des Bauern singen würde wie in den Hallen eines Ubars, obwohl es ihm an dem einen Ort nur einen Kanten Brot einbringen würde und an dem anderen einen Becher Gold; Gold, das oft mit einer schönen Frau verprasst wurde, die ihm nichts zurücklassen mochte als seine Lieder.

Dichter im Allgemeinen lebten nicht wirklich gut auf Gor, doch sie mussten nicht hungern, und sie waren nicht gezwungen, die Roben ihrer Kaste zu verbrennen. Einige hatten sich sogar ihren Weg von Stadt zu Stadt ersungen, wobei ihre Armut sie vor den Geächteten schützte und ihr Glück vor den Raubtieren von Gor. Neun Städte erhoben Anspruch auf den Mann, lange nach seinem Tod, der die Stadt Ko-ro-ba die Türme des Morgens genannt hatte.

»Die Kaste der Dichter ist gar nicht so schlecht«, sagte ich zu Linna.

»Natürlich nicht«, sagte sie, »aber sie gelten in Tharna als Geächtete.«

»Oh«, sagte ich.

»Gleichwohl«, sagte sie mit glücklichen Augen, »schlich sich dieser Mann, Andreas aus der Wüstenstadt Tor, in die Stadt – auf der Suche nach einem Lied, wie er behauptete.« Sie lachte. »Aber ich glaube, in Wahrheit wollte er nur hinter die Silbermasken unserer Frauen schauen.« Entzückt klatschte sie in die Hände. »Ich war es«, fuhr sie fort, »die ihn entdeckt und gestellt hat, denn ich sah die Leier unter seinen grauen Roben und erkannte ihn als Sänger. Hinter meiner Silbermaske folgte ich ihm und stellte fest, dass er länger als zehn Stunden in der Stadt gewesen war.«

»Was hat das für eine Bedeutung?«, fragte ich, denn ich hatte etwas in dieser Art schon zuvor gehört.

»Es bedeutet, dass man in Tharna willkommen geheißen wird«, antwortete das Mädchen, »und es bedeutet auch, dass man zu den großen Farmen geschickt wird, um dort als Feldsklave in Ketten die Äcker von Tharna zu bearbeiten, bis man stirbt.«

»Warum warnt man Fremde nicht vor diesem Schicksal«, fragte ich, »wenn sie durch die Stadttore eintreten?«

»Das wäre doch dumm, nicht wahr?«, lachte das Mädchen. »Wie würden denn sonst die Reihen der Feldsklaven wieder aufgefüllt werden?«

»Ich verstehe«, sagte ich und begriff zum ersten Mal etwas von der Motivation hinter der Gastfreundschaft von Tharna.

»Als Trägerin der Silbermaske«, fuhr das Mädchen fort, »war es meine Pflicht, diesen Mann den Behörden zu melden. Doch ich war neugierig, denn ich hatte noch nie zuvor einen Mann getroffen, der nicht aus Tharna war. Ich folgte ihm, bis wir allein waren und dann stellte ich ihn, informierte ihn über das Schicksal, das vor ihm lag.«

»Und was tat er?«, fragte ich.

Scheu ließ sie ihren Kopf sinken. »Er zog meine Silbermaske zur Seite und küsste mich«, gestand sie, »sodass ich nicht einmal um Hilfe schreien konnte.«

Ich lächelte sie an.

»Ich hatte noch nie zuvor in den Armen eines Mannes gelegen«, sagte sie, »denn die Männer aus Tharna dürfen keine Frauen berühren.«

Ich muss verwirrt ausgesehen haben.

»Die Kaste der Ärzte erledigt diese Angelegenheiten«, sagte sie, »unter der Aufsicht des Hohen Rates von Tharna.«

»Ich verstehe«, sagte ich.

»Dennoch«, fuhr sie fort, »obwohl ich die Silbermaske von Tharna getragen und mich für eine Frau aus Tharna gehalten hatte, fand ich das Gefühl nicht unangenehm, als er mich in seine Arme nahm.« Ein wenig traurig sah sie mich an. »Ich wusste, dass ich nicht besser war als er, nicht besser als ein Tier, nur wert genug, eine Sklavin zu sein.«

»Das glaubst du doch nicht wirklich?«, wollte ich wissen.

»Doch«, antwortete sie, »aber es ist mir egal, denn ich trage lieber die Camisk und habe seinen Kuss gespürt, als für immer hinter meiner Silbermaske zu leben.« Ihre Schultern zuckten. Ich wünschte mir, dass ich sie in meine Arme hätte nehmen und trösten können. »Ich bin ein erniedrigtes Wesen«, sagte sie, »in Schande, eine Verräterin an allem, was in Tharna wertgeschätzt wird.«

»Was geschah mit dem Mann?«, fragte ich.

»Ich verbarg ihn«, antwortete sie, »und es gelang mir, ihn aus der Stadt zu schmuggeln.« Sie seufzte. »Ich musste ihm versprechen, ihm zu folgen, aber ich wusste, dass ich es nicht können würde.«

»Was hast du gemacht?«, fragte ich nach.

»Als er in Sicherheit war«, antwortete sie, »tat ich meine Pflicht, gab mich selbst auf, trat vor den Hohen Rat von Tharna und gestand alles. Es wurde beschlossen, dass ich meine Silbermaske verlieren, die Camisk anziehen und einen Halsreif bekommen und zu den großen Farmen geschickt werden sollte, um den Feldsklaven Wasser zu bringen.«

Sie begann zu weinen.

»Du hättest dich nicht selbst dem Hohen Rat ausliefern sollen«, stellte ich fest.

»Warum nicht?«, fragte sie. »War ich denn nicht schuldig?«

»Du warst nicht schuldig«, sagte ich.

»Ist Liebe denn kein Verbrechen?«, wollte sie wissen.

»Nur in Tharna«, sagte ich.

Sie lachte. »Du bist seltsam«, stellte sie fest, »wie Andreas von Tor.«

»Was ist mit Andreas?«, fragte ich. »Wenn du ihn nicht triffst, wird er dann nicht kommen, um dich zu suchen, also die Stadt wieder betreten?«

»Nein«, sagte sie. »Er wird glauben, dass ich ihn nicht länger liebe.« Sie senkte ihren Kopf. »Er wird fortgehen und sich eine andere Frau suchen – eine, die hübscher ist als ein Mädchen aus Tharna.«

»Glaubst du das wirklich?«, fragte ich.

»Ja«, sagte sie. »Und«, fügte sie hinzu, »er wird die Stadt nicht betreten. Er weiß, dass er gefangen genommen würde, und in Anbetracht seines Vergehens könnte er in die Minen geschickt werden.« Sie zitterte. »Vielleicht würde er sogar bei den Vergnügungen von Tharna eingesetzt werden.«

»Du glaubst also, er hätte Angst, die Stadt zu betreten?«, fragte ich.

»Ja«, antwortete sie, »er wird die Stadt nicht betreten. Er ist doch kein Narr.«

»Was«, rief eine lustige junge Stimme, unverschämt und guter Laune, »kann eine Dirne wie du von Narren aus der Kaste der Sänger oder Dichter schon wissen?«

Linna sprang auf ihre Füße.

Durch die Tür des Verlieses wurde mit Speerschäften eine Gestalt in einem Joch getrieben. Sie stolperte durch den ganzen Raum, bevor sie mit dem Joch gegen die Wand knallte. Dem Mann gelang es, das Joch zu drehen und sich an der Wand in eine sitzende Position herabgleiten zu lassen.

Es war ein ungekämmter, stark aussehender Bursche mit fröhlichen Augen und einem Haarschopf, der der Mähne eines schwarzen Larls glich. Er saß auf dem Stroh und lächelte uns an, ein quietschfideles, verschmitztes und doch schamhaftes Lächeln. Er streckte seinen Nacken im Joch und bewegte die Finger.

»Nun, Linna«, sagte er, »ich bin gekommen, um dich zu holen.«

»Andreas!«, rief sie und stürzte zu ihm hin.

13 Die Vergnügungen von Tharna

Die Sonne tat meinen Augen weh. Der weiße Sand, parfümiert, durchsetzt mit Glimmer und Bleimennige, brannte unter meinen Füßen. Ich blinzelte wieder und wieder, versuchte, die Qualen des hellen Lichtes zu mindern. Schon konnte ich spüren, wie die Hitze in das silberne Joch drang, das ich trug.

Mein Rücken spürte das Stoßen der Speere, mit denen ich vorwärts getrieben wurde. Ich stolperte voran, unsicher unter dem Gewicht des Joches, während meine Füße bis zu den Knöcheln im heißen Sand versanken. Auf beiden Seiten neben mir waren andere zerlumpte Kerle, gleichermaßen in Joche geschlossen; einige unter Tränen, andere fluchend, die wie auch ich vorwärts getrieben wurden wie Tiere. Einer von ihnen, links von mir, war, wie ich wusste, Andreas aus der Wüstenstadt Tor. Schließlich spürte ich den Speerschaft in meinem Rücken nicht mehr.

»Kniet vor der Tatrix von Tharna!«, befahl eine herrische Stimme, die durch eine Art Trompete zu sprechen schien.

Ich hörte die Stimme von Andreas neben mir. »Seltsam«, bemerkte er, »normalerweise wohnt die Tatrix den Vergnügungen von Tharna nicht bei.«

Ich fragte mich, ob ich wohl der Grund dafür war, dass die Tatrix persönlich anwesend war.

»Kniet vor der Tatrix von Tharna!«, wiederholte die herrische Stimme.

Unsere Mitgefangenen knieten nieder. Nur Andreas und ich blieben stehen.

»Warum kniest du nicht nieder?«, fragte ich.

»Meinst du, nur Krieger sind tapfer?«, fragte er zurück.

Plötzlich wurde er von hinten brutal mit dem Schaft eines Speeres geschlagen, und mit einem Stöhnen sank er zu Boden. Der Speer traf auch mich, wieder und wieder, auf Rücken und Schultern, doch ich blieb stehen, in meinem Joch, stark wie ein Ochse. Dann traf mit einem scharfen Knall eine Peitsche plötzlich meine Beine und wickelte sich um sie wie eine brennende Schlange. Meine Beine wurden mir unter dem Körper weggerissen, und ich fiel schwer in den Sand.

Ich schaute mich um.

Wie ich erwartet hatte, knieten meine Mitgefangenen mit mir in einer Arena.

Es war eine ovale Einfassung, vielleicht hundert Meter in der längsten Achse und eingeschlossen von Mauern mit etwa zwölf Fuß Höhe. Die

Wände in Abschnitte eingeteilt, waren leuchtend gefärbt in den Farben gold, purpur, rot, orange, gelb und blau.

Die Oberfläche der Arena, weißer Sand, parfümiert, glitzernd mit Glimmer und durchsetzt mit roter Bleimennige, trug noch zum farbenprächtigen Ambiente des Ortes bei. Über bevorzugten Abschnitten der Tribünen, die auf allen Seiten übereinander nach oben gestaffelt waren, hingen riesige Streifen wallender Markisen aus roter und gelber Seide.

Es schien, als ob alle glorreichen Farben Gors, die den Gebäuden von Tharna vorenthalten blieben, hier an diesem Ort der Vergnügungen verschwenderisch angebracht waren.

Auf den Tribünen, im Schatten der Markisen, sah ich Hunderte von silbernen Masken, die hochmütigen Frauen von Tharna, zurückgelehnt auf Bänken sitzend, die mit bunten Seidenkissen gepolstert waren – gekommen, um die Vergnügungen zu sehen.

Ich bemerkte auch das Grau von Männern auf den Tribünen. Mehrere davon waren bewaffnete Krieger, vielleicht dort eingesetzt, um für Ruhe zu sorgen, doch viele waren wohl einfache Bürger aus Tharna. Einige schienen sich miteinander zu unterhalten, vielleicht schlossen sie die eine oder andere Wette ab, aber die meisten saßen still auf ihren Steinbänken, mürrisch und unbeweglich in ihren grauen Roben, und ihre Gedanken waren nicht leicht abzulesen. Linna hatte mir und Andreas im Verlies erzählt, dass ein Mann aus Tharna mindestens viermal im Jahr den Vergnügungen von Tharna beiwohnen müsse; wenn er das versäumte, würde er selbst daran teilnehmen müssen.

Es gab ungeduldige Rufe von den Tribünen: schrille, weibliche Stimmen, die in einem hässlichen Kontrast zu der Gelassenheit der Silbermasken standen. Alle Augen schienen sich auf einen bestimmten Abschnitt der Tribüne zu richten, den, vor dem wir knieten, einen Abschnitt, der golden glänzte.

Ich blickte zur Mauer hinauf und sah, gehüllt in ihre Roben aus Gold, hoheitsvoll auf einem goldenen Thron, diejenige, die als Einzige eine goldene Maske tragen durfte, diejenige, die Erste in Tharna war – Lara, die Tatrix selbst.

Die Tatrix stand auf und hob ihre Hand. Mit ihrem Handschuh aus Gold hielt sie einen goldenen Schal.

Die Tribünen wurden still.

Zu meinem Erstaunen sangen die Männer aus Tharna, die unterjocht in der Arena knieten – verstoßen von ihrer Stadt und verdammt – einen seltsamen Lobgesang. Andreas und ich, die wir nicht aus Tharna waren, blieben als Einzige still, und ich vermute, er war genauso überrascht wie ich.

Obwohl wir elende Tiere sind,
nur dazu da, für Euer Wohlbehagen zu leben,
nur dazu da, für Euer Vergnügen zu sterben,
huldigen wir dennoch den Masken von Tharna.
Hurra auf die Masken von Tharna!
Es lebe die Tatrix unserer Stadt!

Der goldene Schal flatterte in den Sand der Arena, und die Tatrix nahm wieder auf ihrem Thron Platz und lehnte sich zurück in die Kissen. Die Stimme, die durch die Trompete erklang, sagte: »Lasst die Vergnügungen von Tharna beginnen!«

Ausrufe der Vorfreude begrüßten diese Ankündigung, doch mir blieb wenig Zeit zuzuhören, denn ich wurde roh auf meine Füße gerissen.

»Als Erstes wird es den Wettlauf der Ochsen geben«, sagte die Stimme.

Es gab etwa vierzig arme Kerle in Silberjochen in der Arena. In wenigen Augenblicken hatten die Wachen uns in Gruppen zu vieren aufgeteilt, indem sie unsere Joche mit Ketten zusammenschirrten. Mit Peitschen trieben sie uns dann zu einer Ansammlung großer quadratischer Granitblöcke, die wohl jeweils etwa eine Tonne wogen und an deren Seiten schwere Eisenringe angebracht waren. Weitere Ketten verbanden jede Gruppe mit einem eigenen Block.

Nun wurde uns der Kurs zugewiesen. Das Rennen würde vor der goldenen Mauer anfangen und dort auch enden, hinter der in hochmütigem Glanz die Tatrix von Tharna saß. Jede Gruppe hatte ihren eigenen Treiber, der eine Peitsche trug und auf dem Steinblock ritt. Unter Schmerzen zogen wir die schweren Blöcke zur goldenen Mauer. Das silberne Joch, heiß von der Sonne, verbrannte mir Nacken und Schultern.

Als wir vor der Mauer standen, hörte ich das Lachen der Tatrix, und mein Blick trübte sich vor Wut.

Unser Treiber war der Mann mit den Handgelenksriemen, der mich aus dem Raum der Urts zum ersten Mal in die Gegenwart der Tatrix gebracht hatte. Er kam auf uns zu und überprüfte einzeln die Anschirrketten. Als er mein Joch und die Kette überprüfte, sagte er: »Dorna die Stolze hat hundert goldene Tarnscheiben auf diesen Block gewettet. Achte darauf, dass sie nicht verliert.«

»Und wenn sie es doch tut?«, fragte ich.

»Dann wird sie euch alle lebendig in Tharlarionöl kochen«, sagte er lachend.

Die Hand der Tatrix hob sich leicht, fast träge von der Armlehne ihres Thrones, und das Rennen begann.

Unser Block verlor nicht.

Ungestüm, die Rücken zum Brechen angespannt, das Brennen der rasenden Peitschenhiebe unseres Treibers spürend und den bunten Sand der Arena verfluchend, der sich vor dem Block anhäufte, den wir Fuß um Fuß um den Kurs zogen, gelang es uns als Erste, den Bereich vor der goldenen Mauer zu erreichen. Als unsere Ketten gelöst wurden, entdeckten wir, dass wir einen Mann mitgeschleift hatten, der in seinen Ketten gestorben war.

Ohne Scham ließen wir uns in den Sand fallen.

»Der Kampf der Ochsen!«, rief eine der Silbermasken, und ihr Ruf wurde erst von zehn und dann von hundert anderen aufgenommen. Schon bald schienen die Tribünen selbst von diesem Ruf widerzuhallen. »Der Kampf der Ochsen!«, schrien die Frauen von Tharna. »Lasst sie beginnen!«

Wir wurden wieder auf unsere Füße gerissen, und zu meinem Entsetzen wurden unsere Joche mit stählernen Hörnern ausgerüstet, achtzehn Zoll lang und spitz wie Nägel.

Andreas, dessen Joch in gleicher Weise geschmückt wurde, sprach zu mir: »Dies könnte ein Abschied sein, Krieger. Ich hoffe, dass man uns nicht gegeneinander aufstellt.«

»Ich würde dich nicht töten«, sagte ich.

Er sah mich seltsam an. »Noch würde ich dich töten«, sagte er nach einiger Zeit. »Aber«, fügte er hinzu, »wenn wir gegeneinander aufgestellt werden und nicht kämpfen, wird man uns beide erschlagen.«

»Dann soll es so sein«, sagte ich.

Andreas lächelte mich an. »So wird es sein, Krieger«, stimmte er zu.

Obwohl wir in Joche geschlossen waren, sahen wir einander an, Männer, beide wissend, dass wir hier im Sand der Arena von Tharna einen Freund gefunden hatten.

Mein Gegner war nicht Andreas, sondern ein gedrungener, kraftvoller Mann mit kurz geschnittenem gelbem Haar, Kron von Tharna, aus der Kaste der Metallarbeiter. Seine Augen waren blau wie Stahl. Ein Ohr war ihm abgerissen worden.

»Ich habe die Vergnügungen von Tharna schon dreimal überlebt«, sagte er, als er mich ansah.

Ich beobachtete ihn sorgfältig. Er würde ein gefährlicher Gegner sein.

Der Mann mit den Handgelenksriemen umkreiste uns mit der Peitsche, seine Augen auf den Thron der Tatrix gerichtet. Wenn sich der Handschuh aus Gold erneut erhob, würde der grausige Kampf beginnen.

»Lass uns Männer sein«, forderte ich meinen Gegner auf, »und uns weigern, einander zum Spaß der Silbermasken umzubringen.«

Sein gelber kurz geschorener Kopf starrte mich an, fast ohne Verständnis. Dann schien es, als hätte das, was ich gesagt hatte, tief in seinem Inneren eine Saite angeschlagen. Die blassen blauen Augen blitzten kurz auf, dann waren sie wieder verhangen.

»Wir würden beide umgebracht werden«, sagte er.

»Ja«, antwortete ich.

»Fremder«, sagte er, »ich habe vor, die Vergnügungen von Tharna zumindest noch einmal zu überleben.«

»Nun gut«, sagte ich und nahm ihm gegenüber Aufstellung.

Die Hand der Tatrix musste sich erhoben haben. Ich sah es nicht, denn ich wollte meine Augen nicht von meinem Gegner abwenden.

»Fangt an«, sagte der Mann mit den Handgelenksriemen.

Und so begannen Kron und ich, uns zu umkreisen, leicht gebeugt, sodass die Spitzen der Joche zum größten Vorteil genutzt werden konnten.

Einmal, zweimal griff er an, stoppte aber kurz vor mir, um zu sehen, ob er mich vorwärts locken könnte, sodass ich bei dem Versuch, dem Angriff zu begegnen, die Balance verlieren würde. Wir bewegten uns vorsichtig, machten gelegentlich Scheinangriffe mit den furchtbaren Jochen. Die Tribünen wurden unruhig. Der Mann mit den Handgelenksriemen ließ die Peitsche knallen. »Lasst Blut fließen!«, verlangte er.

Plötzlich fuhr Krons Fuß durch den weißen, parfümierten Sand, glänzend vom Glitter und der roten Bleimennige und trat einen breiten Schwall von Sandteilchen in Richtung meiner Augen. Er kam wie ein rot-silbriger Sturm auf mich zu, überraschte mich, blendete mich.

Ich fiel fast sofort auf meine Knie, und die angreifenden Hörner Krons fuhren über mich hinweg. Ich fuhr unter seinem Körper hoch, hob ihn über meine Schulter nach hinten in den Sand. Ich hörte ihn schwer hinter mir aufschlagen, hörte Krons Grunzen vor Ärger und Angst. Ich konnte mich nicht umdrehen und die Spitzen durch ihn treiben, da ich nicht riskieren konnte, ihn zu verfehlen.

Heftig schüttelte ich den Kopf; meine Hände, hilflos im Joch eingeschlossen, versuchten vergeblich, meine Augen zu erreichen, um die blendenden Teilchen aus dem Gesicht zu reiben. Schwitzend und blind, unsicher unter dem gewaltigen schwingenden Joch, hörte ich das Kreischen der aufgepeitschten Menge.

Geblendet hörte ich Kron wieder auf die Füße kommen, das schwere Joch anheben, das ihn fesselte. Ich hörte sein raues Atmen wie das Schnauben eines Tieres. Ich hörte seine kurzen, schnellen Schritte im Sand, als er auf mich zurannte, um in einem bullenartigen Angriff auf mich zuzudonnern.

Ich drehte mein Joch schräg, um zwischen die Hörner zu schlüpfen und

93

den Angriff abzublocken. Es klang, als seien zwei Ambosse gegeneinander geschleudert worden. Meine Hände suchten die seinen, doch er hielt die Fäuste geschlossen und so weit in die Armlöcher des Jochs zurückgezogen, wie er konnte. Meine Hand ergriff seine zurückgezogene Faust und glitt ab, durch den Schweiß von ihm und mir unfähig, den Griff zu halten. Einmal, zweimal mehr griff er an, und jedes Mal gelang es mir, den Angriff abzublocken, den Aufschlag der zusammenprallenden Joche auszuhalten, dem Stoß der mörderischen Hörner auszuweichen. Einmal war ich nicht so glücklich, und ein Stahlhorn pflügte durch meine Flanke, einen blutigen Kanal zurücklassend. Die Menge kreischte begeistert auf.

Plötzlich gelang es mir, meine Hände unter sein Joch zu bringen. Es war heiß von der Sonne wie meins, und das Metall verbrannte meine Hände. Kron war ein schwerer, aber doch kleiner Mann, und zum Erstaunen der Tribünen, die plötzlich verstummten, hob ich sein Joch zusammen mit dem meinen hoch.

Kron fluchte, als er spürte, dass seine Füße den Kontakt mit dem Sand verloren. Voller Schmerzen trug ich ihn, der sich im Joch aufgehängt wand, hin zur goldenen Wand und schleuderte ihn dagegen. Der Schock hätte Kron, der in seinem Joch eingeschlossen war, töten können. Wäre er ein schwächerer Mann gewesen, hätte sein Genick brechen können. Er war noch immer im Joch gefangen, aber jetzt bewusstlos und rutschte an der Wand nach unten, während das Gewicht des Jochs seinen hilflosen Körper seitwärts in den Sand taumeln ließ. Mein Schweiß und die Tränen der brennenden Fremdkörper stellten meine Sehfähigkeit wieder her. Ich schaute hinauf zur glitzernden Maske der Tatrix. Neben ihr sah ich die Silbermaske von Dorna der Stolzen.

»Töte ihn!«, sagte Dorna die Stolze und zeigte auf den bewusstlosen Kron.

Ich blickte zu den Tribünen.

Überall sah ich Silbermasken und hörte den schrillen Befehl: »Töte ihn!« Auf allen Seiten sah ich die gnadenlose Geste, die ausgestreckte rechte Hand, die Handfläche nach innen gerichtet und die grausame, nach unten hackende Bewegung. Die Trägerinnen der Silbermasken hatten sich erhoben, und die Kraft ihrer Rufe bedrängte mich wie mit Klingen; die Luft selbst schien zum Tollhaus zu werden, dröhnend vom Befehl: »Töte ihn!«

Ich drehte mich um und ging langsam zur Mitte der Arena.

Ich stand da, knöcheltief im Sand, schweißbedeckt und voller Sand, mein Rücken offen von den Peitschenhieben des Wettrennens, meine Seite aufgerissen vom Eindringen des Horns durch Krons Joch. Bewegungslos stand ich da. Die Wut der Tribünen wurde unkontrolliert.

Als ich so im Zentrum der Arena stand, allein, still, unnahbar und sie nicht zu hören schien, verstanden diese Hunderte oder vielmehr Tausende, die Silbermasken trugen, dass ihr Wille mit Füßen getreten wurde, dass ihnen dieses Wesen dort allein im Sand unter ihnen den Spaß verdorben hatte. Stehend, brüllend und ihre Fäuste in den silbernen Handschuhen in meine Richtung schüttelnd, schleuderten sie mir ihre Frustration, ihre Beschimpfungen und ihre Schmähungen an den Kopf. Die schrille Wut dieser maskierten Kreaturen schien keine Grenzen zu kennen, war an der Grenze zur Hysterie, zum Irrsinn.

Ruhig wartete ich im Zentrum der Arena auf die Krieger. Der erste Mann, der mich erreichte, war der Mann mit den Handgelenksriemen, sein Gesicht war bleich vor Wut. Er schlug mir mit der zusammengerollten Peitsche heftig ins Gesicht. »Sleen!«, schrie er, »Du hast die Vergnügungen von Tharna verdorben!« Zwei Krieger entfernten hastig die Hörner von meinem Joch und zogen mich zur goldenen Mauer.

Wieder einmal stand ich unter der goldenen Maske der Tatrix.

Ich fragte mich, ob mein Tod schnell sein würde.

Die Tribünen verstummten. Spannung lag in der Luft, während alle auf die Worte der Tatrix warteten. Ihre goldene Maske und ihre Roben glitzerten über mir. Ihre Worte waren klar, unmissverständlich.

»Entfernt sein Joch!«, sagte sie.

Ich traute meinen Ohren nicht.

Hatte ich meine Freiheit gewonnen? War das so bei den Vergnügungen von Tharna? Oder hatte die bösartige, stolze Tatrix jetzt die Grausamkeit der Vergnügungen erkannt? Hatte das Herz, versteckt in diesen kalten, glitzernden Roben, schließlich nachgegeben, sich als anfällig für Leidenschaft erwiesen? Oder hatte der Ruf der Gerechtigkeit schließlich in ihrer Brust triumphiert, sodass meine Unschuld erkannt würde, mein Fall verteidigt und ich ehrenhaft meinen Weg aus dem grauen Tharna fortsetzen könnte? Ein Gefühl wallte in meinem Herzen auf: Dankbarkeit.

»Ich danke dir, Tatrix«, sagte ich.

Sie lachte. »… damit er an den Tarn verfüttert werden kann«, fügte sie hinzu.

14 Der schwarze Tarn

Man nahm mir das Joch ab.

Die anderen Gefangenen, noch immer in ihren Jochen, waren aus der Arena in die Verliese darunter gepeitscht worden, um erneut bei den Vergnügungen von Tharna eingesetzt oder vielleicht in die Minen geschickt zu werden. Andreas von Tor versuchte, an meiner Seite zu bleiben und mein Schicksal zu teilen, doch er wurde geschlagen und schließlich besinnungslos aus der Arena gezogen.

Die Menge schien begierig zu sein, zu beobachten, was als Nächstes geschehen würde. Sie wogte unruhig unter der wallenden Seide der Markisen, richtete die seidenen Kissen, nahm sich zerstreut Zuckerwerk und Konfekt, das von Gestalten in grauen Roben verteilt wurde. Gemischt mit Rufen nach dem Tarn wurden gelegentlich Hohn- und Spottrufe über den Sand getragen.

Vielleicht waren die Vergnügungen von Tharna noch nicht verdorben; vielleicht sollte der beste Teil erst noch kommen? Sicher würde mein Tod durch den Schnabel und die Klauen eines Tarns ein befriedigendes Schauspiel für die unersättlichen Masken von Tharna bieten, eine angemessene Wiedergutmachung für die Enttäuschungen des Nachmittags, für die Missachtung ihres Willens, für den Trotz, dessen Zeuge sie geworden waren.

Obwohl ich spürte, dass ich sterben sollte, war ich nicht unzufrieden mit der Art. So hässlich dieser Tod den Trägerinnen der Silbermasken aus Tharna auch erscheinen mochte, wussten sie nicht, dass ich ein Tarnreiter gewesen war und diese Vögel kannte, ihre Kraft, ihre Wildheit und dass ich sie auf meine Art liebte und als Krieger den Tod durch einen Tarn nicht unehrenhaft finden würde.

Grimmig lächelte ich in mich hinein.

Wie die meisten Mitglieder meiner Kaste fürchte ich solche Kreaturen wie die zierliche Ost, dieses winzige, giftige Reptil, orangefarben, kaum länger als ein paar Zoll, mehr, als die monströsen Tarne, die fleischfressenden, falkenähnlichen Giganten von Gor, denn die Ost kann sich in der eigenen Sandale verkriechen und dann ohne Provokation oder Warnung zubeißen. Ihre winzigen Giftzähne waren nur ein Vorspiel für entsetzliche Qualen, die nur mit dem sicheren Tod enden können. Unter Kriegern gilt der Biss einer Ost als eines der grausamsten Tore zu den Stätten des Staubes. Bei Weitem vorzuziehen sind der reißende Schnabel und die furchtbaren Klauen eines Tarns.

Ich war nicht mehr gefesselt.

Ich konnte frei im Sand umherwandern, nur noch durch die Mauern eingeschlossen. Ich genoss diese neue Freiheit durch das Entfernen des Jochs, obwohl ich wusste, dass sie mir nur gewährt wurde, um das Schauspiel noch interessanter zu gestalten. Dass ich rennen musste, dass ich schreien und kriechen würde, dass ich versuchen könnte, mich im Sand zu vergraben, würde die Silbermasken von Tharna sicherlich erfreuen.

Ich bewegte meine Hände und Schultern, meinen Rücken. Meine Tunika war mir schon längst zur Hüfte heruntergezogen worden, und ich riss sie mir jetzt bis zum Gürtel ab, ärgerlich über den zerfetzten Stoff. Die Muskeln wölbten sich rollend unter meiner Haut, erfreut über ihre Freiheit. Langsam ging ich zum Fuß der goldenen Mauer, wo der goldene Schal der Tatrix lag, der Schal, dessen flatterndes Signal die Vergnügungen eingeleitet hatte.

Ich hob ihn auf.

»Behalte ihn als Geschenk«, erklang die hochmütige Stimme über mir.

Ich schaute nach oben zur glitzernden goldenen Maske der Tatrix.

»Als etwas, mit dem du dich an die Tatrix von Tharna erinnern kannst«, sagte die Stimme hinter der goldenen Maske amüsiert.

Ich grinste nach oben zur goldenen Maske, nahm den Schal und wischte damit Sand und Schweiß aus meinem Gesicht.

Über mir schrie die Tatrix vor Wut auf.

Ich schlang den Schal um meine Schultern und ging zur Mitte der Arena.

Kaum hatte ich die Mitte erreicht, als einer der Abschnitte der Wand zurückrollte und ein Tor offenbarte, das fast so hoch war wie die Mauer und ungefähr dreißig Fuß breit. Durch dieses Portal zogen in zwei langen Reihen Sklaven im Joch, mit Schlägen von Aufsehern angetrieben und mit Ketten angeschirrt, eine große hölzerne Plattform auf schweren Holzrädern. Ich wartete, bis die Plattform im Sonnenlicht sichtbar wurde.

Von den aufgeregten Silbermasken aus Tharna kamen Schreie der Ehrfurcht, der Überraschung und auch Schreie des Vergnügens.

Während die quietschende Plattform langsam von den sich abmühenden Sklaven, im Joch wie Ochsen angeschirrt, nach draußen in den Sand gezogen wurde, sah ich den Tarn auftauchen: einen schwarzen Riesen unter einer Haube, den Schnabel mit einem Gürtel zugebunden, einen großen Silberbarren an eines seiner Beine gekettet. Selbst er trug in Tharna sein Joch.

Die Plattform schob sich näher, und zur Verwunderung der Menge ging ich ihr entgegen.

Mein Herz schlug wild.

Ich inspizierte den Tarn.

Seine Zeichnung war mir nicht fremd. Ich untersuchte das schwarze Federkleid, den riesigen gelben Schnabel, der jetzt grausam zugegurtet war. Ich sah die großen Schwingen schlagen, die Luft aufwirbeln, sodass der Sturm ihrer Schläge die Sklaven im Sand verstreute, ihre Ketten verwickelte. Das riesige Tier hob den Kopf, sog die frische Luft ein und schlug mit den Flügeln.

Er würde nicht versuchen, mit der Haube zu fliegen; eigentlich bezweifelte ich, dass der Vogel zu fliegen versuchen würde, so lange er den Silberbarren mitschleppen musste. Es war der Vogel, den ich erkannt zu haben glaubte, er würde nicht vergeblich versuchen, das Gewicht der entwürdigenden Fessel zu bekämpfen, würde seinen Wärtern kein Schauspiel seiner Hilflosigkeit liefern. Ich weiß, es klingt seltsam, doch ich glaube, dass einige Tiere Stolz haben, und wenn eines dazu gehört, dann wusste ich, dass dieses Monster dabei war.

»Bleib zurück!«, rief einer der Männer mit der Peitsche.

Ich riss ihm die Peitsche aus der Hand und schlug ihn mit dem Arm zur Seite. Er flog taumelnd in den Sand. Verächtlich warf ich ihm die Peitsche hinterher.

Dann stand ich neben der Plattform. Ich wollte den Fußring sehen, den der Vogel trug. Befriedigt nahm ich zur Kenntnis, dass seine Klauen mit Stahl beschlagen waren. Es war ein Kriegstarn, gezüchtet für Mut, für Ausdauer, für den Kampf am Himmel über Gor. Meine Nase atmete den wilden, starken Geruch des Tarns ein, der so widerwärtig für manche ist, und dennoch Ambrosia für die Nase eines Tarnreiters. Ich rief mir die Tarnkäfige aus Ar und Ko-ro-ba ins Gedächtnis, das Lager Mintars in Pa-Kurs Stadt aus Zelten am Vosk, das Lager der Geächteten von Marlenus zwischen den Klippen des Voltaigebirges.

Als ich neben dem Vogel stand, fühlte ich mich glücklich, obwohl ich wusste, dass er mein Scharfrichter werden sollte. Es war vielleicht die verrückte Zuneigung, die ein Tarnreiter für diese gefährlichen, wilden Reittiere empfindet, die für ihn fast genauso eine Bedrohung sind wie für jeden anderen. Dennoch war es wohl mehr, denn als ich bei dem Vogel stand, fühlte ich mich fast so, als wäre ich nach Hause nach Ko-ro-ba gekommen, als stünde ich hier jetzt mit jemandem in dieser grauen feindseligen Stadt, der mich und meine Freunde kannte, der auf die Türme des Morgens geschaut und die Flügel über die glitzernden Zylinder des ruhmreichen Ar ausgebreitet hatte. Er hatte mich im Kampf getragen und hatte Talena, meine Liebe, und mich zurück von der Belagerung Ars hin zum

Fest unserer freien Gefährtenschaft in Ko-ro-ba getragen. Ich ergriff den Knöchelring und bemerkte, dass man, wie ich es erwartet hatte, den Namen der Stadt weggefeilt hatte.

»Dieser Vogel«, sagte ich zu einem der unterjochten Sklaven, »stammt aus Ko-ro-ba.«

Der Sklave zitterte in seinem Joch bei der Erwähnung dieses Namens. Er drehte sich weg, hatte es eilig abgekettet und wie ein Tier in die Sicherheit des Verlieses geführt zu werden.

Obwohl es den meisten Beobachtern so vorkommen musste, als wäre der Tarn unnatürlich ruhig, fühlte ich, dass er vor Erregung zitterte, ebenso wie ich. Er wirkte unentschlossen. Sein Kopf war erhoben, aufmerksam in der vom Leder verursachten Dunkelheit seiner Haube. Fast unhörbar sog er Luft durch die Schlitze in seinem Schnabel. Ich fragte mich, ob er meinen Geruch aufgenommen hatte. Dann wandte sich der große gelbe Schnabel, gebogen, um Beute zu zerreißen und jetzt mit einem Gurt verschlossen, mir neugierig und langsam zu.

Der Mann mit den Handgelenksriemen und dem grauen Stirnband, der stämmige Kerl, dem es so gefallen hatte, mich zu schlagen, näherte sich mir mit erhobener Peitsche.

»Komm da weg!«, rief er.

Ich drehte mich um und sah ihn an. »Ich bin kein Sklave im Joch mehr«, sagte ich. »Du greifst einen Krieger an!«

Sein Griff festigte sich um die Peitsche.

Ich lachte ihm ins Gesicht. »Schlag mich jetzt, und ich werde dich töten«, sagte ich.

»Ich habe keine Angst vor dir«, erwiderte er mit bleichem Gesicht, zurückweichend. Der Arm mit der Peitsche war gesenkt. Er zitterte.

Ich lachte erneut.

»Du wirst früh genug tot sein«, sagte er, mit fast stammelnden Worten. »Hundert Tarnreiter haben schon versucht, dieses Ungeheuer zu besteigen, und hundert Tarnreiter sind gestorben. Die Tatrix hat bestimmt, dass es nur zu den Vergnügungen eingesetzt wird, um Sleens wie dich zu fressen.«

»Nimm ihm die Haube ab!«, befahl ich. »Befreie ihn!«

Der Mann sah mich an, als wäre ich wahnsinnig geworden. Meine Ausgelassenheit überraschte selbst mich. Krieger mit Speeren stürzten vorwärts, drängten mich zurück vom Tarn. Ich stand etwas entfernt von der Plattform im Sand und beobachtete das kritische Vorhaben, dem Tarn die Haube abzunehmen. Auf den Tribünen war kein Laut zu hören.

Ich fragte mich, welche Gedanken hinter der goldenen Maske von Lara arbeiteten, der Tatrix von Tharna.

Ich fragte mich, ob der Vogel mich erkennen würde.

Ein geschickter Sklave, auf den Schultern eines weiteren Sklaven, lockerte, ohne Zeit zu verlieren, den Gurt, der den Schnabel des Tarns zuhielt, und die Haube, die seinen Kopf umhüllte. Er entfernte sie nicht, sondern löste sie nur, und sobald er das getan hatte, hasteten er und sein Helfer in die Sicherheit des geöffneten Abschnitts der Mauer, der sich daraufhin geräuschlos schloss.

Der Tarn öffnete seinen Schnabel, und der Gurt, der ihn gefesselt hatte, fiel auseinander. Er schüttelte seinen Kopf, als wolle er Wasser aus seinen Federn schütteln, und die Lederhaube wurde hinter dem Vogel weit in die Luft geschleudert. Dann hob er seinen Schnabel und stieß den furchterregenden Kampfschrei seiner Art aus. Sein schwarzer Kamm, jetzt nicht mehr durch eine Haube behindert, stellte sich mit einem Laut auf, der an das Prasseln von Feuer erinnerte, und der Wind schien jede einzelne Feder aufzurichten und glatt zu streichen.

Ich fand ihn wunderschön.

Ich wusste, dass ich hier eines der größten und furchtbarsten Raubtiere Gors anstarrte.

Aber ich fand ihn wunderschön.

Die glänzenden runden Augen, Pupillen wie schwarze Sterne, leuchteten in meine Richtung.

»Ho! Ubar des Himmels!«, schrie ich und breitete meine Arme aus. In meinen Augen glänzten Tränen. »Kennst du mich nicht mehr? Ich bin Tarl! Tarl von Ko-ro-ba!«, rief ich. Ich wusste nicht, welche Auswirkungen dieser Ruf auf die Tribünen der Arena haben würde, denn ich hatte sie vergessen. Ich sprach den riesigen Tarn an, als wäre er ein Krieger, ein Mitglied meiner Kaste. »Du fürchtest am allerwenigsten den Klang des Namens meiner Stadt«, sagte ich.

Ungeachtet der Gefahr lief ich zu dem Vogel. Ich sprang auf die schwere Holzplattform, auf der er stand. Ich schlang meine Arme um seinen Hals und weinte. Der große Schnabel berührte mich fragend. Natürlich konnte es in solch einem Ungeheuer keine Gefühle geben. Dennoch fragte ich mich, als seine großen runden Augen mich ansahen, welche Gedanken wohl durch dies Vogelhirn ziehen mochten. Ich fragte mich, ob auch er sich an das Donnern des Windes erinnerte, an den Klang der Waffen, wenn Tarnreiter im Flug miteinander kämpfen, an den Anblick von Gors Tarnkavallerie, die zum Klang der Tarntrommeln in Position fliegt, oder an die langen, ruhigen, einsamen und hohen Flüge, die wir zusammen über den grünen Feldern von Gor erlebt hatten. Konnte er sich an den Vosk erinnern, der wie ein silbernes Band unter seinen Flügeln dalag?

Oder an den Kampf gegen die Böen und Aufwinde des zerklüfteten Voltaigebirges? Konnte er sich an Thentis erinnern, berühmt für seine Tarnschwärme, an Ko-ro-bas glänzende Türme oder an die Lichter von Ar, wie sie in jener Nacht des Sa-Tarna-Pflanzfestes geglänzt hatten, als wir beide es gewagt hatten, nach dem Heim-Stein der größten Stadt des bekannten Gor zu greifen? Nein, ich denke, dass keine dieser für mich so lieb gewordenen Erinnerungen ihren Platz im einfachen Gehirn dieses gefiederten Giganten finden konnte. Zärtlich schob der große Vogel seinen Schnabel unter meinen Arm.

Ich wusste, dass die Krieger von Tharna nun zwei töten mussten, denn der Tarn würde mich bis zum Tode verteidigen.

Er hob seinen riesigen, furchtbaren Kopf und beobachtete sehr genau die Tribünen. Der Tarn schüttelte das Bein, das an den großen Silberbarren gekettet war. Er würde sich fortbewegen können, indem er das Gewicht hinter sich herzog, doch er konnte nicht fliegen.

Ich kniete nieder, um die Fessel zu untersuchen. Sie war nicht um den Vogelfuß geschmiedet worden, da sie in der Abgeschiedenheit der Tarnställe abgenommen wurde, um dem Tarn zu erlauben, sich zu bewegen und auf der Sitzstange auszuruhen. Glücklicherweise war sie auch nicht festgeschmiedet worden. Sie war jedoch mit einer schweren, viereckigen Schraube festgeschraubt, nicht unähnlich einer übergroßen Maschinenschraube, deren Schaft vielleicht anderthalb Zoll Durchmesser haben mochte.

Meine Hände umklammerten die Schraube. Sie saß fest; sie war mit einem Schraubenschlüssel angezogen worden. Meine Hände schlossen sich darum, versuchten, sie loszudrehen. Sie hielt. Ich kämpfte mit ihr, ich verfluchte sie. Innerlich schrie ich sie an, sich zu öffnen. Sie hörte nicht auf mich.

Mir waren die Schreie auf den Tribünen nicht bewusst. Es waren nicht einfach nur Schreie der Ungeduld und der Bestürzung. Die Silbermasken von Tharna wurden nicht nur eines weiteren Schauspiels beraubt, sie waren auch sprachlos und verwirrt.

Sie brauchten nicht lange, um zu begreifen, dass der Tarn, aus irgendeinem seltsamen Grund, mich nicht angreifen würde, und wie auch immer sie meine Chancen einschätzten, es dauerte nur einen Augenblick länger, bis ihnen klar war, dass es meine Absicht war, den Vogel zu befreien.

Die Stimme der Tatrix wehte über den Sand: »Tötet ihn!«, schrie sie. Ich hörte auch die Stimme von Dorna der Stolzen, die die Krieger anstachelte, ihre Aufgabe auszuführen. Bald würden die Speerwerfer aus Tharna bei uns sein. Ein oder zwei von ihnen waren bereits von den Tribünen aus über die Mauer geklettert und näherten sich. Das große Tor, durch das der

Tarn hereingezogen worden war, öffnete sich auch wieder, und eine Reihe Krieger eilte durch die Öffnung.

Meine Hände klammerten sich noch fester um die greifbaren Teile der Schraube. Sie war jetzt mit meinem Blut verschmiert. Ich fühlte, wie die Muskeln meiner Arme und meines Rückens sich gegen das widerspenstige Metall stemmten. Ein Speer schlug in das Holz der Plattform ein. Schweiß quoll aus jeder Pore meines Körpers. Ein weiterer Speer traf das Holz, näher als der erste. Es schien, als wollte das Metall mir das Fleisch von den Händen reißen oder mir die Knochen meiner Finger brechen. Und noch einer traf das Holz, riss mein Bein auf. Der Tarn beugte seinen Kopf über mich und stieß einen durchdringenden, wilden Ton aus; einen furchtbaren Wutschrei, der die Herzen aller Anwesenden im engen Raum der Arena aufwühlen musste. Die Speerträger schienen zu erstarren und wichen zurück, als könnte der große Vogel sie ungehindert angreifen.

»Narren!«, schrie die Stimme des Mannes mit den Handgelenksriemen. »Der Vogel ist angekettet! Greift an! Tötet sie beide!«

In diesem Augenblick gab die Schraube nach, und die Mutter löste sich vom Schaft.

Der Tarn schüttelte das verhasste Metall von seinem Bein, als ob er verstanden hätte, dass er nun frei war, hob seinen Schnabel zum Himmel und stieß einen Schrei aus, der in ganz Tharna zu hören gewesen sein muss; einen Schrei, den man sonst selten hört, höchstens in den Bergen von Thentis oder in den Schluchten des Voltai. Den Schrei des wilden Tarns, siegesgewiss, der die Erde und alles, was unter ihm liegt zu seinem Territorium erklärt.

Für einen Moment, vielleicht für einen unwürdigen Moment, fürchtete ich, der Vogel würde sich sofort in den Himmel erheben, aber obwohl das Metall von seinem Fuß geschüttelt war, obwohl er frei war und die Speerträger auf uns zukamen, bewegte er sich nicht.

Ich sprang auf seinen Rücken und vergrub meine Hände in den festen Federn seines Halses. Was hätte ich jetzt für einen Tarnsattel und das breite purpurne Band gegeben, das den Krieger im Sattel festhält.

Sobald der Tarn mein Gewicht spürte, schrie er erneut auf und erhob sich mit seinen breiten Schwingen schlagend in die Lüfte und stieg in schwindelerregendem Kreisflug immer weiter auf. Einige Speere flogen in trägen Bögen unter uns hindurch; sie flogen bei Weitem zu kurz und fielen zurück in den festlich eingefärbten Sand der Arena. Es gab Wutschreie, die von unten zu uns herauftrieben, als die Silbermasken von Tharna zu verstehen begannen, dass sie um ihr Opfer betrogen waren, dass die Vergnügungen schlecht ausgegangen waren.

Ich hatte keine Möglichkeit, den Tarn effektiv zu lenken. Normalerweise wird der Tarn mit einem Geschirr gelenkt. Es gibt einen Kehlriemen, an dem gewöhnlich im Uhrzeigersinn sechs Zügel befestigt sind. Sie führen vom Kehlriemen zum Hauptsattelring, der am Sattel angebracht ist. Indem man auf diese Zügel Druck ausübt, lenkt man den Vogel. Aber mir fehlten sowohl der Sattel als auch das Geschirr. Ich hatte nicht einmal einen Tarnstab, ohne den sich die meisten Tarnreiter ihrem wilden Reittier nicht nähern würden.

In dieser Hinsicht hatte ich allerdings keine große Sorge, da ich bei diesem Vogel den Stab kaum benutzt hatte. Am Anfang hatte ich mich dabei zurückgehalten, ihn zu oft zu benutzen, da ich fürchtete, dass sich der Effekt des grausamen Reizes durch allzu häufige Anwendung abnutzen könnte, und schließlich hatte ich seine Anwendung völlig eingestellt und trug ihn nur noch bei mir, um mich schützen zu können, falls der Vogel, besonders wenn er hungrig sein sollte, sich gegen mich wenden würde. Verschiedentlich hatten Tarne ihre eigenen Herren aufgefressen. Wenn sie zum Fressen freigelassen wurden, war es nicht ungewöhnlich für sie, dass sie mit der gleichen Raubtierlust menschliche Beute jagten, wie sie sie bei der gelben Antilope, dem Tabuk, empfanden, ihrer bevorzugten Beute oder beim schwerfälligen, übellaunigen Bosk, einem zotteligen, langhaarigen wilden Ochsen der goreanischen Ebenen. Ich fand, dass der Stab, zumindest bei diesen Monstren, ihre Leistungsfähigkeit nicht verbesserte, sondern eher behinderte. Der Tarn schien sich dem Stab zu widersetzen, ihn zu bekämpfen, falsch zu reagieren, wenn er eingesetzt wurde. Es konnte sogar vorkommen, dass er langsamer wurde, wenn er von ihm getroffen wurde, oder dass er die Befehle der Tarnzügel absichtlich nicht befolgte. Demzufolge hatte mein Stab die Scheide an der rechten Seite des Sattels nur selten verlassen.

Ich fragte mich manchmal, ob dieser Vogel, mein Ubar des Himmels, dieser König aller Tarne, einer Vogelrasse, die von den Goreanern Brüder des Windes genannt wird, sich selbst als dem Tarnstab überlegen betrachten könnte, seine Funken und Schockschläge bekämpfen wollte. Ob er widerlegen wollte, dass dieses mickrige menschliche Werkzeug ihn belehren wollte, ihm, dem König der Tarne beizubringen versuchte, wie, wie schnell und wie weit man fliegt. Aber ich verwarf solche Gedanken als absurd. Der Tarn war nur ein weiteres Tier auf Gor. Die Gefühle, die ich ihm gern zugeschrieben hätte, würden weit jenseits des Horizontes einer so einfachen Kreatur liegen.

Ich sah die Türme von Tharna und das funkelnde Oval seiner Arena, dieses grausame Amphitheater unter den Schwingen des Tarns nach unten wegtauchen. Ein Teil der gleichen Heiterkeit, die ich bei meinem ersten wilden Flug auf einem Tarn auf gerade diesem Riesen gefühlt hatte, erfüllte mich auch diesmal wieder. Hinter Tharna und dessen düsteren Äckern, regelmäßig unterbrochen von steinigen Aussparungen, konnte ich die grünen Felder Gors erkennen, waldige Wiesen gelber Ka-la-na-Bäume, die schimmernde Oberfläche eines stillen Sees und den leuchtend blauen Himmel, offen und einladend.

»Ich bin frei!«, schrie ich.

Aber ich wusste schon in dem Moment, als ich den Ruf ausstieß, dass ich nicht frei war, und ich fühlte brennende Scham in mir, dass ich mich so betrogen hatte, denn wie könnte ich frei sein, wenn andere in dieser grauen Stadt weiter gefangen waren? Da gab es das Mädchen Linna mit ihren warmen Augen, die nett zu mir gewesen war, deren kastanienbraunes Haar mit einer rauen Schnur zusammengebunden war und die den grauen Halsreif der Stadtsklavin von Tharna trug. Da war Andreas von Tor, aus der Kaste der Sänger, jung, tapfer, unzähmbar, sein Haar wild wie die Mähne des schwarzen Larls, der lieber sterben würde, als mich töten zu wollen, verurteilt, an den Vergnügungen von Tharna teilzunehmen oder in die Minen von Tharna zu gehen. Und so viele andere, in ihren Jochen oder ohne Joch, gefesselt oder frei, in den Minen, auf den großen Farmen, in der Stadt selbst, die unter dem Elend von Tharna und den dortigen Gesetzen litten, die dem erdrückenden Gewicht ihrer Traditionen ausgeliefert waren und bestenfalls nichts Besseres im Leben kannten, als eine Schale billigen Kal-da am Ende eines Tages voller anstrengender, unrühmlicher Arbeit.

»Tabuk!«, rief ich dem gefiederten Giganten zu. »Tabuk!«

Das Tabuk ist die auf Gor am meisten verbreitete Antilope, ein kleines anmutiges Tier, einhörnig und gelb, das in den Ka-la-na-Dickichten des Planeten haust und gelegentlich mutig die Wiesen besucht, um Beeren und Salz zu finden. Es ist auch eines der bevorzugten Beutetiere eines Tarns.

Der Ruf »Tabuk!« wird von Tarnreitern auf langen Flügen benutzt, wenn die Zeit kostbar ist und er nicht absteigen mag, um den Vogel freizulassen, damit er Beute finden kann. Wenn er in den Feldern unter sich ein Tabuk entdeckt oder irgendein anderes Tier aus dem Beuteschema des Tarns, kann er »Tabuk!« rufen, das Zeichen für den Vogel, dass er jagen darf. Er tötet seine Beute, verschlingt sie und fliegt dann weiter, ohne dass der Tarnreiter dabei den Sattel verlässt. Es war das erste Mal, dass ich »Tabuk!« gerufen hatte, aber der Vogel war sicher durch die Tarnhüter in Ko-ro-ba vor langer Zeit auf den Ruf konditioniert und würde wohl noch immer darauf reagieren. Ich fand es gut, den Vogel rasten zu lassen und ihn abzusatteln, und ehrlich gesagt, war ich nicht sehr wild darauf, bei der Nahrungsaufnahme eines Tarns anwesend zu sein.

Der große schwarze Tarn begann zu meiner Freude, beim Hören des Rufs »Tabuk!« seine langen, aufsteigenden Jagdkreise zu fliegen, fast so, als habe er seine Ausbildung erst gestern erhalten. Er war wirklich der König der Tarne, mein Ubar des Himmels!

Es war ein verzweifelter Plan, den ich beschlossen hatte, nicht mehr Erfolg versprechend als eins zu einer Million, wenn nicht der große Tarn die Waagschale zu meinen Gunsten beeinflussen würde. Seine bösen Augen leuchteten, suchten den Boden ab, den Kopf und den Schnabel nach vorn gereckt, die Schwingen still, glitt er in großen Bögen tiefer und tiefer über die grauen Türme von Tharna.

Jetzt flogen wir über die Arena von Tharna, in der noch immer eine brodelnde, wütende Menschenmenge wogte. Die Markisen waren schon abgenommen worden, doch die Tribünen waren noch immer voller Menschen; Tausende von Silbermasken aus Tharna warteten darauf, dass die goldene Tatrix als Erste den Schauplatz der makabren Vergnügungen der grauen Stadt verließ.

Weit unten in der Mitte der Menge fiel mein Blick auf die goldenen Roben der Tatrix.

»Tabuk!«, rief ich. »Tabuk!«

Das große Raubtier wirbelte am Himmel herum, drehte sich so sanft wie ein ferngesteuertes Messer. Er blieb in der Luft stehen, die Sonne im Rücken. Seine Klauen, stahlbeschlagen, waren wie große Haken nach unten gerichtet. Es schien, als zitterte er fast bewegungslos in der Luft – und dann hoben sich seine Schwingen, parallel, hüllten mich fast ein und bewegten sich nicht mehr.

Der Abstieg war so sanft und leise wie das Fallen eines Steins oder das Öffnen einer Hand. Ich klammerte mich verzweifelt an den Vogel. Ich hatte ein flaues Gefühl im Magen. Die Tribünen der Arena, voll mit den Masken und Roben, schienen in den Himmel zu rasen.

Unter uns erklangen schrille Entsetzensschreie. Auf allen Seiten flohen die Silbermasken von Tharna mit wehenden Roben und Würdenzeichen, die kurz zuvor noch unverschämt nach Blut gerufen hatten – eine panische Masse, die um ihr Leben fürchtete, einander niedertrampelte, sich gegenseitig zerrte und kratzte, über Bänke stolperte und einander sogar über die Mauer in den Sand der Arena warf.

Innerhalb eines Augenblicks, der zu den entsetzlichsten ihres Lebens gehört haben musste, stand die Tatrix alleine da auf den Stufen vor ihrem goldenen Thron zwischen verstreuten Kissen und Tabletts mit Zuckerwerk und Konfekt, und sah hinauf, verlassen von allen. Hinter der ruhigen, ausdruckslosen, goldenen Maske wurde ein wilder Schrei ausgestoßen. Die goldenen Arme ihrer Robe, die Hände in goldenen Handschuhen, schlug sie vor ihr Gesicht. Die Augen hinter der Maske, die ich in diesem Sekundenbruchteil sah, waren hysterisch vor Angst.

Der Tarn schlug zu.

Die stahlbeschlagenen, zupackenden Klauen schlossen sich wie große Haken um den Körper der schreienden Tatrix. Und so stand der Tarn für einen Moment da, mit ausgestrecktem Kopf und Schnabel, mit schlagenden Flügeln, die Beute in seinem Griff eingeschlossen und stieß den furchterregenden Beuteruf des Tarns aus, gleichzeitig ein Schrei des Sieges wie der Herausforderung.

In diesen riesigen, gnadenlosen Klauen war der Körper der Tatrix hilflos. Er zitterte vor Entsetzen, zuckte unkontrolliert wie der Körper eines anmutigen erbeuteten Tabuks, das erwartet, zum Nest getragen zu werden. Die Tatrix konnte nicht einmal mehr schreien.

Mit einem Wirbelsturm seiner Schwingen stieg der Tarn in die Luft, stieg auf, sichtbar für alle, über die Tribünen, die Arena, über die Türme und Mauern von Tharna und flog zügig auf den Horizont zu, den in goldene Roben gehüllten Körper der Tatrix in seinen Klauen haltend.

15 Ein Handel wird abgeschlossen

Der Tabukruf ist das einzige Wort, auf das ein Tarn mit einer Reaktion ausgebildet wird. Alles andere ist eine Sache der Tarnzügel und des Tarnstabs. Ich machte mir bittere Vorwürfe, dass ich den Vogel nicht auf Stimmbefehle trainiert hatte. Jetzt, mehr als jemals zuvor, ohne Zaumzeug und Sattel, wäre solch eine Ausbildung von unschätzbarem Wert gewesen.

Ein wilder Gedanke kam mir in den Sinn. Als ich Talena von Ar nach Hause nach Ko-ro-ba gebracht hatte, hatte ich versucht, sie mit den Zügeln des Tarngeschirrs vertraut zu machen und ihr zu helfen, das Ungeheuer zu beherrschen.

Im pfeifenden Wind hatte ich ihr, wenn es nötig war, die Zügel zugerufen: »Erster Zügel! Sechster Zügel!« und so weiter, und dann hatte sie die entsprechenden Zügel gezogen. Das war die einzige Verbindung zwischen der Stimme eines Mannes und der Anordnung des Zügelgeschirrs, die der Tarn kennengelernt hatte. Der Vogel konnte natürlich niemals in so kurzer Zeit konditioniert werden, und es war auch nicht meine Absicht gewesen, ihn so auszubilden – denn ich hatte es nur zu Talenas Unterstützung gemacht. Darüber hinaus, selbst wenn es der Fall gewesen wäre, dass der Vogel unbeabsichtigterweise in dieser kurzen Zeit konditioniert worden wäre, war es nicht möglich, dass er noch immer die Erinnerung an diese beiläufige Prägung behalten haben sollte, die vor mehr als sechs Jahren stattgefunden hatte.

»Sechster Zügel!«, rief ich.

Der große Vogel drehte nach links ab und begann, leicht zu steigen.

»Zweiter Zügel!«, rief ich, und er drehte nach rechts ab, noch immer im selben Winkel aufsteigend.

»Vierter Zügel!«, schrie ich, und der Tarn begann, in Richtung Erde zu fallen und sich auf die Landung vorzubereiten.

»Erster Zügel!«, lachte ich, begeistert, vor Freude fast platzend, und der gefiederte Gigant begann, steil aufzusteigen.

Ich sagte nichts weiter, und der Vogel ging in Geradeausflug über, die Luft mit seinen Schwingen in großen rhythmischen Schlägen schaufelnd, die sich gelegentlich mit einem lang gezogenen, flach aufsteigenden Gleitflug abwechselten. Ich beobachtete, wie unter uns die Pasang vorbeizogen und sah Tharna in der Ferne verschwinden.

Spontan, ohne nachzudenken, legte ich meine Arme um den Hals des großartigen Tieres und drückte es. Seine Flügel schlugen weiter, ohne Reaktion, ohne darauf zu achten. Ich lachte und schlug ihm zweimal auf den Hals. Er war natürlich nur eines der Tiere von Gor, aber ich mochte es sehr.

Vergeben Sie mir, wenn ich sage, dass ich glücklich war, da ich es unter den gegebenen Umständen nicht sein sollte, doch meine Gefühle waren so, wie jeder Tarnreiter mir würde nachfühlen können. Ich kenne nur wenige so herrliche, so gottähnliche Gefühle wie das Erleben eines Flugs mit einem Tarn.

Ich war einer dieser Männer, ein Tarnreiter, die den Sattel eines dieser bösartigen, räuberischen Titanen dem Thron eines Ubars vorzogen.

Man sagt, dass man, wenn man einmal ein Tarnreiter war, immer wieder zu den riesigen wilden Vögeln zurückkehren muss. Ich glaube, das ist ein wahres Sprichwort. Es heißt, dass man sie beherrschen muss oder sonst gefressen wird, aber auch, dass sie nicht verlässlich und sogar bösartig sind. Ein Tarnreiter weiß, dass sie sich ohne Vorwarnung gegen ihn wenden können. Dennoch wählt der Tarnreiter kein anderes Leben. Er fährt fort, die Vögel zu reiten, mit einem Herzen voller Freude in ihren Sattel zu steigen, den ersten Zügel zu ziehen und mit einem Jubelschrei das Monster nach oben zu zwingen. Wertvoller als das Gold von hundert Händlern, wertvoller als die zahllosen Zylinder von Ar sind ihm diese erhabenen, einsamen Momente hoch über der Erde im schneidenden Wind, er und der Vogel als ein Wesen, allein, edel, geschickt, frei. Man kann es auch einfacher ausdrücken: Ich war froh, wieder zurück auf dem Rücken eines Tarns zu sein.

Von unterhalb des Vogels kam ein langes, zitterndes Stöhnen, ein hilfloser, unkontrollierter Ton von der goldenen Beute in den Krallen des Vogels.

Ich beschimpfte mich selbst als gedankenlosen Narr, denn in der Freude des Fliegens hatte ich die Tatrix vergessen, so unverständlich es mir jetzt auch vorkommt. Wie furchterregend mussten diese Minuten des Fliegens für sie sein, gefangen in den Klauen, Hunderte Fuß über den Ebenen von Tharna, ohne zu wissen, ob sie nicht im nächsten Augenblick fallen gelassen oder zu einem Felsvorsprung getragen würde, um von diesem monströsen Schnabel und den mörderischen stahlbeschlagenen Klauen in Stücke gerissen zu werden.

Ich schaute nach hinten, um zu sehen, ob es eine Verfolgung gab. Sie würde mit Sicherheit kommen, zu Fuß und auf dem Rücken von Tarnen. Tharna besaß keine großen Tarnkavallerien, aber es war sicher in der Lage, zumindest einige Geschwader auszusenden, um die Tatrix zu retten oder zu rächen. Die Männer von Tharna, denen von Geburt an beigebracht worden war, dass sie sich selbst für wertlose, unwürdige und niedrige Lebewesen halten sollten, die bestenfalls als stumpfsinnige Lasttiere taugten, stellten im Allgemeinen keine guten Tarnreiter dar. Dennoch wusste ich, dass es Tarnreiter in Tharna gab, und sogar gute, denn der Name dieser Stadt wurde unter den kriegerischen, feindseligen Städten auf Gor respektiert. Ihre Tarnreiter konnten Söldner sein oder Männer wie Thorn, Hauptmann von Tharna, die trotz ihrer Stadt viel von sich hielten und sich zumindest Bruchstücke ihres Kastenstolzes erhalten hatten.

Obwohl ich den Himmel hinter mir gründlich absuchte, indem ich nach diesen kleinen dunklen Punkten suchte, die weit entfernt fliegende Tarne sein würden, konnte ich nichts sehen. Der Himmel war blau und leer. Mittlerweile hätte jeder Tarnreiter in Tharna in der Luft sein müssen. Dennoch sah ich nichts davon.

Ein weiteres Stöhnen entwich meiner Gefangenen.

In der Ferne, vielleicht vierzig Pasang entfernt, sah ich einige Bergrücken, hoch gelegen und steil, die aus einer großen gelben Wiese mit Talenderblumen ragten. Die Talenderblume ist eine zierliche Blume mit gelben Blütenblättern, die oft in die Girlanden goreanischer Jungfrauen eingeflochten wird. In ihren privaten Quartieren können sich goreanische Frauen unverschleiert in Gegenwart ihrer Familien oder ihrer Geliebten Talenderblumen ins Haar stecken. Eine Krone aus Talenderblüten wird oft von den Mädchen beim Fest ihrer freien Gefährtenschaft getragen.

Nach ungefähr zehn Minuten waren die Bergrücken fast unter uns.

»Vierter Zügel!«, rief ich.

Der große Vogel hielt im Flug inne, bremste mit seinen Flügeln ab und sank behutsam auf einen hochgelegenen Felsvorsprung auf einem der Bergrücken; einen Felsvorsprung, der die Landschaft im Umkreis von mehreren Pasang beherrschte, einen Felsvorsprug, der nur auf dem Rücken eines Tarns erreichbar war.

Ich sprang vom Rücken des Ungeheuers und eilte zur Tatrix, um sie zu schützen, falls der Tarn anfangen wollte zu fressen. Ich zog die geschlossenen Klauen von ihrem Körper, wobei ich den Tarn anschrie und seine Beine zurückdrängte. Der Vogel wirkte verwirrt. Hatte ich nicht »Tabuk!« gerufen? Sollte das Ding, das er ergriffen hatte, jetzt nicht gefressen werden? War es keine Beute?

Ich schob den Tarn zurück, von dem Mädchen weg und nahm sie in meine Arme. Ich setzte sie sanft an der entgegengesetzten Wand der Klippe ab, so weit weg vom Abgrund, wie ich konnte. Die felsige Plattform, auf der wir uns befanden, war vielleicht zwanzig Fuß breit und zwanzig Fuß tief, ungefähr die Grundfläche, die sich ein Tarn zum Nestbau aussucht.

Zwischen der Tatrix und dem geflügelten Fleischfresser stehend, rief ich: »Tabuk!« Er begann, auf das Mädchen zuzustolzieren, das sich auf die Knie erhob, den Rücken an die unnachgiebige Wand der Klippe presste und schrie.

»Tabuk!«, rief ich erneut, während ich den großen Schnabel in meine Hände nahm und ihn zum offenen Feld unter uns dirigierte.

Der Vogel schien einen Moment zu zögern, um dann mit einer fast zärtlichen Geste den Schnabel an meinen Körper zu drücken. »Tabuk«, sagte ich ruhig und drehte ihn noch einmal dem offenen Feld zu. Mit einem letzten Blick auf die Tatrix wandte der Vogel sich ab und stolzierte zum Rand der monumentalen Felsplattform und sprang mit einem einzigen Schlag der riesigen Schwingen in den Abgrund, ein dahinsegelnder Schatten, der eine Terrorbotschaft für jegliches Wild auf der Erde darunter darstellte.

Ich wandte mich zur Tatrix, um sie anzusehen.

»Bist du verletzt?«, fragte ich.

Wenn der Tarn ein Tabuk schlägt, ist manchmal das Rückgrat des Tieres gebrochen. Ich hatte mich entschlossen, dieses Risiko einzugehen. Ich hatte nicht geglaubt, eine andere Wahl zu haben. Mit der Tatrix in meiner Gewalt könnte ich in der Position sein, mit Tharna zu verhandeln. Ich glaubte nicht, dass ich in der Lage sein würde, die rauen Sitten der Stadt irgendwie zu reformieren, aber ich hoffte, die Freiheit von Linna und Andreas zu bewirken und vielleicht auch noch für die armen Kerle, die ich in der Arena getroffen hatte. Es wäre sicher ein relativ geringer Preis für die Rückkehr der goldenen Tatrix selbst.

Die Tatrix kämpfte sich auf die Füße.

Für eine weibliche Gefangene auf Gor war es üblich, in der Gegenwart ihres Entführers zu knien, aber sie war schließlich eine Tatrix, und ich wollte dies nicht mit Gewalt durchsetzen. Ihre noch immer in goldenen Handschuhen steckenden Hände fuhren zunächst zur goldenen Maske, als fürchtete sie am meisten, diese könnte nicht mehr an ihrem Platz sein. Erst danach versuchten ihre Hände, die zerrissenen Roben zu glätten und zu richten. Ich lächelte. Sie waren von den Krallen zerrissen, von den rasenden Winden zerfetzt. Hochmütig zog sie sie um sich, bedeckte sich so gut es ging. Abgesehen von der Maske, metallisch, kalt und glitzernd wie immer, kam ich zu dem Entschluss, dass die Tatrix durchaus schön sein mochte.

»Nein«, sagte sie stolz, »ich bin unverletzt.«

Das war die Antwort, die ich erwartet hatte, obwohl ihr Körper zweifellos fast zerbrochen war und ihr Fleisch bis auf die Knochen zerkratzt.

»Du hast Schmerzen«, sagte ich, »aber vor allem frierst du und hast kein

110

Gefühl mehr, da deine Blutzufuhr abgeschnürt war.« Ich betrachtete sie. »Später«, sagte ich, »wird es sogar noch mehr wehtun.«

Die ausdruckslose Maske starrte mich an.

»Ich war auch schon einmal«, sagte ich, »in den Krallen eines Tarns.«

»Warum hat dich der Tarn in der Arena nicht getötet?«, fragte sie.

»Es ist mein Tarn«, sagte ich schlicht. Was hätte ich ihr sonst auch erzählen sollen? Da ich das Verhalten von Tarnen kannte, schien es mir genauso unglaublich wie ihr, dass er mich nicht getötet hatte. Hätte ich nicht so viel über Tarne gewusst, so hätte ich glauben können, dass er mir gegenüber irgendwelche Gefühle hegte.

Die Tatrix sah sich um und suchte den Himmel ab. »Wann wird er zurückkehren?«, wollte sie wissen. Ihre Stimme war ein Flüstern. Ich wusste, wenn es etwas gab, das Entsetzen in das Herz der Tatrix pflanzen konnte, dann war es der Tarn.

»Bald«, antwortete ich. »Hoffen wir, dass er auf den Feldern unter uns etwas Essbares findet.«

Die Tatrix zitterte leicht.

»Wenn er kein Wild findet«, sagte sie, »kehrt er wütend und hungrig zurück.«

»Sicher«, stimmte ich ihr zu.

»Er könnte versuchen, uns zu fressen …«, stellte sie fest.

»Vielleicht«, sagte ich.

Schließlich sprach sie die Worte, langsam, sorgfältig artikuliert: »Wenn er kein Wild findet«, fragte sie, »wirst du mich dann an den Tarn verfüttern?«

»Ja«, sagte ich.

Mit einem Angstschrei fiel die Tatrix vor mir auf die Knie und streckte bittend ihre Arme aus. Lara, die Tatrix von Tharna, lag zu meinen Füßen, eine Bittstellerin.

»Es sei denn, du benimmst dich«, fügte ich hinzu.

Ärgerlich krabbelte die Tatrix auf ihre Füße. »Du hast mich ausgetrickst!«, schrie sie. »Mit einem Trick hast du mich dazu gebracht, die Position einer weiblichen Gefangenen einzunehmen!«

Ich lächelte.

Ihre Fäuste in den Handschuhen schlugen nach mir. Ich ergriff ihre Handgelenke und hielt sie fest. Mir fiel auf, dass ihre Augen hinter der Maske blau waren. Ich erlaubte ihr, sich freizuwinden. Sie lief zur Felswand und stand da, den Rücken mir zugewandt.

»Amüsiere ich dich?«, fragte sie.

»Es tut mir leid«, antwortete ich.

»Ich bin deine Gefangene, nicht wahr?«, fragte sie anmaßend.

»Ja«, sagte ich.

»Was wirst du mit mir tun?«, fragte sie weiter, mit dem Gesicht zur Felswand, sich nicht herablassend, mich anzusehen.

»Dich für einen Sattel und Waffen verkaufen«, erwiderte ich. Ich hielt es für gut, die Tatrix zu beunruhigen, das Beste, um meine Verhandlungsposition zu verbessern.

Ihr Körper zitterte vor Angst und Wut. Sie wirbelte herum, um mich anzusehen, ihre Hände zu Fäusten in den Handschuhen geballt. »Niemals!«, schrie sie.

»Wenn es mir gefällt, werde ich es tun«, sagte ich.

Die vor Wut zitternde Tatrix sah mich an. Ich konnte kaum den Hass ermessen, der hinter dieser unbeweglichen goldenen Maske brodelte. Schließlich sprach sie. Ihre Worte waren wie Säuretropfen.

»Du beliebst zu scherzen«, sagte sie.

»Nimm die Maske ab«, schlug ich vor, »damit ich besser abschätzen kann, was du in der Straße der Brände bringen wirst.«

»Nein!«, schrie sie, und ihre Hände flogen zur goldenen Maske.

»Ich glaube«, sagte ich, »die Maske allein könnte schon den Preis für einen guten Schild und einen Speer bringen.«

Die Tatrix lachte bitter. »Du könntest mit ihr einen Tarn kaufen«, sagte sie.

Ich konnte sehen, dass sie sich nicht ganz sicher war, ob ich es ernst meinte, dass sie nicht wirklich glaubte, ich könnte das auch meinen, was ich sagte. Für meine Pläne war es wichtig, sie zu überzeugen, dass sie in Gefahr war, dass ich es wagen würde, sie in eine Camisk zu stecken und ihr einen Halsreif umzulegen.

Sie lachte, stellte mich auf die Probe, indem sie mir den zerfetzten Saum ihrer Robe hinhielt. »Wie du siehst«, sagte sie mit gespielter Verzweiflung, »werde ich dir in dieser armseligen Kleidung nicht viel einbringen.«

»Das ist wahr«, sagte ich.

Sie lachte.

»Ohne sie wirst du mehr einbringen«, fügte ich hinzu.

Diese nüchterne Antwort schien sie zu erschüttern. Ich konnte erkennen, dass sie nicht mehr sicher war, wo sie stand. Sie entschloss sich, ihre Trumpfkarte auszuspielen. Sie baute sich vor mir auf, majestätisch, hochmütig, unverschämt. Ihre Stimme war kalt, jedes Wort ein Eiskristall. »Du wirst es nicht wagen, mich zu verkaufen«, sagte sie.

»Warum nicht?«, fragte ich.

»Weil«, sagte sie und richtete sich zu ihrer vollen Größe auf und ordnete die zerrissenen goldenen Roben um ihren Körper, »ich die Tatrix von Tharna bin.«

Ich hob einen kleinen Felsbrocken auf, warf ihn in die Tiefe und sah zu, wie er auf die Felder unter uns segelte. Ich betrachtete die Wolken, die über den sich verdunkelnden Himmel jagten und hörte zu, wie der Wind zwischen den einsamen Felsgraten pfiff. Ich drehte mich zur Tatrix um.

»Das wird deinen Preis anheben«, sagte ich.

Die Tatrix wirkte bestürzt. Ihre hochmütige Haltung verschwand.

»Würdest du mich wirklich zum Verkauf anbieten?«, fragte sie mit schwankender Stimme.

Ich sah sie an, ohne zu antworten.

Ihre Hände gingen zu ihrer Maske. »Würde sie mir weggenommen werden?«

»Und auch deine Roben«, sagte ich.

Sie zuckte zurück.

»Du wirst einfach nur ein Sklavenmädchen mehr unter anderen Sklavenmädchen sein«, sagte ich, »nicht mehr und nicht weniger.«

Die Worte fielen ihr schwer. »Würde man mich zur Schau stellen?«

»Natürlich«, sagte ich.

»... unbekleidet?«

»Vielleicht erlaubt man dir, Sklavenfesseln zu tragen«, fuhr ich sie verärgert an.

Sie sah aus, als würde sie in Ohnmacht fallen.

»Nur ein Narr würde eine angezogene Frau kaufen«, sagte ich.

»Nein – nein«, erwiderte sie.

»So ist der Brauch«, stellte ich schlicht fest.

Sie war vor mir zurückgewichen, ihr Rücken berührte den unnachgiebigen Granit der Felswand. Sie schüttelte den Kopf. Obwohl die ausdruckslose Maske kein Gefühl preisgab, konnte ich die Verzweiflung an ihrem Körper wahrnehmen.

»Du würdest mir das antun?«, fragte sie mit ängstlich geflüsterter Stimme.

»In zwei Nächten«, sagte ich, »wirst du nackt auf dem Block in Ar stehen und an den höchsten Bieter verkauft werden.«

»Nein, nein, nein«, wimmerte sie, und ihr gequälter Körper weigerte sich, sie länger aufrecht zu halten. Sie sackte mitleiderregend gegen die Felswand und weinte.

Das war mehr, als ich erwartet hatte, und ich musste einem Impuls widerstehen, sie zu trösten, ihr zu sagen, dass ich ihr nicht wehtun würde, dass sie sicher war, aber mit den Gedanken bei Linna, Andreas und den armen Seelen bei den Vergnügungen hielt sich mein Mitgefühl in Grenzen. Und als ich schließlich an die grausame Tatrix dachte, daran, was sie getan hatte, fragte ich mich tatsächlich, ob ich sie nicht wirklich nach Ar bringen und in der Straße der Brände anbieten sollte. Mit Sicherheit würde sie in den Vergnügungsgärten eines Tarnreiters weniger Schaden anrichten als auf dem Thron von Tharna.

»Krieger«, sagte sie und hob kläglich den Kopf, »musst du dich so furchtbar an mir rächen?«

Ich lächelte innerlich. Jetzt klang es so, als könnte man mit der Tatrix verhandeln. »Du hast mich verdammt ungerecht behandelt«, sagte ich ernst.

»Aber du bist doch nur ein Mann«, sagte sie, »nur ein Tier.«

»Ich bin auch ein Mensch«, klärte ich sie auf.

»Gib mir meine Freiheit«, bettelte sie.

»Du hast mich in ein Joch gesteckt«, sagte ich. »Du hast mich gepeitscht. Du hast mich zum Kampf in der Arena verdammt. Du wolltest mich an einen Tarn verfüttern lassen.« Ich lachte. »Und du bittest mich um deine Freiheit!«

»Ich zahle dir tausendmal mehr als das, was ich auf dem Block von Ar bringen würde«, flehte sie.

»Tausendmal mehr als das, was du auf dem Block von Ar bringen würdest«, sagte ich hart, »würde meine Rache nicht zufriedenstellen – nur du selbst auf dem Block in Ar.«

Sie stöhnte.

Jetzt ist der Zeitpunkt da, dachte ich. »Und außerdem«, sagte ich, »hast du nicht nur mich verletzt, sondern auch meine Freunde versklavt.«

Die Tatrix erhob sich auf die Knie. »Ich werde sie freilassen!«, rief sie.

»Kannst du die Gesetze von Tharna ändern?«, fragte ich nach.

»Leider kann nicht einmal ich das«, rief sie, »aber ich kann deine Freunde freilassen! Ich werde sie freilassen! Meine Freiheit gegen die ihre!«

Ich tat, als würde ich über die Sache nachdenken.

Sie sprang auf die Füße. »Denk an deine Ehre, Krieger!«, rief sie mit triumphierender Stimme. »Willst du deine Rache befriedigen um den Preis der Sklaverei für deine Freunde?«

»Nein«, rief ich ärgerlich, aber im Inneren erfreut aus, »denn ich bin ein Krieger!«

Ihre Stimme klang frohlockend. »Dann musst du mit mir verhandeln, Krieger!«

»Nicht mit dir!«, schrie ich und versuchte, bestürzt zu klingen.

»Ja«, lachte sie, »meine Freiheit gegen die ihre!«

»Das ist nicht genug«, grollte ich.

»Also was noch?«, rief sie.

»Lass alle frei, die bei den Vergnügungen von Tharna eingesetzt waren!«

Die Tatrix schien die Fassung zu verlieren.

»Alle«, rief ich, »oder dir droht der Block in Ar!«

Sie ließ den Kopf sinken. »Nun gut, Krieger«, sagte sie. »Ich werde sie alle freilassen.«

»Kann ich dir trauen?«, fragte ich.

»Ja«, sagte sie, ohne mir in die Augen zu sehen, »du hast das Wort der Tatrix von Tharna.«

Ich fragte mich, ob ich ihrem Wort trauen konnte. Mir wurde klar, dass ich kaum eine andere Wahl hatte.

»Meine Freunde sind Linna von Tharna und Andreas von Tor«, teilte ich ihr mit.

Die Tatrix sah zu mir hoch. »Aber«, stellte sie ungläubig fest, »sie haben Gefühle füreinander.«

»Trotzdem«, sagte ich, »lass sie frei.«

»Sie ist eine schwach gewordene Frau«, sagte die Tatrix, »und er ein Mitglied einer Kaste, die in Tharna geächtet ist.«

»Lass sie frei!«, wiederholte ich.

»Nun gut«, sagte die Tatrix demütig, »ich werde es tun.«

»Und ich brauche Waffen, einen Sattel, Geld, Zaumzeug, Proviant und derartige Dinge«, fuhr ich fort.

»Du wirst sie bekommen«, sagte sie.

In diesem Augenblick legte sich der Schatten des Tarns über den Felssims, und mit einem kräftigen Schlag seiner Schwingen kehrte das Monster zu uns zurück. In seinen Krallen hielt es ein großes Stück Fleisch, blutig und roh, das aus einem Beutetier herausgerissen worden war, vielleicht aus einem Bosk, mehr als zwanzig Pasang entfernt. Er ließ das große Stück Fleisch vor mir fallen.

Ich bewegte mich nicht.

Ich hatte nicht das Bedürfnis, mit dem großen Vogel um diese Beute zu streiten. Aber der Tarn rührte das Fleisch nicht an. Ich begriff, dass er bereits irgendwo auf den Ebenen unter uns gefressen hatte. Eine Untersuchung seines Schnabels bestätigte diese Vermutung. Und es gab kein Nest auf diesem Felssims, keinen weiblichen Tarn und keine kreischende Brut von Tarnjungen. Der große Schnabel schob das Fleisch gegen meine Beine.

Es war ein Geschenk.

Ich tätschelte den Vogel zärtlich. »Danke, Ubar des Himmels!«, sagte ich.

Ich beugte mich nach unten und riss mit Händen und Zähnen ein Stück aus dem Fleisch heraus. Ich sah, dass sich die Tatrix schüttelte, als ich mich über das rohe Fleisch hermachte, doch ich war ausgehungert, und die Höflichkeiten der niedrigen Tische, wofür sie auch gut sein mochten, waren weit weg. Ich bot der Tatrix auch ein Stück an, aber ihr Körper schwankte als sei sie krank, und ich bestand nicht weiter darauf.

Während ich das Geschenk des Tarns verspeiste, stand die Tatrix nahe am Rand der Felsplatte und schaute auf die Wiesen voller Talenderblumen. Sie waren wunderschön, und ihr feiner Duft wehte sogar bis auf das raue Felssims hinauf. Sie hielt die Roben um ihren Körper gewickelt und sah den Blumen zu, die wie ein gelbes Meer im Wind rollten und wogten. Mir ging durch den Kopf, dass sie sehr einsam und verloren aussah.

»Talenderblumen«, sagte sie zu sich selbst.

Ich hockte neben dem Fleisch, kauend, den Mund voll rohem Fleisch. »Was weiß eine Frau aus Tharna von Talenderblumen?«, spottete ich.

Sie wandte sich ab, ohne zu antworten.

Als ich gegessen hatte, sagte sie zu mir: »Bring mich jetzt zur Verhandlungssäule.«

»Was ist das?«, wollte ich wissen.

»Eine Säule an der Grenze von Tharna«, antwortete sie, »wo Tharna und seine Feinde den Austausch von Gefangenen ausführen. Ich werde dich hinführen.« Und sie fügte hinzu: »Du wirst dort Männer aus Tharna treffen, die auf dich warten.«

»Warten?«, fragte ich.

»Natürlich«, sagte sie. »Hast du dich nicht gewundert, warum es keine Verfolgung gegeben hat?« Sie lachte reumütig. »Wer wäre schon dumm genug, die Tatrix von Tharna fortzubringen, wenn man für sie das Lösegeld von einem Dutzend Ubars einlösen kann?«

Ich schaute sie an.

»Ich hatte Angst«, sagte sie mit gesenktem Blick, »dass du so ein Narr sein könntest.« In ihrer Stimme schien ein Gefühl mitzuschwingen, das ich nicht verstand.

»Nein«, lachte ich, »du gehst zurück nach Tharna!«

Ich trug noch immer den goldenen Schal aus der Arena um meinen Hals, den Schal, der die Spiele eröffnet hatte und den ich aus dem Sand aufgehoben hatte, um mir den Sand und den Schweiß abzuwischen. Ich nahm ihn von meinem Hals.

»Dreh dich um«, sagte ich zur Tatrix, »und nimm deine Hände hinter den Rücken.«

Mit hocherhobenem Kopf tat die Tatrix das, was ihr befohlen war. Ich zog die goldenen Handschuhe von ihren Händen und steckte sie in meinen Gürtel.

Dann band ich mit dem Schal ihre Handgelenke zusammen, wobei ich sie mit dem einfachen goreanischen Fangknoten fesselte.

Ich warf die Tatrix lässig über den Rücken des Tarns und sprang hinter ihr auf. Dann hielt ich sie mit einer Hand fest, krallte die andere in die Federkiele am Hals des Vogels und rief: »Erster Zügel!«, und das Ungeheuer sprang vom Felssims und begann aufzusteigen.

16 Die Verhandlungssäule

Geleitet von der Tatrix, sahen wir nach kaum dreißig Minuten die Verhandlungssäule in der Ferne leuchten. Sie lag ungefähr hundert Pasang nordwestlich der Stadt. Es war eine einzelne weiße Säule aus solidem Marmor, vielleicht vierhundert Fuß hoch und hundert Fuß im Durchmesser. Man konnte sie nur auf dem Rücken eines Tarns besuchen.

Es war kein schlechter Ort für den Austausch von Gefangenen; er bot eine fast ideale Möglichkeit, wenn man es aus dem Blickwinkel eines zu vermeidenden Hinterhaltes betrachtete. Die solide Säule würde Männern vom Boden aus keinen Zutritt gestatten und sich nähernde Tarne mussten schon Meilen, bevor sie sie erreicht hatten, leicht zu entdecken sein.

Ich beobachtete sorgfältig die Landschaft. Sie schien verlassen zu sein. Auf der Säule selbst waren drei Tarne, genauso viele Krieger und eine Frau, die die Silbermaske von Tharna trug. Als ich die Säule überflog, nahm einer der Krieger seinen Helm ab und signalisierte mir, den Tarn zu landen. Ich sah, dass es Thorn war, der Hauptmann aus Tharna. Mir fiel auf, dass er und seine Kameraden bewaffnet waren.

»Ist es üblich, dass Krieger auf der Verhandlungssäule Waffen tragen?«, fragte ich die Tatrix.

»Es wird keinen Verrat geben«, sagte die Tatrix.

Ich überlegte, ob ich den Tarn wenden und das Unternehmen aufgeben sollte.

»Du kannst mir trauen«, versicherte sie.

»Woher soll ich das wissen?«, forderte ich sie heraus.

»Weil ich die Tatrix von Tharna bin«, sagte sie stolz.

»Vierter Zügel!« rief ich dem Vogel zu, um ihn auf die Säule hinunterzulenken. Der Vogel schien mich nicht zu verstehen. »Vierter Zügel!«, wiederholte ich streng. Aus irgendeinem Grund wollte der Vogel nicht landen. »Vierter Zügel!«, brüllte ich, forderte grob den Gehorsam ein.

Der riesige Vogel landete auf der Marmorsäule, seine stahlbeschlagenen Klauen klirrten auf dem Stein.

Ich stieg nicht ab, aber ich hielt die Tatrix fester.

Der Tarn schien nervös zu sein. Ich versuchte, den Vogel zu beruhigen. Ich sprach in leisen Tönen zu ihm, klopfte ihm rau auf den Hals.

Die Frau mit der Silbermaske näherte sich. »Es lebe unsere geliebte Tatrix!«, rief sie.

Es war Dorna die Stolze.

»Komm nicht näher!«, befahl ich.

Dorna blieb stehen, ungefähr fünf Meter vor Thorn und den zwei Kriegern, die sich gar nicht bewegt hatten. Die Tatrix quittierte die Begrüßung von Dorna der Stolzen lediglich mit einem majestätischen Nicken ihres Kopfes.

»Ganz Tharna gehört dir, Krieger«, rief Dorna die Stolze, »wenn du uns nur unsere edle Tatrix überlässt! Die Stadt weint um ihre Rückkehr! Ich fürchte, es wird keine Freude mehr in Tharna geben, ehe sie nicht wieder auf ihrem goldenen Thron sitzt!«

Ich lachte.

Dorna die Stolze versteifte sich. »Was sind deine Bedingungen, Krieger?«, wollte sie wissen.

»Ein Sattel, Waffen, Geld, Vorräte und derartige Dinge«, antwortete ich, »und die Freiheit von Linna von Tharna, Andreas von Thor und denjenigen, die an diesem Nachmittag bei den Vergnügungen von Tharna gekämpft haben.«

Es herrschte Stille.

»Ist das alles?«, fragte Dorna die Stolze verwirrt.

»Ja«, sagte ich.

Hinter ihr lachte Thorn.

Dorna schaute auf die Tatrix. »Ich werde das Gewicht von fünf Tarnen in Gold hinzufügen«, sagte sie, »einen Raum voll Silber und Helme gefüllt mit Juwelen!«

»Du liebst deine Tatrix wahrhaftig«, sagte ich.

»So ist es, Krieger«, sagte Dorna.

»Und du bist maßlos großzügig«, fügte ich hinzu.

Die Tatrix wand sich in meinen Armen.

»Weniger wäre eine Beleidigung für unsere geliebte Tatrix«, sagte Dorna die Stolze.

Ich war erfreut, denn obwohl ich wenig Bedarf an solchen Reichtümern im Sardargebirge haben würde, so mochten Linna, Andreas und die armen Kerle aus der Arena gut davon profitieren können.

Lara, die Tatrix, streckte sich in meinen Armen. »Ich halte die Bedingungen nicht für zufriedenstellend«, sagte sie. »Gib ihm zusätzlich zu dem, was er fordert, das Gewicht von zehn Tarnen in Gold, zwei Räume an Silber und hundert Helme gefüllt mit Juwelen.«

Dorna die Stolze beugte sich in gütigem Einverständnis. »Im Notfall, Krieger«, sagte sie, »würden wir dir für unsere Tatrix selbst die Steine unserer Stadtmauern geben.«

»Sind meine Bedingungen zufriedenstellend für dich?«, fragte die Tatrix ziemlich herablassend, wie ich fand.

»Ja«, antwortete ich und spürte den Affront, den man Dorna der Stolzen hatte zukommen lassen.

»Gib mich frei!«, befahl sie.

»Nun gut«, antwortete ich.

Ich rutschte mit der Tatrix in meinen Armen vom Rücken des Tarns. Ich stellte sie auf der Spitze dieser windigen Säule an der Grenze von Tharna auf die Füße und bückte mich, um den goldenen Schal zu entfernen, der sie fesselte.

Sobald ihre Handgelenke frei waren, war sie sofort wieder jeder Zoll die königliche Tatrix von Tharna.

Ich fragte mich, ob dies wirklich das Mädchen sein konnte, das dieses grauenvolle Abenteuer erlebt hatte, dessen Kleidung zerfetzt worden war, dessen Körper noch immer von Schmerzen geplagt sein musste von ihrer Reise in den Klauen meines Tarns.

Gebieterisch, sich nicht dazu herablassend mich anzusprechen, gestikulierte sie nach den goldenen Handschuhen, die ich in meinem Gürtel trug. Ich gab sie ihr zurück. Sie zog sie an, langsam, voller Bedacht und sah mich dabei die ganze Zeit über an.

In ihrem Gesichtsausdruck lag etwas, das es mir unbehaglich machte.

Sie wandte sich um und ging majestätisch zu Dorna und den Kriegern.

Als sie an deren Seite angekommen war, drehte sie sich um, und im Wirbel der goldenen Roben zeigte ein gebieterischer Finger auf mich. »Ergreift ihn«, sagte sie.

Thorn und die Krieger sprangen vorwärts, und ich war plötzlich von ihren Waffen umringt.

»Verräterin!«, schrie ich.

Die Stimme der Tatrix war fröhlich. »Narr!«, lachte sie. »Weißt du denn mittlerweile nicht, dass man mit Tieren keine Abkommen schließen kann, dass man mit einer Bestie nicht verhandeln kann!«

»Du hast mir dein Wort gegeben«, brüllte ich.

Die Tatrix zog ihre Roben um sich. »Du bist doch nur ein Mann«, sagte sie.

»Töten wir ihn«, schlug Thorn vor.

»Nein«, erwiderte die Tatrix gebieterisch. »Das wäre nicht genug.« Die Maske glitzerte in meine Richtung, spiegelte das Licht der untergehenden Sonne wider. Sie schien mehr noch als vorher eine bestimmte Boshaftigkeit zu besitzen, hässlich zu sein, geschmolzen. »Legt ihn in Eisen«, sagte sie, »und schickt ihn in die Minen von Tharna.«

Hinter mir schrie der Tarn plötzlich voller Wut auf, und seine Schwingen peitschten die Luft.

Thorn und die Krieger waren erschrocken, und in diesem Augenblick sprang ich zwischen ihren Waffen hindurch, ergriff Thorn und einen seiner Krieger, schlug sie gegeneinander und schleuderte sie dann beide mit klirrenden Waffen auf die marmorne Fläche der Säule. Die Tatrix und Dorna die Stolze schrien auf.

Der andere Krieger stürzte sich mit seinem Schwert auf mich, ich machte einen Ausfallschritt, um dem Schlag auszuweichen und ergriff das Handgelenk des Schwertarms. Ich drehte es herum und riss es nach oben, hoch über meinen linken Arm. Mit einer plötzlichen Abwärtsdrehung brach ich den Arm am Ellenbogen. Wimmernd brach er zusammen.

Thorn kam wieder auf die Füße, griff mich von hinten an, und einen Augenblick später folgte ihm ein Krieger. Wir rangen heftig miteinander. Sie fluchten hilflos, als ich sie langsam, Zoll für Zoll, über meine Schultern zog und sie dann plötzlich auf den marmornen Boden zu meinen Füßen warf. In diesem Augenblick stachen mir die Tatrix und Dorna die Stolze mit scharfen Gegenständen, irgendwelchen Nadeln, in den Rücken und in meinen Arm.

Ich lachte über die Absurdität dieser Handlung, doch dann wurde mir schwarz vor Augen, und während die Säule sich zu drehen begann, fiel ich ihnen vor die Füße. Meine Muskeln gehorchten meinem Willen nicht mehr.

»Legt ihn in Eisen«, sagte die Tatrix.

Während die Welt sich langsam unter mir drehte, fühlte ich, wie meine Beine und Arme, lahm und weich wie Nebel, rau zusammengedrückt wurden. Ich hörte das Rattern von Ketten und fühlte, wie meine Glieder in Eisen gelegt wurden.

Das fröhliche, triumphierende Lachen der Tatrix klang mir in den Ohren.

»Tötet den Tarn«, hörte ich Dorna die Stolze sagen.

»Er ist verschwunden«, sagte der unverletzte Krieger.

Obwohl die Kraft nicht in meinen Körper zurückkehrte, klärte sich mein Sehvermögen langsam; erst in der Mitte und dann Stück für Stück auf die Ränder zu, bis ich die Säule, den Himmel darüber und meine Gegner wieder sehen konnte.

In der Ferne sah ich einen fliegenden Fleck, der wohl der Tarn sein musste. Als er mich hatte fallen sehen, war er offensichtlich losgeflogen. *Nun,* dachte ich, *würde er frei sein, in einen unverdorbenen Lebensraum entkommen, wo er, ohne Sattel und Geschirr, ohne silberne Fußfessel, als der Ubar des Himmels, der er war, herrschen würde.* Sein Abflug machte mich traurig, aber ich war froh, dass er entkommen war. Das war besser, als durch den Speer eines der Krieger zu sterben.

Thorn ergriff mich bei meinen Handgelenkseisen und zog mich über das Dach der Säule zu einem der drei wartenden Tarne. Ich war hilflos. Meine Arme und Beine hätten nicht nutzloser sein können, als wenn jeder Nerv in ihnen von einem Messer durchtrennt worden wäre.

Ich wurde an den Knöchelring eines der Tarne gekettet.

Die Tatrix hatte offensichtlich das Interesse an mir verloren, denn sie wandte sich zu Dorna der Stolzen und Thorn, dem Hauptmann von Tharna. Der Krieger, dessen Arm gebrochen war, kniete auf dem Marmorboden der Säule, gebeugt und schwankte vor und zurück, den verletzten Arm an den Körper gepresst. Sein Kamerad stand neben mir zwischen den Tarnen; vielleicht um mich zu bewachen, vielleicht um die reizbaren Giganten zu beruhigen und zu besänftigen.

Hochmütig wandte sich die Tatrix an Dorna und Thorn. »Warum«, fragte sie die beiden, »sind so wenige Soldaten hier?«

»Wir sind genug«, erwiderte Thorn.

Die Tatrix blickte über die Ebenen in Richtung der Stadt. »Mittlerweile«, sagte sie, »werden sich Reihen jubelnder Bürger von der Stadt her gebildet haben.«

Weder Dorna die Stolze noch Thorn, Hauptmann von Tharna, antworteten ihr.

Die Tatrix schritt über die Säule, majestätisch in ihren zerfetzten Roben und stand dann über mir. Sie zeigte über die Ebenen in Richtung Tharna. »Krieger«, sagte sie, »wenn du lange genug auf dieser Säule bleiben würdest, könntest du Prozessionen herkommen sehen, die mich zu meiner Rückkehr in Tharna willkommen heißen.«

Die Stimme von Dorna der Stolzen wehte über die Säule. »Das glaube ich nicht, geliebte Tatrix«, sagte sie.

Die Tatrix wandte sich um, erstaunt. »Warum nicht?«, fragte sie.

»Weil«, sagte Dorna die Stolze, und man konnte erraten, dass sie hinter ihrer Silbermaske lächelte, »du nicht nach Tharna zurückkehren wirst.«

Die Tatrix stand da wie betäubt, verständnislos.

Der unverletzte Krieger war jetzt in den Sattel des Tarns geklettert, an dessen Fußring ich hilflos angekettet war. Er zog den ersten Zügel, und das Monster flog los. Schmerzhaft wurde ich in die Luft gerissen, und während ich grausam an meinen gefesselten Handgelenken hing, sah ich, wie die weiße Säule unter mir wegkippte mit den Gestalten darauf: zwei Krieger, eine Frau mit einer Silbermaske und die goldene Tatrix von Tharna.

17 Die Minen von Tharna

Der Raum war lang, niedrig, eng; vielleicht vier mal vier Fuß im Quer-
schnitt und hundert Fuß lang. Eine kleine, stinkende Tharlarionöllampe
brannte an jedem Ende. Wie viele solcher Räume es unter der Erde von
Tharna in den vielen Minen gab, wusste ich nicht. Die lange Reihe der
aneinandergeketteten Sklaven beugte sich hinunter und kroch den gesamten Raum entlang. Als er mit den armseligen Kreaturen gefüllt war,
schloss sich eine eiserne Tür mit einer schiebbaren eisernen Beobachtungs-
klappe. Ich hörte, wie vier Schrauben an ihren Platz gedreht wurden. Es
war ein dunkler Raum. Im Boden gab es hier und dort Wasserlöcher. Die
Wände waren feucht. An manchen Stellen tropfte Wasser von der Decke.
Der Raum wurde durch eine Anordnung kleiner runder Öffnungen unzureichend belüftet, die etwa ein Zoll Durchmesser hatten und alle zwanzig
Fuß angebracht waren. Eine größere Öffnung, ein rundes Loch mit vielleicht zwei Fuß Durchmesser, war in der Mitte des langen Raumes zu
sehen.

Andreas von Tor, der an meiner Seite angekettet war, zeigte darauf.
»Dieses Loch«, sagte er, »flutet den Raum.«

Ich nickte und lehnte mich gegen den feuchten soliden Stein, der die
Seitenwand der Kammer bildete. Ich fragte mich, wie oft solche Kammern
unter dem Ackerboden von Tharna geflutet worden waren, wie viele arme
Seelen angekettet in solchen düsteren Abwasserkanälen ähnelnden Fallen
ertränkt worden waren. Ich wunderte mich nicht mehr länger, dass die
Disziplin in den Minen von Tharna so gut war. Ich hatte erfahren, dass
nur einen Monat vorher, in einer Mine keine fünfhundert Meter von dieser entfernt, ein Aufruhr entstanden war, der durch einen einzigen Gefangenen verursacht worden war. »Ersäuft sie alle«, war die Entscheidung
des Administrators der Minen gewesen. Ich war also nicht überrascht,
dass die Gefangenen selbst mit Entsetzen jeden Gedanken an Widerstand
beobachteten. Sie würden lieber einen ihrer Kameraden erwürgen, als das
Fluten der ganzen Kammer zu riskieren. Tatsächlich konnte sogar die
ganze Mine, bei einem Notfall, geflutet werden. Man hatte mir erzählt,
dass dies einmal geschehen war, um einen Aufstand niederzuschlagen.
Das Wasser herauszupumpen und die Stollen von den Leichen zu säubern
hatte Wochen gedauert.

»Für diejenigen, die das Leben nicht mögen, hat dieser Ort viele An-
nehmlichkeiten«, sagte Andreas zu mir.

»Selbstverständlich«, gab ich ihm recht.

Er drückte mir eine Zwiebel und einen Kanten Brot in die Hände.

»Nimm dies«, sagte er.

»Danke«, sagte ich. Ich nahm beides und begann darauf zu kauen. »Du wirst lernen, dich mit dem Rest von uns zu balgen«, sagte er.

Ehe wir in die Zelle gebracht worden waren, hatten zwei der Minenaufseher in einem breiten rechteckigen Raum, einen Bottich mit Brot und Gemüse in den Futtertrog geschüttet, der an der Wand befestigt war, und die Sklaven waren hingestürzt wie Tiere, schreiend, fluchend, stoßend, drängelnd, um zu versuchen, ihre Hände in den Trog zu bekommen und so viel davon mitzunehmen, wie sie konnten, bevor es verschwunden war. Angewidert hatte ich nicht in diesen armseligen Wettstreit eingegriffen, obwohl ich von meinen Ketten bis an den Rand des Troges gezogen worden war. Dennoch wusste ich, dass ich, wie Andreas gesagt hatte, lernen würde, zum Trog zu gehen, denn ich hatte nicht den Wunsch zu sterben, und ich würde nicht weiter von seiner Fürsorge leben.

Ich lächelte, während ich darüber nachdachte, warum ich und meine Mitgefangenen so entschlossen schienen, weiterleben zu wollen. Warum hatten wir gewählt, weiterzuleben? Vielleicht ist diese Frage naiv, aber sie schien in den Minen von Tharna nicht dumm zu sein.

»Wir müssen über Flucht nachdenken«, sagte ich zu Andreas.

»Sei still, du Irrer!«, zischte eine dünne, verängstigte Stimme aus ungefähr einem Dutzend Fuß Entfernung.

Es war Ost von Tharna, der wie Andreas und ich selbst in die Minen verdammt worden war.

Er hasste mich, da er mich irgendwie für die Tatsache verantwortlich machte, dass er sich in dieser schlimmen Lage befand. Heute hatte er mehr als einmal das Erz verstreut, das ich auf meinen Händen und Knien aus den engen Stollen der Mine geschürft hatte. Und zweimal hatte er den von mir gesammelten Stapel an Erz gestohlen und ihn in den Stoffbeutel gesteckt, den wir Sklaven in den Minen um den Hals trugen. Ich war vom Peitschensklaven geschlagen worden, da ich meinen Teil zur Tagesmenge an Erz nicht beigetragen hatte, die von der Arbeitskette verlangt wurde, zu der ich gehörte.

Wurde die Quote nicht eingehalten, wurden die Sklaven an diesem Abend nicht gefüttert. Wenn die Quote drei Tage hintereinander nicht erreicht wurde, würde man die Sklaven in die lange Zelle peitschen, die Tür zuschrauben und die Zelle fluten. Viele der Sklaven schauten mit Missfallen auf mich. Vielleicht lag es daran, dass die Quote erhöht worden war, an dem Tag, als ich ihrer Kette zugeteilt worden war. Ich selbst vermutete, dass dies mehr als ein Zufall war.

»Ich werde dich melden«, zischte Ost, »dass du eine Flucht planst!«
Im Zwielicht der kleinen Tharlarionöllampen an beiden Enden des Raumes sah ich, wie die schwere Gestalt, die neben Ost hockte, seine Handkette schweigend um den dünnen Hals des Mannes wickelte. Die Schlinge der Kette verengte sich, und Ost kratzte hilflos mit seinen Fingern daran, während seine Augen hervortraten. »Du wirst niemanden melden«, sagte eine Stimme, die ich als die des bullenstarken Kron von Tharna erkannte, aus der Kaste der Metallarbeiter, dessen Leben ich in der Arena beim Zweikampf der Ochsen verschont hatte. Die Kette verengte sich. Ost zuckte wie ein krampfender Affe.

»Töte ihn nicht«, sagte ich zu Kron.

»Wie du wünschst, Krieger«, sagte Kron und ließ den verängstigten Ost fallen, indem er grob die Kette vom Hals der Kreatur löste. Ost lag auf dem feuchten Boden, die Hände an seiner Kehle und rang nach Luft.

»Es scheint, als hättest du einen Freund«, sagte Andreas aus Tor.

Mit einem Rasseln der Ketten und einer Wendung seiner großen Schultern streckte sich Kron so gut es ging in der engen Kammer aus. Innerhalb einer Minute sagte mir sein schwerer Atem, dass er eingeschlafen war.

»Wo ist Linna?«, fragte ich Andreas.

Auf einmal war seine Stimme traurig. »Auf einer der großen Farmen«, sagte er. »Ich habe sie im Stich gelassen.«

»Wir haben alle versagt«, sagte ich.

Es gab nicht viel Konversation in der Zelle, denn die Männer hatten sich nur wenig zu erzählen; ihre Körper waren ausgezehrt von der grausamen Arbeit des Tages. Ich saß mit dem Rücken an der feuchten Wand und lauschte auf die Geräusche ihres Schlafes.

Ich war weit entfernt vom Sardargebirge, weit weg von den Priesterkönigen von Gor. Ich hatte meine Stadt im Stich gelassen, meine geliebte Talena, meinen Vater, meine Freunde. Es würde kein Stein auf den anderen gesetzt werden. Das Rätsel der Priesterkönige, ihres grausamen, unfassbaren Willens würde nicht gelöst werden. Ihr Geheimnis würde gewahrt bleiben, und ich würde früher oder später sterben, gepeitscht, ausgehungert, im Fuchsbau der Minen von Tharna.

Tharna besaß vielleicht hundert Minen oder mehr, und zu jeder gehörte eine eigene Kette von Sklaven. Diese Minen sind gewundene Netzwerke von Tunneln, die sich unregelmäßig Zoll für Zoll durch die reichen Erzflöße winden, die die Grundlage des Wohlstands der Stadt sind. Die meisten der Stollen erlauben einem Mann nicht, darin aufrecht zu stehen. Viele sind unzureichend abgestützt. Wenn der Sklave darin arbeitet, kriecht er auf seinen Händen und Knien, die am Anfang bluten, aber nach und nach

Schwielen aus dickem, gefühllosem Gewebe entwickeln. Um seinen Hals hängt ein Stoffbeutel, in dem die gesammelten Erzstücke zurück zu den Waagen gebracht werden. Das Erz wird von den Seiten der Mine mit einer kleinen Hacke abgebaut. Licht liefern kleine Lampen, nicht mehr als kleine Schalen mit Tharlarionöl und Faserdochten.

Der Arbeitstag dauert fünfzehn goreanische Stunden oder Ahns, die mit Hinblick auf den leichten Unterschied in der Dauer der Umlaufbahn ungefähr achtzehn Stunden auf der Erde entsprechen. Die Sklaven kommen nie mehr an die Oberfläche, und wenn sie erst einmal in die kalte Dunkelheit der Minen eintauchen, sehen sie die Sonne niemals wieder. Die einzige Erleichterung ihres Lebens kommt einmal im Jahr, am Geburtstag der Tatrix, wenn ihnen ein kleiner Kuchen, gebacken aus Honig und Sesamkörnern, gereicht wird und sie dazu einen kleinen Becher schlechten Kal-da erhalten. Ein Kamerad an meiner Kette, kaum mehr als ein zahnloses Skelett, gab damit an, dass er dreimal in den Minen Kal-da getrunken hatte. Die meisten haben nicht so viel Glück. Die Lebenserwartung der Sklaven in den Minen, wenn man die Arbeit und die Nahrung in Betracht zieht und er nicht unter der Peitsche des Aufsehers stirbt, beträgt gewöhnlich zwischen sechs Monaten und einem Jahr.

Ich merkte, dass ich auf das große runde Loch in der Decke der engen Zelle starrte.

Wenn die Peitschensklaven fluchten, die Peitschen knallten, die Sklaven schrien und die Ketten rasselten, merkte ich, dass es Morgen war, und meine Mitgefangenen und ich krochen aus unserer Zelle und versammelten uns wieder in dem breiten rechteckigen Raum, der direkt dahinter lag.

Der Futtertrog war bereits gefüllt worden.

Die Sklaven stürmten vorwärts zum Trog, wurden jedoch mit der Peitsche zurückgehalten. Das Wort, das ihnen erlauben würde, über ihn herzufallen, war noch nicht ausgesprochen worden.

Der Peitschensklave, ein weiterer Sklave von Tharna, aber einer, der an der Kette das Sagen hatte, mochte seine Aufgabe. Obwohl er vielleicht nie mehr das Licht der Sonne sehen würde, war dennoch er es, der die Peitsche hatte. Er war der Ubar dieses makabren Verlieses.

Die Sklaven spannten sich an, ihre Augen richteten sich auf den Trog. Die Peitsche hob sich. Wenn sie sich senkte, dann wäre das das Zeichen dafür, dass sie sich auf den Trog stürzen durften.

In den Augen des Peitschensklaven war Vergnügen zu erkennen, als er den quälenden Augenblick der Spannung genoss, den seine erhobene Peitsche unter den zerlumpten, hungrigen Sklaven auslöste.

Die Peitsche knallte. »Esst!«, brüllte er.

Die Sklaven stürmten vorwärts.

»Nein!«, rief ich, meine Stimme stellte sie auf die Probe.

Einige von ihnen stolperten und fielen hin, purzelten mit rasselnden Ketten auf den Fußboden, zogen andere nach unten. Aber den meisten gelang es, aufrecht zu stehen, die Balance zu bewahren und fast wie ein Mann wandte mir dieser Haufen zerlumpter, erniedrigter Sklaven die ängstlichen leeren Augen zu.

»Esst!«, schrie der Peitschensklave und ließ die Peitsche erneut knallen.

»Nein«, erwiderte ich.

Der Haufen Männer zauderte.

Ost versuchte in Richtung Trog zu ziehen, doch er war an Kron gekettet, der sich weigerte, sich zu bewegen. Ost hätte genauso gut an einen Baum gekettet sein können.

Der Peitschensklave näherte sich mir. Siebenmal traf mich die Peitsche, und ich zuckte nicht.

Dann sagte ich: »Schlag mich nicht noch einmal.«

Er wich zurück, ließ den Peitschenarm sinken. Er hatte mich verstanden, und er wusste, dass sein Leben in Gefahr war. Welcher Trost wäre es für ihn, wenn die ganze Mine geflutet würde und er zuvor durch meine Kette um seinen Hals umgekommen wäre?

Ich wandte mich den Männern zu. »Ihr seid keine Tiere«, sagte ich, »ihr seid Männer.« Dann leitete ich sie mit Gesten vorwärts zum Trog.

»Ost«, sagte ich, »wird die Nahrung verteilen.«

Ost steckte seine Hände in den Trog und stopfte eine Handvoll Brot in den Mund.

Krons Handgelenkskette traf ihn quer über Wange und Ohr, und das Brot flog ihm aus dem Mund.

»Verteile die Nahrung!«, sagte Kron.

»Wir haben dich ausgewählt«, sagte Andreas von Tor, »weil du für deine Ehrlichkeit bekannt bist.«

Es ist faszinierend, es zu erzählen, aber diese aneinandergeketteten armen Seelen lachten.

Unter den Augen des ängstlich daneben stehenden Peitschensklaven verteilte Ost mürrisch und ärgerlich die armseligen Rationen, die im Trog lagen.

Das letzte Stück Brot brach ich in zwei Teile, nahm eine Hälfte und gab die andere Hälfte Ost. »Iss«, sagte ich.

Wütend, mit hin- und herzuckenden Augen wie ein Urt, biss er ins Brot und schlang es hinunter. »Dafür wird diese Kammer geflutet werden«, sagte er.

»Ich für meinen Teil wäre geehrt, in der Gesellschaft von Ost zu sterben«, sagte Andreas von Tor.

Und wieder lachten die Männer, und ich glaubte, dass selbst Ost lächelte.

Der Peitschensklave sah zu, während wir uns hintereinander in einer langen Reihe in Richtung des Stollens aufstellten, sein Peitschenarm hing herunter. Verwundert beobachtete er uns, denn einer der Männer, aus der Kaste der Bauern, hatte angefangen, ein Lied über das Pflügen zu summen, und einer nach dem anderen stimmte ein.

Die Quote wurde an diesem Tag reichlich erfüllt und auch am folgenden.

18 Wir sind an derselben Kette

Gelegentlich gelangten einige Neuigkeiten hinunter in die Minen, mitgebracht von den Sklaven, die die Futtertröge füllten. Diese Sklaven hatten Glück, denn sie hatten Zugang zum Zentralstollen. Jede der vielen Minen Tharnas, von denen es etwa hundert gab oder auch mehr, hatte auf irgendeiner Ebene eine Verbindung zu diesem Stollen. Er unterschied sich von den kleineren Erzstollen, die jeweils zu den einzelnen Minen gehörten. Die Erzschächte entsprachen eher schmalen Schächten, die in den Stein getrieben waren, und die dazu gehörigen Plattformen nahmen kaum einen Erzsack der Sklaven auf.

Die Minen von Tharna wurden durch den Zentralstollen versorgt. Durch diesen Schacht gelangten nicht nur Nahrung in die Minen, sondern auch Planen, Werkzeuge und Ketten, sofern sie gebraucht wurden. Trinkwasser wurde allerdings durch die natürlichen Sammelbecken in jeder Mine gewonnen. Die anderen Sklaven und ich waren durch den Zentralstollen hinabgestiegen. Nur tote Sklaven durften wieder nach oben gelangen.

Angefangen bei den Sklaven, die an den Winden arbeiteten, die die Versorgungsplattformen bewegten, hatte sich die Nachricht von einer Mine zur nächsten ausgebreitet, bis sie selbst unsere Mine erreicht hatte, die die tiefste im Stollen war.

Es gab eine neue Tatrix in Tharna.

»Wer ist die neue Tatrix?«, fragte ich.

»Dorna die Stolze«, sagte der Sklave, der Zwiebeln, Weißrüben, Radieschen, Kartoffeln und Brot in die Futtertröge schüttete.

»Was ist aus Lara geworden?«, wollte ich wissen.

Er lachte. »Du hast keine Ahnung!«, rief er.

»In den Minen verbreiten sich Nachrichten nicht so schnell«, sagte ich.

»Sie wurde verschleppt«, erklärte er.

»Was?«, rief ich.

»Ja«, sagte er, »von einem Tarnreiter, wie sich herausstellte.«

»Wie ist sein Name?«, fragte ich.

»Tarl«, antwortete er, und seine Stimme wurde zu einem Flüstern, »… von Ko-ro-ba.«

Ich war sprachlos.

»Er ist der Geächtete, der die Vergnügungen von Tharna überlebt hat«, sagte der Mann.

»Ich weiß«, sagte ich.

»Dort gab es einen Tarn, der die silberne Fußfessel trug und ihn töten sollte, aber er befreite den Tarn, sprang auf seinen Rücken, und es gelang ihm zu fliehen.« Der Sklave stellte das Fass mit Gemüse und Brot ab. Seine Augen waren feucht vor Vergnügen, und er schlug sich auf die Schenkel. »Er kehrte nur kurz zurück, um die Tatrix mit dem Tarn anzugreifen«, sagte er. »Der Tarn schleppte sie weg wie einen Tabuk!« Sein Lachen, das sich auf die anderen Sklaven im Raum ausbreitete, dröhnte durch das enge Loch, und ich verstand viel besser, als mir vorher bewusst gewesen war, die Gefühle, mit denen die Tatrix von Tharna in den Minen wahrgenommen wurde.

Ich lachte als Einziger nicht.

»Was ist mit der Verhandlungssäule?«, fragte ich. »Wurde die Tatrix nicht zur Säule zurückgebracht und freigelassen?«

»Jeder glaubte, dass das der Fall sein würde«, sagte der Sklave, »aber der Tarnreiter wollte offensichtlich lieber sie als Tharnas Reichtümer besitzen.«

»Was für ein Mann!«, rief einer der Sklaven.

»Vielleicht war sie sehr schön«, sagte ein anderer.

»Sie wurde nicht ausgetauscht?«, fragte ich den Sklaven mit dem Futterfass.

»Nein«, antwortete er. »Zwei der höchsten Menschen in Tharna, Dorna die Stolze und Thorn, Hauptmann von Tharna, warteten an der Verhandlungssäule, aber die Tatrix wurde nicht zurückgebracht. Eine Verfolgung wurde eingeleitet, Hügel und Felder wurden ohne Erfolg durchkämmt. Nur ihre zerfetzten Roben und die goldene Maske wurden von Dorna der Stolzen und Thorn, dem Hauptmann von Tharna, gefunden.« Der Sklave setzte sich auf das Fass. »Jetzt trägt Dorna die Maske«, sagte er.

»Was glaubst du«, fragte ich, »ist wohl aus Lara, der ehemaligen Tatrix von Tharna geworden?«

Der Sklave lachte, und einige der anderen taten es ihm nach.

»Nun«, sagte er, »wir wissen, dass sie nicht länger ihre goldenen Roben trägt.«

»Zweifellos hat ein passenderes Kleidungsstück sie ersetzt«, sagte jemand.

Der Sklave lachte. »Ja«, röhrte er und schlug sich auf die Schenkel.

»Vergnügungsseide!« Er schlug gegen das Fass. »Könnt ihr euch das vorstellen!«, lachte er. »Lara, die Tatrix von Tharna, in Vergnügungsseide!«

Die Kette der Sklaven lachte, alle außer mir und Andreas von Tor, der mich fragend ansah. Ich lächelte ihm zu und zuckte mit den Schultern. Ich kannte die Antwort auf seine Frage nicht.

Stück für Stück versuchte ich, den Selbstrespekt meiner Mitsklaven wieder herzustellen. Es begann am Futtertrog. Danach ermutigte ich sie, miteinander zu sprechen und sich gegenseitig beim Namen und bei ihrer Stadt zu nennen. Und obwohl sie aus unterschiedlichen Städten waren, teilten sie dieselbe Kette und denselben Trog und akzeptierten einander.

Wenn jemand krank war, sorgten andere dafür, dass sein Erzsack gefüllt wurde. Wenn jemand geschlagen wurde, gaben die anderen von Hand zu Hand Wasser an ihn weiter, um seine Wunden zu waschen und damit er trinken konnte, auch wenn die Kette ihm nicht erlaubte, zum Wasser zu gelangen. Und mit der Zeit kannte jeder von uns die anderen, die die Kette mit uns teilten. Wir waren nicht länger dunkle, anonyme Schatten füreinander, zusammengepfercht in der Feuchtigkeit der Minen von Tharna. Nach einiger Zeit war nur noch Ost durch diese Veränderungen verängstigt, denn er befürchtete ständig das Fluten unserer Kammer.

Die Kette meiner Männer arbeitete gut, und die Quote wurde Tag für Tag erfüllt, und als sie erhöht wurde, erfüllten wir sie ebenfalls.

Manchmal summten die Männer sogar bei der Arbeit, und der kräftige Klang fing sich in den Tunneln der Mine. Die Peitschensklaven wunderten sich und begannen, uns zu fürchten.

Die Neuigkeit von der Nahrungsverteilung am Futtertrog hatte sich durch die Sklaven, die die Nahrungsfässer trugen, von Mine zu Mine ausgebreitet. Und sie erzählten auch von den seltsamen neuen Dingen, die in der Mine am Boden des Zentralschachtes geschahen, wo Männer einander halfen und die Zeit fanden, sich an eine Melodie zu erinnern.

Und während die Zeit verging, erfuhr ich von den Nahrungssklaven, dass diese Revolution, so unangemeldet und leise wie der Fuß eines Larls, begonnen hatte sich von Mine zu Mine auszubreiten. Bald bemerkte ich, dass die Nahrungssklaven nicht mehr sprachen, und ich vermutete, dass man ihnen befohlen hatte zu schweigen. Dennoch las ich in ihren Gesichtern, dass die ansteckende Krankheit des Selbstrespekts und der Ehrhaftigkeit in den Minen unter Tharna ausgebrochen war. Hier, unter der Erde, in den Minen, im Zuhause derer, die die Niedrigsten und Entehrtesten in Tharna waren, schauten Männer einander und sich selbst wieder mit Befriedigung ins Gesicht.

Ich entschied, dass die Zeit nun reif war.

In dieser Nacht, als wir in unsere längliche Zelle getrieben wurden und die Bolzen angebracht waren, sprach ich zu den Männern.

»Wer von euch«, fragte ich, »wäre gern frei?«

»Ich«, sagte Andreas von Tor.

»Und ich«, grollte Kron von Tharna.

»Und ich!«, riefen andere Stimmen.

Nur Ost hatte Einwände. »Es ist Aufwiegelung, von so etwas zu reden«, wimmerte er.

»Ich habe einen Plan«, sagte ich, »aber er erfordert großen Mut, und ihr könntet alle sterben.«

»Es gibt kein Entkommen aus den Minen«, wimmerte Ost wieder.

»Führe uns, Krieger!«, sagte Andreas.

»Zuerst«, sagte ich, »müssen wir die Kammer fluten lassen.«

Ost kreischte vor Entsetzen auf, und Krons riesige Faust schloss sich um seine Luftröhre, um ihn zum Schweigen zu bringen. Ost wand sich, wehrte sich hilflos in der Dunkelheit. »Sei still, Schlange«, knurrte der bullige Kron. Er ließ Ost fallen, der Verschwörer kroch weg, so weit seine Kette es zuließ, und kauerte sich, vor Angst zitternd, an der Wand nieder. Osts Aufkreischen hatte mir gesagt, was ich wissen wollte. Jetzt war mir klar, wie ich das Fluten der Kammer veranlassen konnte.

»Morgen Nacht«, sagte ich schlicht, während ich zu Ost blickte, »machen wir unseren Ausbruch in die Freiheit.«

Am nächsten Tag hatte Ost, wie ich es erwartet hatte, einen Unfall. Er schien sich mit der Hacke den Fuß verletzt zu haben und bettelte den Peitschensklaven so ernsthaft an, dass dieser Kerl ihn von der Kette losmachte, ihm einen Halsreif umlegte und ihn humpelnd wegführte. Es war ein ungewöhnliches Ansinnen an einen Peitschensklaven, doch es war für ihn so offensichtlich wie für den Rest von uns, dass Ost allein mit ihm sprechen und ihm Informationen von extremer Wichtigkeit geben wollte.

»Du hättest ihn töten sollen«, sagte Kron von Tharna.

»Nein«, antwortete ich.

Der bullige Mann aus Tharna schaute mich fragend an und zuckte mit den Schultern.

In dieser Nacht wurden die Sklaven, die unsere Nahrung brachten, von einem Dutzend Krieger begleitet.

Und auch Ost wurde in dieser Nacht nicht an die Kette zurückgebracht. »Sein Fuß braucht Pflege«, sagte der Peitschensklave und bedeutete uns, in die längliche Zelle zu gehen.

Als die eiserne Tür geschlossen und die Bolzen an ihrem Platz waren, hörte ich den Peitschensklaven lachen. Die Männer waren mutlos.

»Du weißt«, sagte Andreas von Tor, »dass die Kammer heute Nacht geflutet wird.«

»Ja«, antworte ich, und er schaute mich ungläubig an.

»Reich die Lampe herüber«, rief ich dem Mann am anderen Ende der Kammer zu.

Ich nahm die Lampe und ging, einige meiner Mitgefangenen zwangsläufig mitnehmend, unter den runden Schacht, von ungefähr zwei Fuß Durchmesser, durch den das Wasser auf uns herabstürzen würde. Dort war ein eiserner Gitterrost in den Stein eingelassen, ungefähr acht Fuß weit im Schacht. Von irgendwo über uns hörten wir die Bewegung eines Ventils.

»Hebt mich hoch!«, rief ich, und auf den Schultern von Andreas und des neben mir angeketteten Sklaven wurde ich in den Schacht hochgehoben. Seine Seiten waren glatt und schleimig. Meine Hände fanden daran keinen Halt.

Angekettet wie ich war, konnte ich den Gitterrost nicht fassen.

Ich fluchte.

Dann schienen Andreas und der andere Sklave unter meinen Füßen zu wachsen. Andere Sklaven knieten unter ihnen und boten ihre Rücken an, damit die beiden höher heben konnten. Seite an Seite stehend, hoben sie mich höher in den Schacht.

Meine gefesselten Hände ergriffen den Gitterrost.

»Ich habe ihn«, schrie ich. »Zieht mich runter!«

Andreas und der andere Sklave ließen sich in den Stollen zurückfallen, und ich spürte, wie die Ketten, die meine Handgelenke mit den ihren verbanden, an meinen Gliedern zerrten. »Zieht!«, brüllte ich, und die hundert Sklaven in dem länglichen Raum begannen, an den Ketten zu ziehen. Meine Hände bluteten wegen des Gitterrostes, das Blut tropfte auf mein nach oben gerichtetes Gesicht, doch ich würde die Gitterstäbe nicht loslassen.

»Zieht!«, schrie ich.

Ein Rinnsal Wasser floss von oben über die Seiten der Steine.

Das Ventil öffnete sich.

»Zieht!«, schrie ich wieder.

Plötzlich löste sich der Gitterrost, und er fiel mit mir unter dem Rasseln von Ketten und Metall zu Boden.

Jetzt begann ein Strom von Wasser aus dem Schacht nach unten zu fließen.

»Der Erste an der Kette!«, schrie ich.

Mit Kettengerassel schlängelte sich ein kleiner Mann mit einem Büschel strohblonder Haare auf der Stirn an den anderen vorbei und stand vor mir.

»Du musst klettern«, sagte ich.

»Wie?«, fragte er verblüfft.

»Drück deinen Rücken an die Wand des Schachtes«, sagte ich. »Benutze deine Füße!«

»Das kann ich nicht«, sagte er.

»Du wirst«, sagte ich.

Sein Nebenmann und ich nahmen ihn und schoben seinen Körper in die Öffnung.

Wir hörten ihn im Schacht grunzen und keuchen, hörten das Geräusch der Ketten, die über Stein schabten, als er den quälenden Aufstieg Zoll für Zoll begann.

»Ich rutsche ab!«, schrie er, ratterte den Schacht hinab und landete weinend auf dem Zellenboden.

»Noch einmal!«, sagte ich.

»Ich kann nicht!«, schrie er hysterisch.

Ich nahm ihn an den Schultern und schüttelte ihn. »Du bist aus Tharna!«, sagte ich. »Zeig uns, was ein Mann aus Tharna leisten kann!«

Es war eine Herausforderung, die nur wenigen Männern aus Tharna geboten wurde.

Wir hoben ihn erneut in den Schacht.

Ich stellte den zweiten Mann an der Kette unter ihn und den dritten an der Kette unter den zweiten.

Das Wasser schoss jetzt in einem Strahl so dick wie meine Faust durch die Öffnung. Im Tunnel stand es uns bis zum Knöchel.

Dann gelang es dem ersten Mann an der Kette, sein eigenes Gewicht zu halten, und der zweite begann mit rasselnden Ketten den Aufstieg in den vertikalen Schacht, unterstützt vom dritten, der jetzt auf dem Rücken des vierten Mannes stand und so fort.

Einmal rutschte der zweite Mann ab und zog den ersten mit sich hinunter, wodurch der dritte ebenfalls den Halt verlor, doch mittlerweile gab es eine solide Kette von Männern im Tunnel, sodass der vierte und der fünfte Mann standhielten. Der erste begann noch einmal den qualvollen Aufstieg, gefolgt vom zweiten und dritten.

Das Wasser stand etwa zwei Fuß hoch in der Zelle und stieg langsam der niedrigen Decke entgegen, als ich Andreas in den Tunnel folgte. Kron war der vierte Mann hinter mir.

Andreas, Kron und ich waren im Schacht, aber was war mit den armen Kerlen an der Kette hinter uns?

Ich sah den langen Schacht hinauf zu der langen Reihe von Sklaven, die sich Zoll für Zoll nach oben bewegte.

»Beeilt euch!«, schrie ich.

Der Wasserstrom schien uns jetzt nach unten zu drücken, unser Vorwärtskommen zu hemmen. Er war wie ein kleiner Wasserfall.

»Beeilt euch! Beeilt euch!«, schrie die Stimme eines Mannes, der noch unter uns war, ein heiserer Schrei voller Entsetzen.

Der erste Mann an der Kette war jetzt den Tunnel bis hin zur Quelle des Wassers, einem weiteren Tunnel, hinaufgestiegen. Wir hörten plötzlich einen lauten Wasserschwall kommen. Er schrie angstvoll auf: »Es kommt, alles auf einmal!«

»Stützt euch ab!«, rief ich den Menschen über und unter mir zu. »Zieht die letzten Männer in den Schacht!«, schrie ich. »Holt sie aus der Zelle heraus!«

Aber meine letzten Worte wurden in einem rasenden Sturzbach herabrauschenden Wassers ertränkt, der meinen Körper wie eine riesige Faust traf und mir den Atem raubte. Er toste den Schacht hinab, donnerte auf die Männer. Einige verloren den Halt, und Körper wurden in den Schacht hinuntergerissen. Es war unmöglich zu sehen, zu atmen, sich zu bewegen.

Dann versiegte der Sturzbach so schnell, wie er aufgetaucht war.

Wer auch immer oberhalb von uns das Ventil betätigte, musste ungeduldig geworden sein und es vollständig geöffnet haben, oder aber die plötzliche Wasserflut war als Gnade gedacht, um eventuelle Überlebende schnell zu töten.

Sobald ich wieder zu Atem gekommen war, schüttelte ich meine nassen Haare aus den Augen. Ich starrte in die aufgeweichte Dunkelheit, angefüllt mit angeketteten Körpern.

»Klettert weiter!«, sagte ich.

In vielleicht zwei oder drei Minuten hatte ich den horizontalen Tunnel erreicht, durch den der Wasserwirbel in den vertikalen Schacht geleitet worden war. Ich fand die Menschen vor mir an der Kette. Wie ich selbst waren sie bis auf die Haut durchnässt – aber lebendig. Ich schlug dem ersten Mann auf die Schulter.

»Gut gemacht!«, sagte ich zu ihm.

»Ich bin aus Tharna«, sagte er stolz.

Schließlich war jeder Mann an der Kette im horizontalen Schacht, obwohl die letzten vier Männer notwendigerweise auf diese Ebene hochgezogen werden mussten, da sie besinnungslos in ihren Ketten hingen. Es war schwer zu sagen, wie lange sie unter Wasser gewesen waren.

Wir, drei Männer aus Port Kar und ich, befassten uns mit ihnen, beugten uns in der Dunkelheit über sie, da wir wussten, was getan werden musste. Die anderen Sklaven an der Kette warteten geduldig, ohne dass auch nur einer sich beschwerte oder uns zu größerer Schnelligkeit drängte.

Schließlich bewegten sich die leblosen Körper, einer nach dem anderen; ihre Lungen weiteten sich, sogen die feuchte, kalte Luft der Mine ein.

Der Mann, den ich wiederbelebt hatte, griff nach oben und berührte mich.

»Wir gehören derselben Kette an«, sagte ich.

Es war ein geflügeltes Wort, das wir in den Minen geprägt hatten.

»Kommt!«, sagte ich zu den Männern.

Ich führte sie in zwei Reihen nebeneinander, hinter mir angekettet, und wir krochen durch den horizontalen Tunnel.

19 Aufstand in den Minen

»Nein, nein!«, hatte Ost geschrien.

Wir hatten ihn am Ventil gefunden, das den Wasservorrat in die Sklavenverliese mehr als zweihundert Fuß tiefer entleerte. Er trug jetzt die Kleidung eines Peitschensklaven – die Belohnung für seinen Verrat. Er warf die Peitsche zu Boden und versuchte wegzulaufen, wieselte wie ein Urt umher, aber wohin er sich auch wandte, die Kette ausgezehrter, entschlossener Männer schloss ihn ein, und als der Kreis sich zu schließen begann, fiel Ost auf die Knie.

»Tut ihm nichts!«, sagte ich. Doch die Hand des bulligen Kron von Tharna lag im Nacken des Verschwörers.

»Das ist eine Sache der Männer aus Tharna«, stellte er fest. Seine stählernen blauen Augen schauten in die umstehenden unbewegten Gesichter der aneinandergeketteten Sklaven.

Und auch die Augen von Ost schauten wie die eines verängstigten Urts von Gesicht zu Gesicht, aber er fand kein Mitleid in den Augen, die auf ihn herabschauten, als wären sie aus Stein gemeißelt.

»Gehört Ost der Kette an?«, fragte Kron.

»Nein«, rief ein Dutzend Stimmen. »Er gehört nicht der Kette an.«

»Doch«, rief Ost. »Ich gehöre der Kette an.« Er schaute mit nagetierartigem Blick in die Gesichter der umstehenden Männer. »Nehmt mich mit euch! Lasst mich frei!«

»Es ist Aufwiegelung, von so etwas zu reden«, sagte einer der Männer. Ost zitterte.

»Fesselt ihn und lasst ihn hier zurück«, sagte ich.

»Ja«, bettelte Ost hysterisch, während er vor Krons Füßen herumrutschte. »Macht das mit mir, ihr Herren!«

Andreas von Tor ergriff das Wort. »Macht das, was Tarl von Ko-ro-ba erbeten hat«, sagte er. »Befleckt unsere Kette nicht mit dem Blut dieser Schlange.«

»Nun gut«, sagte Kron, unnatürlich ruhig. »Lasst uns unsere Kette nicht beflecken.«

»Danke, ihr Herren«, sagte Ost, vor Erleichterung schluchzend, während sein Gesicht erneut diesen verkniffenen und durchtriebenen Ausdruck annahm, den ich so gut kannte.

Doch Kron schaute herab in sein Gesicht, und Ost wurde weiß.

»Du hast eine bessere Chance, als du uns gegeben hast«, sagte der bullige Mann aus Tharna.

Ost schrie voller Entsetzen auf.

Ich versuchte, mich vorwärts zu schieben, aber die Männer der Kette standen fest zusammen. Ich konnte dem Verschwörer nicht zu Hilfe kommen. Er versuchte, mit ausgestreckten Händen zu mir zu kriechen. Ich hielt ihm meine Hände hin, doch Kron packte ihn und zog ihn zurück. Der Körper des kleinen Verschwörers wurde von Sklave zu Sklave die ganze Kette weitergereicht, bis der letzte Mann ihn, kopfüber und um Gnade schreiend, in den dunklen engen Kanal schleuderte, den wir hinaufgestiegen waren. Wir hörten seinen Körper ein Dutzend Mal an die Seiten schlagen und seine verängstigten Schreie leiser werden, bis sie schließlich mit einem entfernten, hohlen Aufklatschen im Wasser weit unter uns verstummten.

Es war eine Nacht wie keine andere in den Minen von Tharna.

Die Kette der Sklaven in zwei Reihen hinter mir herführend, fegten wir durch die Stollen wie ein Ausbruch des geschmolzenen Kerns der Erde selbst. Nur mit Erz und Hacken bewaffnet, mit denen wir das Erz von den Wänden ablösten, stürmten wir in die Quartiere der Peitschensklaven und Wachleute, die kaum Zeit hatten, ihre Waffen zu ergreifen. Diejenigen, die in den wilden Kämpfen, die vorwiegend in der Dunkelheit der Stollen stattfanden, nicht getötet wurden, wurden in Nebenstollen eingesperrt und in Vorratskammern zusammengetrieben, wobei die Männer der Kette ihre ehemaligen Unterdrücker nicht gerade freundlich behandelten.

Wir hatten schon bald die Hämmer erreicht, die uns unsere Ketten abnehmen würden, und einer nach dem anderen zogen wir an dem großen Amboss vorbei, wo Kron von Tharna, aus der Kaste der Metallarbeiter, sie mit fachmännischen Schlägen von unseren Hand- und Fußgelenken entfernte.

»Zum Zentralstollen!«, rief ich. Ich trug ein Schwert, das ich einem der Wachleute abgenommen hatte, der jetzt im Stollen hinter uns angekettet war.

Einer der Sklaven, die die Fässer mit Nahrung zu den Trögen nach unten gebracht hatten, war nur zu bereit, uns zu führen.

Schließlich standen wir am Zentralstollen.

Unsere Mine traf ungefähr tausend Fuß unterhalb der Oberfläche auf den Zentralstollen. Wir konnten die großen Ketten im Schacht hängen sehen, die von den kleinen Lampen in den jeweiligen Öffnungen der Minen oberhalb von uns und hoch oben von der weißen Reflektion des Mondlichtes beleuchtet wurden. Die Männer drängten hinaus auf den Boden des Schachtes, der nur etwa einen Fuß unterhalb der Öffnung unserer Mine lag, da unsere Mine die tiefste von allen war.

Sie starrten nach oben.

Der Mann, der damit geprahlt hatte, dass er in den Minen von Tharna dreimal Kal-da getrunken hatte, weinte, als er nach oben blickte und die drei Monde Gors sah. Ich ließ mehrere Männer bis nach oben zum Ende der Ketten klettern.

»Ihr müsst die Ketten verteidigen!«, sagte ich. »Sie dürfen nicht durchtrennt werden.«

Entschlossene dunkle Gestalten, angetrieben von der Wut der Hoffnung, begannen, die Ketten zu den Monden über uns zu erklimmen. Es machte mich stolz, dass keiner der Männer vorschlug, dass wir ihnen folgen sollten, niemand bat darum, dass wir uns in die Freiheit davonstehlen sollten, bevor der allgemeine Alarm ausgelöst würde.

Nein! Wir kletterten zur zweiten Mine!

Wie furchtbar mussten diese Augenblicke für die Wachen und Peitschensklaven sein, als sie plötzlich diese entfesselte und unwiderstehliche Lawine voller Wut und Rache über sich hereinbrechen sahen! Würfel und Karten, Spielbretter und Trinkkelche polterten über den steinigen Fußboden der Wachräume, während Peitschensklaven und Wachen aufschauten und feststellen mussten, dass an ihren Kehlen die Klingen verzweifelter verdammter Männer lagen, die jetzt trunken von Freiheit und entschlossen waren, ihre Kameraden zu befreien.

Zelle für Zelle entleerte ihre armseligen, angeketteten Insassen, nur um mit gefesselten Wachen und Peitschensklaven erneut gefüllt zu werden; mit Männern, denen klar war, dass das kleinste Zeichen von Widerstand nur zu einem schnellen und blutigen Tod führen würde.

Mine für Mine wurde befreit, und aus jeder befreiten Mine strömten die Sklaven, auf ihre eigenen größten Chancen auf Sicherheit verzichtend, in die darüber liegenden Minen, um ihre Kameraden zu befreien. Dies geschah, als sei es geplant und dennoch wusste ich, dass es die spontanen Handlungen von Männern waren, die gelernt hatten, sich selbst zu respektieren, Handlungen der Männer aus Tharna.

Ich war der Letzte der Sklaven, der die Minen verließ. Ich kletterte an einer der großen Ketten zu der riesigen Winde hinauf, die über dem Stollen aufgebaut war und befand mich dann zwischen Hunderten von jubelnden Männern, die ihre Ketten gesprengt hatten; ihre Hände trugen Waffen, wenn auch mitunter nur ein scharfkantiges Stück Felsen oder ein paar Metallfesseln. Die dunklen, jubelnden Gestalten, viele von ihnen gebeugt und ausgezehrt von ihrer Arbeit, grüßten mich im Licht der drei rotierenden Monde von Gor. Sie riefen ohne Angst meinen Namen und auch den Namen meiner Stadt. Ich stand am Rande des großen Stollens und spürte den Wind der kalten Nacht auf meiner Haut.

Ich war glücklich.

Und ich war stolz.

Ich sah das große Ventil, von dem ich wusste, dass es die Minen von Tharna fluten konnte, und ich sah, dass es geschlossen war.

Ich war stolz, als ich sah, dass meine Sklaven das Ventil verteidigt hatten, denn ringsum lagen die Körper von Soldaten, die versucht hatten, es zu erreichen. Aber am meisten stolz war ich, als mir klar wurde, dass die Sklaven auch jetzt nicht das Ventil geöffnet hatten, obwohl sie wussten, dass unten in der Abgeschlossenheit der düsteren Schächte und Zellen, angekettet und hilflos, ihre Unterdrücker und Todfeinde waren. Ich konnte mir das Entsetzen dieser armen Wesen vorstellen, die in den Fallen tief unter der Erde zitterten und auf das entfernte Rauschen des Wassers in den Tunneln warteten. Aber es würde nicht kommen.

Ich fragte mich, ob sie verstanden, dass solch eine Handlung unter der Würde eines wahrhaftig freien Mannes war und dass die Männer, gegen die sie gekämpft hatten – die in dieser windigen und kalten Nacht gewonnen hatten, die wie Larls in der Dunkelheit der Tunnel dort unten gekämpft hatten und die nicht nur ihre eigene Sicherheit gesucht hatten, sondern auch die Befreiung ihrer Kameraden – solch freie Männer waren.

Ich sprang auf die Winde und hob meine Arme; die Dunkelheit des Zentralstollens zeichnete sich darunter ab.

Es war still.

»Männer aus Tharna«, rief ich, »und aus den Städten von Gor! Ihr seid frei!«

Es entstand ein gewaltiger Jubel.

»Die Kunde unserer Taten eilt bereits zum Palast der Tatrix«, rief ich.

»Soll sie zittern!«, schrie Kron von Tharna mit furchtbarer Stimme.

»Denk nach, Kron von Tharna«, rief ich, »schon bald werden Tarnreiter von den Mauern Tharnas losfliegen, und die Infanterie wird gegen uns aufmarschieren.«

Von den vielen befreiten Sklaven war ein besorgtes Murmeln zu hören.

»Sprich, Tarl von Ko-ro-ba«, forderte Kron mich auf, indem er den Namen meiner Stadt aussprach, als hätte er den Namen irgendeiner anderen Stadt ausgesprochen.

»Wir haben weder die Waffen noch die Ausbildung noch die Tiere, die wir brauchen würden, um gegen die Soldaten von Tharna bestehen zu können«, sagte ich. »Man würde uns vernichten, unter ihren Füßen wie Urts zertrampeln.« Ich machte eine Pause. »Deshalb müssen wir uns in den Wäldern und Bergen zerstreuen, uns verstecken, wo es nur geht. Wir müssen vom Ertrag des Landes leben. Alle Wachen und Soldaten, die Tharna auf unsere Spur setzen kann, werden uns suchen. Wir werden von den Lanzenträgern auf ihren Hohen Tharlarions verfolgt und niedergeritten werden! Wir werden von den Bolzen der Tarnreiter aus der Luft gejagt und getötet werden!«

»Aber wir werden frei sterben!«, rief Andreas von Tor, und sein Ruf wurde von Hunderten von Stimmen aufgenommen.

»Und das muss auch für andere möglich sein!«, rief ich. »Ihr müsst euch am Tag verstecken und in der Nacht weiterziehen. Ihr müsst euren Verfolgern ausweichen. Ihr müsst eure Freiheit zu den Menschen tragen.«

»Verlangst du von uns, Krieger zu werden?«, rief eine Stimme.

»Ja!«, schrie ich, und derartige Worte waren auf Gor noch nie gesprochen worden. »In diesem Fall«, sagte ich, »ist es egal, ob ihr aus der Kaste der Bauern, der Dichter, der Metallarbeiter oder der Sattelmacher seid, ihr müsst Krieger werden!«

»Wir werden es sein«, sagte Kron von Tharna, während seine Faust den großen Hammer hielt, mit dem er unsere Fesseln abgeschlagen hatte.

»Ist dies der Wille der Priesterkönige?«, fragte eine Stimme.

»Wenn es der Wille der Priesterkönige ist«, sagte ich, »dann soll es geschehen!«

Und dann hob ich erneut meine Hände; ich stand auf der Winde über dem Stollen im wehenden Wind, die Monde von Gor über mir, und ich rief: »Und wenn es nicht der Wille der Priesterkönige ist – dann soll es dennoch geschehen!«

»So geschehe es«, sagte die schwere Stimme von Kron.

»So geschehe es«, sagten die Männer; erst einer und dann andere, bis ein ruhiger Chor der Zustimmung zu hören war, ruhig aber kraftvoll, und ich wusste, dass in dieser rauen Welt Männer noch nie auf eine solche Art gesprochen hatten. Und es erschien mir seltsam, dass diese Rebellion, diese Bereitschaft dem Weg des Rechts zu folgen, wie sie es sahen, unabhängig vom Willen der Priesterkönige, nicht zuerst von den stolzen Kriegern Gors ausgegangen war, noch von den Schreibern oder den Baumeistern und Ärzten, noch von irgendeiner anderen der hohen Kasten aus den vielen Städten von Gor, sondern von den entehrtesten und den am meisten verachteten Männern, den armseligen Sklaven aus den Minen von Tharna.

Ich stand da und beobachtete den Aufbruch der Sklaven; jetzt stumm, wie Schatten, die Bannmeile der Minen umgehend, um ihr Glück als Geächtete zu suchen, ihr Schicksal jenseits der Gesetze und Traditionen ihrer Städte.

Der goreanische Abschiedsgruß kam stumm über meine Lippen: »Ich wünsche euch alles Gute.«

Kron hielt am Stollen an.

Ich ging über den Balken der Winde und ließ mich neben ihm fallen.

Der gedrungene Gigant aus der Kaste der Metallarbeiter stand da mit weit gespreizten Beinen. Er hielt seinen großen Hammer in seiner massigen Faust wie eine Lanze vor seinen Körper. Ich sah, dass seine ehemals kurz geschnittenen Haare jetzt ein struppiges Gelb waren. Ich sah, dass diese Augen, gewöhnlich wie blauer Stahl, jetzt weicher schienen, als ich sie in Erinnerung hatte.

»Ich wünsche dir alles Gute, Tarl von Ko-ro-ba«, sagte er.

»Ich wünsche dir alles Gute, Kron von Tharna«, sagte ich.

»Wir sind von derselben Kette«, stellte er fest.

»Ja«, antwortete ich.

Dann wandte er sich ab, *abrupt*, dachte ich, und verschwand schnell in den Schatten.

Nun blieb nur noch Andreas von Tor an meiner Seite.

Er strich sich durch die Mähne aus schwarzem Haar, die der Mähne eines Larls glich, und grinste mich an. »Nun«, sagte er, »ich habe die Minen von Tharna ausprobiert, und jetzt werden es wohl die großen Farmen sein.«

»Viel Glück«, sagte ich.

Ich hoffte inbrünstig, dass er das Mädchen mit dem kastanienfarbenen Haar in der Camisk finden würde, die sanfte Linna von Tharna.

»Und was hast du nun vor?«, fragte Andreas lässig.

»Ich habe Geschäfte mit den Priesterkönigen«, antwortete ich.

»Ah!«, sagte Andreas und schwieg.

Wir sahen einander an, unter den drei Monden. Er schien traurig zu sein; eines der wenigen Male, wo ich ihn so gesehen habe.

»Ich komme mit dir«, sagte er.

Ich lächelte. Andreas wusste so gut wie ich, dass Menschen nicht aus dem Sardargebirge zurückkehrten.

»Nein«, sagte ich. »Ich glaube nicht, dass du viele Lieder in diesen Bergen findest.«

»Ein Dichter«, antwortete er, »sucht überall nach Liedern.«

»Es tut mir leid«, sagte ich, »aber ich kann dir nicht erlauben, mich zu begleiten.«

Andreas schlug mir die Hände auf die Schultern. »Hör zu, du begriffs-stutziger Sprössling der Kriegerkaste«, sagte er. »Meine Freunde sind mir wichtiger als meine Lieder.«

Ich versuchte, lässig zu wirken. Ich tat, als sei ich skeptisch. »Bist du wirklich aus der Kaste der Dichter?«

»Nie wahrhaftiger als gerade jetzt«, sagte Andreas, »denn wie könnten mir meine Lieder wichtiger sein als die Dinge, die sie preisen?«

Ich staunte, dass er das gesagt hatte, denn ich wusste, dass der junge Andreas von Tor seinen Arm oder Jahre seines Lebens für etwas gegeben hätte, das ein echtes Lied sein könnte; eines, das es wert war, für das, was er gesehen, gefühlt und um das er sich gesorgt hatte, zu stehen.

»Linna braucht dich«, sagte ich. »Spür sie auf.«

Andreas aus der Kaste der Dichter stand gequält vor mir, Schmerz in seinen Augen.

»Ich wünsche dir alles Gute«, sagte ich, »… Dichter.«

Er nickte. »Ich wünsche dir alles Gute«, antwortete er, »… Krieger.«

Vielleicht wunderten wir uns beide, dass es Freundschaft zwischen den Mitgliedern derartig unterschiedlicher Kasten geben mochte, aber viel-leicht wussten wir auch beide, obwohl wir es nicht aussprachen, dass in den Herzen von Männern Waffen und Lieder nie sehr weit auseinander wohnten.

Andreas hatte sich zum Gehen gewandt, doch er zögerte und sah mich noch einmal an. »Die Priesterkönige erwarten dich«, sagte er.

»Natürlich«, stimmte ich zu.

Andreas hob seinen Arm. »Tal«, sagte er traurig. Ich wunderte mich, warum er es gesagt hatte, denn es war ein Wort der Begrüßung.

»Tal«, sagte ich, den Gruß erwidernd.

Ich vermute, er wollte mich noch einmal begrüßen, da er nicht glaubte, dass er jemals wieder die Gelegenheit dazu haben würde.

Andreas hatte sich umgedreht und war gegangen.

Ich musste meine Reise ins Sardargebirge antreten.

Wie Andreas gesagt hatte, ich wurde erwartet. Ich wusste, dass wenig auf Gor passierte, das nicht irgendwie im Sardargebirge bekannt war. Die Macht und das Wissen der Priesterkönige liegt vielleicht jenseits des Ver-stehens sterblicher Menschen, oder, wie man auf Gor sagt, der Männer unterhalb der Berge.

Man sagt, dass die Priesterkönige das für uns sind, was wir für die Amö-ben sind, dass die größten und gefühlvollsten Höhenflüge unseres Geistes im Vergleich zu den Gedanken der Priesterkönige nichts anderes sind als der chemische Tropismus eines Einzellers. Ich dachte an einen solchen

Organismus, der blind seine Pseudopodien ausstreckt, um ein Bröckchen Nahrung zu umfassen, ein selbstzufriedener Organismus in seiner Welt – die vielleicht nur die Petrischale auf dem Tisch eines höheren Wesens ist.

Ich hatte die Macht der Priesterkönige in ihrer Wirksamkeit gesehen – vor vielen Jahren in den Bergen von New Hampshire, als sie so feinfühlig ausgeübt wurde, dass sie eine Kompassnadel beeinflusste, bis hin zum Tal von Ko-ro-ba, wo ich eine Stadt vorfand, die so beiläufig vernichtet worden war, wie man einen Ameisenhaufen zertritt.

Ja, ich wusste, dass die Macht der Priesterkönige – den Gerüchten zur Folge bis zur Kontrolle der Gravitation reichte – Städte verwüsten, Bevölkerungen zerstreuen, Freunde trennen, Geliebte aus ihren Armen reißen und einen scheußlichen Tod zu jedem bringen konnte, den sie ausgewählt hatten. Wie alle Menschen auf Gor wusste ich, dass ihre Macht Terror über eine Welt bringen und niemand ihr widerstehen konnte.

Mir klangen die Worte des Mannes aus Ar in den Ohren, der die Roben der Eingeweihten getragen und mir die Botschaft der Priesterkönige überbracht hatte, in dieser rauen Nacht auf der Straße nach Ko-ro-ba: »Wirf dich selbst in dein Schwert, Tarl von Ko-ro-ba!«

Aber ich wusste damals, dass ich mich nicht in mein Schwert werfen würde und dass ich es auch jetzt nicht tun würde. Ich wusste damals, wie ich es auch heute wusste, dass ich stattdessen ins Sardargebirge gehen würde, dass ich es betreten und die Priesterkönige selbst suchen würde.

Ich würde sie finden.

Irgendwo inmitten dieser eisigen Felsklippen, die selbst für den wilden Tarn unzugänglich waren, warteten sie auf mich, die mächtigen Götter dieser rauen Welt.

20 Die unsichtbare Mauer

In meiner Hand hielt ich ein Schwert, das ich einem der Wächter in den Minen abgenommen hatte. Es war die einzige Waffe, die ich trug. Bevor ich ins Gebirge aufbrach, schien es klug zu sein, meine Ausrüstung zu verbessern. Die meisten Soldaten, die am oberen Stollenausgang gegen die Sklaven gekämpft hatten, waren getötet worden oder geflohen. Denjenigen, die getötet worden waren, hatte man Kleidung und Waffen abgenommen, da beides von den schlecht gekleideten, unbewaffneten Sklaven verzweifelt gebraucht wurde.

Ich wusste, dass ich nicht sehr viel Zeit hatte, denn die nach Rache dürstenden Tarnreiter aus Tharna würden bald vor den drei Monden sichtbar werden.

Ich untersuchte die niedrigen, hölzernen Gebäude, die in der hässlichen Landschaft der Umgebung der Minen verstreut lagen. Fast alle von ihnen waren von den Sklaven aufgebrochen, und was auch immer darin gewesen war, war mitgenommen oder verstreut worden. Kein Stück Stahl war in den Waffenständern, kein Kanten Brot in den Fässern der Lagerhütten zurückgeblieben.

Im Büro des Administrators der Minen, der einst den Befehl gegeben hatte: »Ertränkt sie alle«, fand ich einen entblößten Körper, fast bis zur Unkenntlichkeit zerschnitten. Dennoch hatte ich ihn schon zuvor gesehen, als ich von den Soldaten in seine zärtliche Obhut übergeben worden war. Es war der Administrator der Minen persönlich. Der korpulente, grausame Körper war über Hunderte von Stellen verstreut.

An der Wand hing eine leere Schwertscheide. Ich hoffte, dass er noch Zeit gehabt haben mochte, seine Klinge zu ergreifen, bevor die Sklaven hereinstürzten und über ihn herfielen. Obwohl es mir leicht fiel, ihn zu hassen, wünschte ich ihm jedoch nicht, unbewaffnet gestorben zu sein.

Im frenetischen Tumult in der Dunkelheit oder beim Licht der Tharlarionöllampen hatten die Sklaven die Schwertscheide wohl übersehen oder nicht gewollt. Das Schwert selbst war natürlich fort. Ich wollte die Scheide haben und nahm sie von der Wand.

Im ersten Lichtschein, der jetzt durch das staubige Hüttenfenster schimmerte, sah ich, dass die Scheide mit sechs Steinen besetzt war. Smaragde. Vielleicht nicht von großem Wert, aber wertvoll genug, um mitgenommen zu werden. Ich stieß meine Waffe in die leere Schwertscheide, verschnürte den Schwertgurt und wickelte ihn auf goreanische Art um die linke Schulter.

Ich verließ die Hütte und suchte den Himmel ab. Es waren noch keine Tarnreiter in Sicht. Die drei Monde waren mittlerweile blass geworden wie blassweiße Scheiben in dem heller werdenden Himmel, und die Sonne hatte sich zur Hälfte über den Thron des Horizontes erhoben.

Im hellen Licht wurden die Ruinen der Nacht in ganzer, brutaler Klarheit enthüllt. Das hässliche Gelände des Lagers, die einsamen hölzernen Hütten, die braune Erde und die kahlen, harten Felsen waren verlassen, bis auf die Toten. Zwischen dem Abfall der Plünderungen – Papiere, geöffnete Schachteln, zerbrochene Fässer, zersplitterte Regale und Draht – lagen dort in steifen, grotesken Haltungen ausgebreitet die groben Schatten des Todes, die zerschmetterten, verdrehten, zerschnittenen Körper nackter Männer.

Einige Staubfahnen wirbelten auf wie Tiere, die an den Füßen der Körper schnüffelten. Eine Tür an einem der Schuppen schwang lose in ihren Angeln, mit zerbrochenem Schloss, klappernd im Wind.

Ich ging durch das Lager und hob einen Helm auf, der halb verborgen unter dem Abfall lag. Seine Riemen waren kaputt, aber man konnte sie noch zusammenknoten. Ich fragte mich, ob die Sklaven ihn bemerkt hatten.

Ich hatte Ausrüstung gesucht, aber ich hatte nur eine Schwertscheide und einen beschädigten Helm gefunden, und schon bald würden die Tarnreiter aus Tharna eintreffen. Im Kriegerschritt, einem langsamen Trab, der über Stunden eingehalten werden kann, verließ ich den Bereich der Minen.

Ich hatte gerade den Schutz einer Baumreihe erreicht, als ich einige tausend Meter hinter mir die Tarnreiter aus Tharna wie ein Wespenschwarm auf dem Gelände der Minen niedergehen sah.

Drei Tage später fand ich im Bereich der Verhandlungssäule meinen Tarn wieder. Ich hatte seinen Schatten gesehen und gefürchtet, dass er wild war. Ich hatte mich darauf vorbereitet, mein Leben so teuer wie möglich zu verkaufen, doch das große Ungeheuer, mein eigener gefiederter Gigant, der vermutlich die Verhandlungssäule seit Wochen belagert hatte, landete auf der Ebene nicht mehr als dreißig Meter von mir entfernt, schüttelte seine großen Schwingen und stolzierte an meine Seite.

Aus diesem Grund war ich zur Säule zurückgekehrt, in der Hoffnung, dass das Monster in ihrer Umgebung herumlungern würde. Es gab gute Jagdgründe in der Nähe, und die Bergrücken, wohin ich die Tatrix gebracht hatte, stellten Schutz für ein Nest zur Verfügung.

Als der Tarn sich mir näherte und seinen Kopf vorstreckte, fragte ich mich, ob das, was ich nicht zu hoffen gewagt hatte, wahr sein konnte, dass der Vogel auf meine Rückkehr gewartet haben mochte.

Er bot keinen Widerstand, er zeigte keinen Ärger, als ich auf seinen Rücken sprang und wie zuvor ausrief: »Erster Zügel!« Bei diesem Zeichen schlugen, mit einem schrillen Schrei und einem mächtigen Sprung, die gewaltigen Schwingen wie Peitschen und schaufelten den Weg in der Ekstase des Fluges nach oben.

Als wir über die Verhandlungssäule flogen, erinnerte ich mich daran, dass es hier gewesen war, wo mich die Frau, die einst Tatrix von Tharna war, betrogen hatte. Ich fragte mich, was aus ihr geworden war. Ich wunderte mich auch über ihren Verrat, über ihren seltsamen Hass mir gegenüber, denn irgendwie schien dies nicht zu dem einsamen Mädchen an der Felskante zu passen, das still dagestanden und auf ein Feld von Talenderblumen geblickt hatte, während ein Krieger sich an der Beute seines Tarns sattfraß.

Dann verfinsterte sich meine Erinnerung wieder vor Wut bei dem Gedanken an ihre befehlsgewohnte Geste und den unverschämten Befehl: »Ergreift ihn!«

Was auch immer ihr Schicksal geworden war, ich bestand mir selbst gegenüber darauf, dass es mehr als verdient war. Dennoch spürte ich, dass ich hoffte, sie sei nicht vernichtet worden. Ich fragte mich, welche Rache den Hass von Dorna der Stolzen befriedigen würde, den sie Lara, der Tatrix, entgegenbrachte. Unglücklicherweise vermutete ich, dass sie Lara in eine Grube voller Osts hatte werfen lassen oder ihr dabei zugesehen hatte, wie sie lebend in stinkendem Tharlarionöl gekocht wurde. Vielleicht hatte sie sie auch nackt in die Klauen der heimtückischen Leechpflanze von Gor werfen oder sie an die riesigen Urts in den Verliesen unterhalb ihres eigenen Palastes verfüttern lassen. Ich wusste, dass der Hass von Männern nur ein schwacher Abglanz im Vergleich zum Hass von Frauen ist, und ich fragte mich, was nötig wäre, um den Rachedurst einer solchen Frau wie Dorna der Stolzen zu löschen. Was wäre wohl genug, um sie zufriedenzustellen?

Es war jetzt der Monat der Tag- und Nachtgleiche des Frühjahres auf Gor, den man En'Kara oder den ersten Kara nannte. Die vollständige Bezeichnung ist En'Kara-Lar-Torvis, was ziemlich wörtlich übersetzt »die erste Wende des zentralen Feuers« heißt. Lar-Torvis ist eine goreanische

Bezeichnung für die Sonne. Weiter verbreitet, allerdings nicht im Zusammenhang mit der Zeit, wird die Sonne als Tor-Tu-Gor bezeichnet oder auch »das Licht auf dem Heim-Stein«. Der Monat der herbstlichen Tag- und Nachtgleiche wird vollständig Se'Kara-Lar-Torvis oder gewöhnlich einfacher Se'kara genannt, der zweite Kara oder die zweite Wende.

Wie zu erwarten, gibt es abgeleitete Ausdrücke für die Monate der Sonnenwende, En'Var-Lar-Torvis und Se'Var-Lar-Torvis oder wieder ziemlich wörtlich übersetzt, »das erste Rasten und das zweite Rasten des zentralen Feuers«. Sie kommen gewöhnlich, wie die anderen Ausdrücke, im Sprachgebrauch nur als En'Var und Se'Var oder als erste Rast und zweite Rast vor.

Die Einteilung der Zeit treibt übrigens die Gelehrten von Gor zur Verzweiflung, da jede Stadt die Zeit durch die Amtszeiten und Listen ihrer eigenen Administratoren aufzeichnet. So wird ein Jahr zum Beispiel als das zweite Jahr bezeichnet, in dem Soundso Administrator der speziellen Stadt war. Man könnte meinen, dass einige Stabilität durch die Eingeweihten eingebracht werden würde, die einen Kalender ihrer Feiertage und Zeremonien führen müssen, aber die Eingeweihten der einen Stadt feiern nicht immer dieselben Feste am selben Datum wie die einer anderen Stadt. Wenn der Hohe Eingeweihte von Ar jemals Erfolg damit haben sollte, seine Vorherrschaft über die Hohen Eingeweihten der rivalisierenden Städte auszudehnen, eine Vorherrschaft, die er übrigens bereits zu besitzen beansprucht, könnte ein vereinter Kalender eingeführt werden. Aber bisher hat es keinen militärischen Sieg Ars über andere Städte gegeben und folglich, frei vom Schwert, betrachten sich die Eingeweihten jeder Stadt als jeweils höchste innerhalb ihrer eigenen Mauern.

Es gibt jedoch einige Faktoren, die dabei helfen, die Hoffnungslosigkeit der Situation zu verringern. Dazu gehören die Märkte am Sardargebirge, die viermal im Jahr stattfinden und chronologisch durchnummeriert sind. Des Weiteren sind einige Städte bereit, in ihren Aufzeichnungen neben ihren eigenen Daten die Daten von Ar anzugeben, der größten Stadt von Gor.

Die Zeiteinteilung in Ar wird glücklicherweise nicht durch die Listen der Administratoren dargestellt, sondern durch die mythologische Gründung durch den ersten Mann auf Gor, einem Helden, den, wie man sagt, die Priesterkönige aus dem Schlamm der Erde und dem Blut von Tarnen geformt haben sollen. Die Zeit wird seit »Contasta Ar« oder »seit der Gründung Ars« gezählt. Das laufende Jahr ist nach dem Kalender Ars, wenn es von Interesse ist, das Jahr 10117. Eigentlich nehme ich an, dass Ar nicht einmal ein Drittel dieses Alters erreicht hat. Sein Heim-Stein jedoch, den ich gesehen habe, zeugt von einem beträchtlichen Alter.

Etwa vier Tage nachdem ich den Tarn wiedergefunden hatte, sahen wir in der Ferne das Sardargebirge. Hätte ich einen goreanischen Kompass besessen, so hätte seine Nadel unveränderlich auf diese Berge gezeigt, als wollte sie auf das Zuhause der Priesterkönige hinweisen. Vor dem Gebirge in einem Panorama aus Seide und Flaggen sah ich die Pavillons des Marktes von En'Kara oder des Marktes der ersten Wende.

Ich drehte den Tarn in der Luft, da ich mich noch nicht weiter nähern wollte. Ich schaute auf die Berge, die ich nun zum ersten Mal sah. Ein Frösteln kroch in meinen Körper, das nicht von den hohen Winden herrührte, die mich auf dem Rücken des Tarns trafen.

Die Berge des Sardar waren nicht so eine riesige und wunderbare Gebirgskette wie die wilden roten Klippen des Voltai, jener fast undurchdringlichen gebirgigen Einöde, in der ich einst der Gefangene des geächteten Ubars, Marlenus von Ar, gewesen war, dem ehrgeizigen und kriegerischen Vater der feurigen und wunderschönen Talena, die ich liebte und die ich Jahre zuvor auf dem Rücken eines Tarns nach Ko-ro-ba gebracht hatte, um meine freie Gefährtin zu werden. Nein, der Gebirgszug des Sardar war nicht die herausragende natürliche Wildnis wie der Voltai. Seine Gipfel verhöhnten nicht die Ebenen darunter; seine Anhöhen spotteten weder dem Himmel noch forderten sie in der Kälte der Nacht die Sterne heraus. Auf ihnen hörte man nicht den Ruf der Tarne und das Brüllen der Larls. Es war dem Voltai sowohl in der Ausdehnung als auch in der Herrlichkeit unterlegen. Dennoch, wenn ich es ansah, noch mehr als beim herrlich wilden, von Larls heimgesuchten Voltai, fürchtete ich es.

Ich führte den Tarn näher heran.

Die Berge vor mir waren schwarz, mit Ausnahme der hohen Gipfel und der Pässe, auf denen man weiße Flecken sehen konnte und Spuren von kaltem, leuchtendem Schnee. Ich suchte nach dem Grün von Vegetation auf den tieferen Hängen und konnte nichts entdecken. Auf dem Gebirgsrücken des Sardar wuchs nichts.

Um diese gewinkelten Formen in der Ferne schien es eine Bedrohung zu geben, einen nicht greifbaren Angst machenden Effekt. Ich nahm den Tarn so hoch, wie ich konnte, bis seine Schwingen verzweifelt gegen die dünne Luft schlugen, doch ich konnte nichts entdecken, das die Wohnung der Priesterkönige im Sardargebirge sein könnte.

Ich fragte mich – ein unheimlicher Verdacht, der mich plötzlich durchfuhr –, ob das Sardargebirge möglicherweise leer sein könnte, ob dort in diesen düsteren Bergen wohl nicht mehr sein mochte als Wind und Schnee, und ob die Menschen ohne es zu wissen ein Nichts anbeteten. Was war mit den ständigen Gebeten der Eingeweihten, den Opfern, den

Brauchtümern, den Ritualen, den zahllosen Schreinen, Altären und Tempeln für die Priesterkönige? Konnte es sein, dass der Rauch der brennenden Opfer, der Geruch des Weihrauchs, das Murmeln der Eingeweihten, ihre Kniefälle und ihr Kriechen ausnahmslos an nichts als an die leeren Gipfel des Sardar gerichtet waren, an den Schnee, die Kälte und den Wind, der zwischen diesen kahlen Felsen heulte?

Plötzlich schrie der Tarn auf und erzitterte in der Luft! Der Gedanke an die Leere des Sardargebirges wurde aus meinem Geist getrieben, denn hier war ein Zeugnis der Priesterkönige!

Es war fast, als wäre der Vogel von einer unsichtbaren Faust ergriffen worden.

Ich konnte nichts spüren.

Die Augen des Vogels waren, vielleicht zum ersten Mal in seinem Leben, mit Entsetzen gefüllt, blindem, nicht verstehendem Entsetzen.

Ich konnte nichts sehen.

Protestierend, schreiend, begann der große Vogel hilflos nach unten zu taumeln. Seine großen Schwingen schlugen nutzlos und wild aus, unkoordiniert und verzweifelt wie die Glieder eines ertrinkenden Schwimmers. Es schien als weigerte sich selbst die Luft, sein Gewicht noch länger zu tragen. In trunkenen, benommenen Kreisen, verwirrt, hilflos, schreiend, fiel der Vogel, während ich mein Leben an die dicken Nackenfedern klammerte. Als wir eine Höhe von vielleicht hundert Metern über dem Boden erreicht hatten, verschwand der seltsame Effekt so schnell, wie er eingesetzt hatte. Der Vogel gewann seine Kraft und seine Sinne zurück, mit Ausnahme der Tatsache, dass er aufgeregt blieb, fast unlenkbar.

Zu meiner Verwunderung begann das tapfere Tier wieder aufzusteigen, entschlossen, die Höhe zurückzugewinnen, die es verloren hatte. Wieder und wieder versuchte es zu steigen, und wieder und wieder wurde es nach unten gezwungen.

Durch den Rücken des Tieres konnte ich die Spannung der Muskeln spüren, das verrückte Schlagen des unbezwingbaren Herzens. Aber jedes Mal, wenn wir eine bestimmte Höhe erreicht hatten, schienen die Augen des Tarns ihre Fokussierung zu verlieren, und die unbeirrbare Balance und Koordination des schwarzen Monsters wurde unterbrochen. Es war nun nicht mehr ängstlich, nur noch wütend. Noch einmal wollte es versuchen aufzusteigen, noch schneller, noch wilder.

Dann rief ich gnädig: »Vierter Zügel!«

Ich fürchtete, dass der mutige Vogel sich eher umbringen würde, als sich der unsichtbaren Kraft zu unterwerfen, die ihm den Weg verstellte. Unwillig landete der Vogel auf der grasbewachsenen Ebene ungefähr eine

Meile von dem En'Kara-Markt entfernt. Ich glitt von seinem Rücken. Ich hatte den Eindruck, dass seine großen Augen mich vorwurfsvoll ansahen. Warum sprang ich nicht wieder auf seinen Rücken und rief: »Erster Zügel!«? Warum versuchten wir es nicht noch einmal?

Ich schlug ihm gefühlvoll auf den Schnabel und grub mit meinen Fingern zwischen seinen Nackenfedern, kratzte einige Läuse – in der Größe von Murmeln – hervor, die die wilden Tarne heimsuchen. Ich gab sie auf seine lange Zunge. Nach einem Moment ungeduldigen, federsträubenden Protestes akzeptierte der Tarn, wenn auch widerwillig, diese Delikatesse, und die Parasiten verschwanden in diesem gebogenen Scimitar eines Schnabels.

Was geschehen war, wäre von dem ungebildeten goreanischen Geist, besonders von den Menschen der niederen Kasten, als Beweis für eine übernatürliche Macht angesehen worden, als irgendeine magische Wirkung des Willens der Priesterkönige. Ich selbst glaubte nicht freiwillig an solche Hypothesen.

Der Tarn hatte ein Feld aktiviert, das auf irgendeine Art sein Innenohr beeinflusste, woraus der Verlust an Balance und Koordination resultierte. Ein ähnlicher Mechanismus, nahm ich an, würde auch das Eindringen der Hohen Tharlarions, der Sattelechsen Gors, in die Berge verhindern. Trotz meiner Lage bewunderte ich die Priesterkönige. Ich wusste jetzt, dass es wahr war, was mir erzählt wurde, dass diejenigen, die die Berge betreten wollten, das zu Fuß tun mussten.

Ich bedauerte, den Tarn zurücklassen zu müssen, doch er konnte mich nicht begleiten.

Ich sprach etwa eine Stunde lang auf ihn ein, vielleicht eine etwas verrückte Handlung und gab dann seinem Schnabel einen festen Schlag und schob ihn von mir. Ich zeigte auf die Felder hinaus, weg von den Bergen. »Tabuk!«, sagte ich.

Der Vogel rührte sich nicht.

»Tabuk!«, wiederholte ich.

Ich glaube, obwohl es absurd ist, dass das Tier spürte, dass es mich im Stich gelassen hatte, indem es mich nicht in die Berge getragen hatte. Ich glaube auch, obwohl das noch absurder ist, dass es wusste, dass ich nicht warten würde, bis es von seiner Jagd zurückkam.

Der große Kopf bewegte sich fragend und beugte sich zu Boden, rieb an meinem Bein.

Hatte er mich im Stich gelassen? Schickte ich ihn jetzt fort?

»Geh, Ubar des Himmels!«, sagte ich. »Geh!«

Als ich »Ubar des Himmels« sagte, hob der Vogel den Kopf, der jetzt mehr als einen Meter über meinem schwebte. Ich hatte ihn so genannt, als ich ihn in der Arena von Tharna wiedererkannte und wir als ein Wesen in den Himmel aufgestiegen waren.

Der große Vogel stolzierte etwa fünfzehn Meter von mir fort, drehte sich dann um und schaute mich wieder an.

Ich gestikulierte zu den Feldern, weg von den Bergen.

Er schüttelte seine Schwingen und schrie, dann stürzte er sich in den Wind. Ich sah ihm nach, ein kleiner Fleck am blauen Himmel, bis er in der Ferne verschwand.

Ich fühlte mich unsäglich traurig und wandte mich dem Sardargebirge zu.

Davor, eingebettet in grasbewachsenen Ebenen, war der En'Kara-Markt.

Ich war kaum einen Pasang gegangen, als ich von einer Baumgruppe rechts von mir, vom anderen Ufer eines schmalen schnellen Baches, der aus dem Sardar kam, den entsetzten Schrei eines Mädchens hörte.

21 Ich kaufe ein Mädchen

Mein Schwert sprang aus der Schwertscheide, und ich stürzte durch den kalten Bach, hin zu dem Gehölz auf der anderen Seite des Weges.

Noch einmal erklang der entsetzte Schrei.

Jetzt war ich zwischen den Bäumen, bewegte mich schnell, allerdings auch vorsichtig.

Dann drang der Geruch von Kochfeuern in meine Nase. Ich hörte das Summen einer gemütlichen Konversation. Durch die Bäume konnte ich Zeltplanen erkennen, einen Tharlarionwagen, an dem die Zügelherren ein Gespann der niederen Tharlarions, der riesigen pflanzenfressenden Lastechsen von Gor, ausspannten. Nachdem, was ich erkennen konnte, hatte keiner von ihnen den Schrei gehört oder ihm Beachtung geschenkt.

Ich wurde langsamer, ging mit normalem Schritt und betrat die Lichtung zwischen den Zelten. Ein oder zwei Wachleute beobachteten mich neugierig. Einer erhob sich, um den Wald hinter mir zu überprüfen und zu sehen, ob ich allein sei. Ich sah mich um. Es war eine friedfertige Szenerie, die Kochfeuer, die Kuppeln der Zelte, das Abschirren der Tiere, eine Szene, die mich an die Karawane von Mintar aus der Kaste der Händler erinnerte. Aber dies war ein kleines Lager, nicht wie die Pasang von Wagen, die das Gefolge des wohlhabenden Mintar darstellten.

Ich hörte den Schrei ein weiteres Mal.

Ich sah, dass die Plane des Tharlarionwagens, die zurückgerollt war, aus blauer und gelber Seide bestand.

Es war das Lager eines Sklavenhändlers.

Ich schob mein Schwert in die Scheide zurück und nahm den Helm ab.

»Tal«, sagte ich zu den zwei Wachen, die an der Seite des Feuers hockten und Steine spielten, ein Ratespiel, bei dem der eine Spieler erraten muss, ob die Anzahl der Steine in der Hand des anderen gerade oder ungerade ist.

»Tal«, antwortete der Wächter. Der andere, der gerade dabei war, die Steine zu erraten, schaute nicht einmal auf.

Ich trat zwischen den Zelten hindurch und sah das Mädchen.

Es war ein blondes Mädchen, dessen goldenes Haar ihr hinter dem Rücken bis zur Taille fiel. Sie hatte blaue Augen und war von bezaubernder Schönheit. Sie zitterte wie ein wildes Tier. Sie kniete mit dem Rücken an einem schlanken, weißen, birkenähnlichen Baum, an den sie nackt angekettet war. Ihre Hände waren über ihrem Kopf hinter dem Baum mit Sklavenfesseln gebunden. Ihre Fußgelenke waren durch eine kurze Sklavenkette, die um den Baum lief, in ähnlicher Weise befestigt. Ihre Augen hatten sich mir zugewandt, bittend, flehend, als ob ich sie aus ihrer schlimmen Lage befreien könnte, doch als sie mich ansah, schienen ihre vor Angst glänzenden Augen, wenn überhaupt möglich, noch entsetzter zu werden. Sie stieß einen hoffnungslosen Schrei aus, begann unkontrolliert zu zittern, und ihr Kopf fiel aus Verzweiflung nach vorn. Ich vermutete, dass sie mich für einen weiteren Sklavenhändler hielt.

Neben dem Baum war ein eisernes Kohlenbecken, das mit glühenden Kohlen gefüllt war. Aus über zehn Metern Entfernung konnte ich seine Hitze fühlen. Aus dem Kohlenbecken ragten die Griffe von drei Eisen.

Neben den Eisen stand ein Mann, nackt bis zur Hüfte, der dicke Lederhandschuhe trug, einer der Ergebenen des Sklavenhändlers. Es war ein mürrischer Mann, ziemlich schwer, schwitzend und auf einem Auge blind. Er beobachtete mich mit nicht allzu viel Interesse, während er darauf wartete, dass die Eisen heiß wurden.

Ich bemerkte den Schenkel des Mädchens.

Es war noch nicht gebrannt worden.

Wenn ein Mann ein Mädchen entführt, um es selbst zu benutzen, dann kennzeichnet er es nicht immer, obwohl es gewöhnlich schon getan wird. Andererseits brennt der professionelle Sklavenhändler sein Vieh aus geschäftlichen Gründen fast immer, und es ist selten, dass ein ungebranntes Mädchen den Block verlässt.

Brandzeichen und Halsreif unterscheiden sich voneinander, obwohl beides Kennzeichen der Sklaverei sind. Die wichtigste Bedeutung des Halsreifs ist die Identifikation des Herrn und seiner Stadt. Der Halsreif, der einem Mädchen gegeben wird, kann zahllose Male wechseln, doch das Brandzeichen besteht immer weiter fort, um ihren Status dauerhaft festzuhalten. Der Brand wird normalerweise durch die kurzberockte Sklavinnenuniform von Gor verdeckt, aber wenn die Camisk getragen wird, ist er immer deutlich sichtbar und erinnert das Mädchen und andere an ihre Stellung.

Der Brand selbst ist bei den Mädchen ein zierliches Zeichen in kursiver Schrift, der erste Buchstabe des goreanischen Ausdrucks für Sklavin. Wenn ein Mann gebrandmarkt wird, wird der gleiche Buchstabe allerdings in Blockschrift benutzt.

Als er mein Interesse an dem Mädchen bemerkte, trat der Mann neben den Eisen an ihre Seite, nahm sie bei den Haaren und bog ihr Gesicht zurück, damit ich es besser sehen konnte. »Sie ist eine Schönheit, nicht wahr?«, sagte er.

Ich nickte zustimmend.

»Vielleicht möchtest du sie kaufen?«, fragte der Mann.

»Nein«, sagte ich.

Der schwergewichtige Mann richtete sein blickloses Auge in meine Richtung; seine Stimme senkte sich zu einem verschwörerischen Flüstern. »Sie ist noch nicht trainiert«, sagte er. »Und sie ist so schwer zu führen wie ein Sleen.«

Ich lächelte.

»Aber«, sagte der Mann, »das Eisen wird ihr das nehmen.«

Ich fragte mich, ob es das tatsächlich würde.

Er zog eines der Eisen aus dem Feuer. Es glühte leuchtend rot.

Beim Anblick des glühenden Metalls schrie das Mädchen unkontrolliert auf, zerrte an ihren Sklavenfesseln und den Eisen, die sie am Baum hielten.

Der schwergewichtige Mann schob das Eisen zurück ins Kohlenbecken. »Sie ist eine Laute«, sagte er verschämt. Dann ging er, mit einem Schulterzucken in meine Richtung, als ob er mich um Verzeihung bitten wollte, zu dem Mädchen und nahm eine Handvoll ihres langen Haares. Er wickelte es zu einem kleinen, festen Ball und schob diesen ihr plötzlich in den Mund. Dort dehnte sich das Haar sofort aus, und ehe sie es ausspucken konnte, hatte er bereits weitere Haare um ihren Kopf gewunden und so festgebunden, dass der aufgegangene Haarball in ihrem Mund bleiben musste. Das Mädchen würgte lautlos und versuchte, die Haarkugel aus ihrem Mund zu spucken, doch es gelang ihr nicht. Es war ein alter Trick der Sklavenhändler. Ich wusste, dass Tarnreiter manchmal ihre Gefangenen in gleicher Weise zum Schweigen brachten.

»Es tut mir leid, süße Hexe«, sagte der große Kerl und gab dem Mädchen einen freundlichen Klaps auf den Kopf, »aber wir wollen doch nicht, dass Targo mit seiner Peitsche kommt und Tharlarionöl aus uns beiden herauspeitscht, nicht wahr?«

Stumm schluchzend fiel der Kopf des Mädchens nach unten auf ihre Brust.

Der grauhaarige Mann summte geistesabwesend ein Karawanenlied, während er darauf wartete, dass die Eisen heiß wurden.

Meine Gefühle waren gemischt. Ich war zu diesem Ort geeilt, um das Mädchen zu befreien, um sie zu schützen. Als ich aber dort eintraf, sah ich, dass es nur eine Sklavin war und dass ihr Besitzer ganz ordentlich, aus goreanischer Sicht routiniert, dabei war, sie als sein Eigentum zu kennzeichnen. Wenn ich versucht hätte, sie zu befreien, wäre das genauso ein Akt des Diebstahls gewesen, als hätte ich versucht, mit dem Tharlarionwagen wegzufahren.

Darüber hinaus hatten diese Männer nichts gegen das Mädchen. Für sie war sie lediglich eine weitere Sklavin an ihrer Kette; vielleicht schlechter ausgebildet und etwas weniger zahm als die anderen. Wenn überhaupt, waren sie nur etwas ungeduldig mit ihr und glaubten, sie mache zu viel Aufhebens um sich. Sie würden ihre Gefühle, ihre Demütigung, ihre Scham und ihr Entsetzen nicht verstehen.

Ich nahm an, dass selbst die anderen Mädchen, die restliche Fracht der Karawane, glauben würden, sie mache zu viele Umstände. Schließlich musste eine Sklavin doch das Eisen erwarten? Und die Peitsche doch auch?

Ich sah die anderen Mädchen, etwa dreißig Meter entfernt, in ihren Camisk, den billigen Sklavinnengewändern, miteinander lachen und reden und sich genauso fröhlich unterhalten wie freie Mädchen es tun würden. Ich bemerkte fast nicht einmal die Kette, die versteckt im Gras lag. Sie lief durch den Fußring von jedem Mädchen und umschloss an jedem Ende einen Baum, an dem sie mit einem Schloss gesichert war.

Die Eisen würden bald heiß sein.

Das Mädchen vor mir, das so hilflos in ihren Ketten lag, würde bald gezeichnet werden.

Ich habe mich gelegentlich gefragt, warum Brandzeichen bei goreanischen Sklaven benutzt werden. Mit Sicherheit stehen Goreanern Möglichkeiten zur Verfügung, um unauslöschlich, aber schmerzfrei, den menschlichen Körper zu zeichnen. Meine Vermutung, die zum Teil durch die Überlegungen des älteren Tarls bestätigt wurde, der mir in Ko-ro-ba vor vielen Jahren die Waffenkunst beigebracht hatte, geht dahin, dass das Brandzeichen vor allem, so schlimm es auch ist, wegen der unterstellten psychologischen Wirkung verwendet wird. Theoretisch, wenn nicht sogar tatsächlich, kann ein Mädchen, das wie ein Tier gebrannt wird, dessen helle Haut durch das Eisen eines Herrn gezeichnet ist, auch in den tiefsten Ebenen ihrer Gedanken nicht mehr verdrängen, sich selbst als etwas zu sehen, das Eigentum ist, sich als schlichten Besitz wahrzunehmen, als ein Ding, das dem brutalen Kerl gehört, der das brennende Eisen auf ihren Schenkel gedrückt hat.

Das Brandzeichen überzeugt das Mädchen davon, dass es Besitz geworden ist; es ist dazu da, ihr das entsprechende Gefühl zu verleihen. Wenn das Eisen wieder weggezogen wird und sie den Schmerz und die Erniedrigung kennt, den Geruch ihres verbrannten Fleisches gerochen hat, dann muss sie sich selbst eingestehen, die vollständige und furchtbare Bedeutung verstehen: ICH GEHÖRE IHM.

Tatsächlich glaube ich, die Wirkung des Brandzeichens hängt wesentlich von dem Mädchen ab. Bei den meisten, nehme ich an, hat das Brandzeichen kaum eine Wirkung, außer ihre Scham etwas zu verstärken, ihre Not und ihre Demütigung. Bei anderen könnte es die Widerspenstigkeit, die Feindseligkeit verstärken. Andererseits wusste ich von mehreren Fällen, bei denen eine stolze, unverschämte Frau, selbst eine von großer Intelligenz, die einem Herrn bis zur Berührung des Eisens widerstanden hatte, unmittelbar nach dem Brennen zu einer leidenschaftlichen und gehorsamen Vergnügungssklavin wurde.

Aber insgesamt weiß ich nicht wirklich, ob das Brandzeichen vor allem wegen der psychologischen Wirkung verwendet wird oder nicht. Vielleicht ist es auch nur ein Werkzeug der Händler, die solche Möglichkeiten brauchen, um entlaufene Sklaven wiederzufinden, da es sonst für ihren Handel ein teures Geschäftsrisiko wäre. Manchmal glaube ich auch, das Eisen ist einfach ein anachronistisches Überbleibsel aus einem technisch zurückliegenden Zeitalter.

Eine Sache war klar. Das arme Wesen vor mir wollte das Eisen nicht.

Ich hatte Mitleid mit ihr.

Der Ergebene des Sklavenhändlers zog ein weiteres Eisen aus dem Feuer. Sein Auge betrachtete es abschätzend. Es war weiß glühend. Er war zufrieden.

Das Mädchen wich gegen den Baum zurück, ihr Rücken presste sich gegen seine weiße raue Borke. Ihre Hand- und Fußgelenke zerrten an den Ketten, die sie hinter dem Baum festhielten. Ihr Atem kam stoßweise, sie zitterte. In ihren blauen Augen stand Entsetzen. Sie wimmerte. Jeder andere Laut, den sie ausgestoßen haben könnte, wurde durch den Knebel aus Haaren unterdrückt.

Der Ergebene des Sklavenhändlers umschloss mit dem linken Arm ihren linken Schenkel, hielt ihn fest und unterband damit jede Bewegungsmöglichkeit. »Nicht bewegen, Süße«, sagte er nicht ohne Freundlichkeit. »Du könntest den Brand verderben.« Er sprach sanft auf das Mädchen ein, als wolle er es beruhigen. »Du möchtest einen sauberen, hübschen Brand, nicht wahr? Er wird deinen Preis heben, und du wirst einen besseren Herrn bekommen.«

Das Eisen war jetzt bereit für das kurze, feste Aufdrücken.

Mir fiel auf, dass sich einige feine goldene Härchen auf ihrem Schenkel schon durch die Nähe des Eisens kräuselten und schwarz wurden. Sie schloss ihre Augen und versteifte sich für den plötzlichen, unvermeidlichen, zerreißenden Schmerzschub.

»Brenne sie nicht«, sagte ich.

Der Mann schaute verwirrt auf. Die angsterfüllten Augen des Mädchens öffneten sich und blickten mich fragend an.

»Warum nicht?«, fragte der Mann.

»Ich werde sie kaufen«, sagte ich.

Der Ergebene des Sklavenhändlers stand auf und betrachtete mich neugierig. Er wandte sich den Kuppeln der Zelte zu. »Targo!«, rief er. Dann stieß er das Eisen zurück ins Kohlenbecken. Der Körper des Mädchens wurde in den Ketten schlaff. Sie war bewusstlos geworden.

Gekleidet in eine blau und gelb gestreifte, weit gebauschte Seidenrobe und einem dazu passenden Stirnband, näherte sich aus der Richtung der gewölbten Zelte ein kleiner fetter Mann, Targo, der Sklavenhändler, der Herr dieser kleinen Karawane. Targo trug purpurne Sandalen, deren Riemen mit Perlen besetzt waren. Seine dicken Finger waren mit Ringen übersäht, die glitzerten, wenn er seine Hände bewegte. Nach Art eines Kellners trug er einen Satz durchbohrter Münzen um den Hals, die auf einem Silberdraht aufgefädelt waren. An den Ohrläppchen seiner kleinen runden Ohren hingen riesige Ohrringe, Saphiranhänger an einem goldenen Stiel. Sein Körper war erst vor kurzer Zeit eingeölt worden, und ich nahm an, dass er noch bis vor wenigen Augenblicken in seinem Zelt gebadet worden war; ein Vergnügen, das Karawanenherren am Ende eines heißen, staubigen Weges sehr gerne mögen. Sein Haar, lang und schwarz unter dem blau-gelben Band aus Seide, war gekämmt und glänzend. Es erinnerte mich an den gepflegten glänzenden Pelz eines Schoß-Urts.

»Guten Tag, Herr«, lächelte Targo und beugte sich so gut er konnte in der Hüfte, wobei er hastig Notiz von dem merkwürdigen Fremden nahm, der vor ihm stand. Dann wandte er sich dem Mann zu, der auf die Eisen aufpasste. Seine Stimme war jetzt scharf und unfreundlich. »Was ist hier los?«

Der große Mann zeigte auf mich. »Er möchte nicht, dass ich das Mädchen zeichne«, sagte er.

Targo sah mich an, ohne zu verstehen. »Aber warum nicht?«, fragte er.

Ich fühlte mich etwas dümmlich. Was hätte ich diesem Händler erzählen sollen, diesem Spezialisten des Handels mit Fleisch, diesem Geschäftsmann, der sich abgesichert im Bereich alter Traditionen und Bräuche seines Handels bewegte? Hätte ich ihm sagen sollen, dass ich nicht wollte, dass man dem Mädchen wehtat? Er hätte mich für verrückt gehalten. Doch welch anderer Grund stand zur Verfügung? Obwohl ich mich dumm dabei fühlte, sagte ich ihm die Wahrheit. »Ich möchte nicht, dass man ihr wehtut.«

Targo und der große Herr der Eisen tauschten Blicke aus.

»Aber sie ist nur eine Sklavin«, stellte Targo fest.

»Ich weiß«, sagte ich.

Der große Mann erhob die Stimme: »Er hat gesagt, dass er sie kauft.«

»Ah!«, sagte Targo, und seine kleinen Augen glänzten. »Das ist etwas anderes.« Dann trat der Ausdruck großer Traurigkeit in die fette Kugel seines Gesichtes. »Aber es ist traurig, dass sie so teuer ist.«

»Ich habe kein Geld«, sagte ich.

Targo starrte mich an, ohne zu verstehen. Sein kleiner fetter Körper zog sich wie eine Faust zusammen. Er war ärgerlich. Er drehte sich zu dem großen Mann um und sah mich nicht mehr an. »Brenne das Mädchen!«, sagte er.

Der grobschlächtige Mann kniete nieder, um eines der Eisen aus dem Kohlenbecken zu ziehen.

Mein Schwert drückte sich einen Viertelzoll in den Bauch des Händlers.

»Brenne das Mädchen nicht«, sagte Targo.

Gehorsam stieß der Mann das Eisen ins Feuer zurück. Er sah, dass mein Schwert am Bauch seines Herrn lag, doch er schien nicht über Gebühr beunruhigt. »Soll ich die Wachen rufen?«, fragte er.

»Ich bezweifle, dass sie rechtzeitig hier sind«, sagte ich gleichgültig.

»Ruf nicht die Wachen«, sagte Targo, der mittlerweile schwitzte.

»Ich habe kein Geld«, sagte ich, »aber ich habe diese Schwertscheide.«

Targos Augen schossen zu der Schwertscheide und bewegten sich dann von einem Smaragd zum nächsten. Seine Lippen bewegten sich stumm. Er zählte sechs Steine.

»Vielleicht«, sagte Targo, »können wir eine Übereinkunft schließen.«

Ich steckte das Schwert wieder weg.

Targo sprach kurz mit dem großen Mann. »Weck die Sklavin auf.«

Murrend lief der Mann los, um einen Lederkübel mit Wasser aus dem kleinen Flüsschen neben dem Lager zu holen. Targo und ich musterten einander, bis der Mann zurückkehrte, den Lederkübel an dessen Riemen über die Schulter gehängt.

Er goss den Kübel kalten Wassers, gewonnen aus dem geschmolzenen Schnee im Sardargebirge über das angekettete Mädchen, das spuckend und zitternd die Augen öffnete.

Targo ging mit kurzen, rollenden Schritten zu dem Mädchen und legte seinen Daumen, der einen großen Rubinring trug, unter ihr Kinn und drückte ihren Kopf hoch.

»Eine echte Schönheit«, sagte Targo. »Und monatelang in den Sklavengruben Ars perfekt trainiert.«

Hinter Targo konnte ich sehen, wie der grauhaarige Mann verneinend den Kopf schüttelte.

»Und«, fügte Targo hinzu, »sie brennt darauf, Freude zu bereiten.«

Hinter ihm blinzelte der Mann mit seinem blinden Auge und unterdrückte ein Schnauben.

»Sanft wie eine Taube, zahm wie ein Kätzchen«, fuhr Targo fort. Ich ließ die Klinge meines Schwertes zwischen die Wange des Mädchens und das Haar gleiten, das um ihren Mund gebunden war. Ich bewegte sie, und das Haar floss über die Klinge, so leicht, als sei es Luft.

Das Mädchen ließ ihre Augen auf Targo ruhen. »Du fettes, schmutziges Urt!«, zischte sie.

»Sei still, du Tharlarionweibchen!«, sagte er.

»Ich glaube nicht, dass sie viel wert ist«, sagte ich.

»Oh, Herr«, rief Targo, ungläubig an seinen Roben zupfend, dass ich solch einen Gedanken aussprechen konnte. »Ich selbst habe hundert silberne Tarnscheiben für sie bezahlt!«

Hinter Targo hob der Grauhaarige schnell seine Finger, öffnete und schloss seine Hände fünfmal.

»Ich bezweifle, dass sie mehr als fünfzig wert ist«, sagte ich zu Targo.

Targo schien sprachlos zu sein. Er sah mich mit neuem Respekt an. Vielleicht war ich selbst mal im Sklavenhandel tätig gewesen? Tatsächlich waren fünfzig silberne Tarnscheiben ein extrem hoher Preis, von dem sich ableiten ließ, dass das Mädchen vermutlich sowohl von hoher Kaste als auch sehr schön sein musste. Ein gewöhnliches Mädchen, ansehnlich aber untrainiert, konnte, abhängig vom Markt, einen Preis zwischen vielleicht fünf und möglicherweise dreißig Tarnscheiben einbringen.

»Ich gebe dir zwei Steine von dieser Schwertscheide für sie«, sagte ich. Tatsächlich hatte ich keine Ahnung vom Wert der Steine und wusste nicht, ob das Angebot sinnvoll war oder nicht. Verdrossen und mit Blick auf Targos Ringe und die Saphire, die von seinen Ohren hingen, wusste ich, dass er ihren Preis weit besser beurteilen konnte als ich.

»Absurd!«, sagte Targo und schüttelte vehement seinen Kopf.

Ich nahm an, dass er nicht bluffte, denn wie hätte er wissen sollen, dass ich den wahren Wert der Steine nicht kannte? Wie hätte er wissen sollen, dass ich sie nicht gekauft und sie nicht selbst in die Schwertscheide gesetzt hatte?

»Du verhandelst hart«, sagte ich. »Vier …«

»Darf ich die Schwertscheide mal sehen, Krieger?«, fragte er.

»Sicher«, antwortete ich, löste sie von meinem Gürtel und gab sie ihm. Das Schwert selbst behielt ich, indem ich die Riemen der Scheide verknotete und die Klinge dahinter schob.

Targo starrte die Steine anerkennend an. »Nicht schlecht«, sagte er, »aber nicht genug …«

160

Ich gab vor, ungeduldig zu sein. »Dann zeig mir deine anderen Mädchen«, sagte ich.

Ich konnte sehen, dass das Targo nicht gefiel, denn offensichtlich wollte er das blonde Mädchen an seiner Kette loswerden. Vielleicht war sie eine Unruhestifterin oder es war aus irgendeinem anderen Grund gefährlich, sie zu behalten.

»Zeig ihm die anderen«, sagte der große Mann. »Die hier wird nicht einmal ›Kauf mich, Herr‹ sagen.«

Targo warf dem großen Mann, der, in sich hineinlächelnd, niederkniete, um die Eisen im Kohlenbecken zu überwachen, einen wütenden Blick zu. Ärgerlich ging Targo den Weg zur grasbewachsenen Lichtung zwischen den Bäumen voraus.

Er klatschte zweimal heftig in die Hände; es gab ein Herumhasten, durcheinander wirbelnde Körper und den Klang der langen Kette, die durch die Knöchelringe glitt. Dann knieten die Mädchen in ihrer Camisk, jede von ihnen in der Stellung der Vergnügungssklavin, im Gras; in einer Linie zwischen den beiden Bäumen, an denen ihre Kette befestigt war. Jede, an der ich vorüberging, hob kühn ihre Augen meinen entgegen und sagte: »Kauf mich, Herr.«

Viele von ihnen waren Schönheiten, und ich fand, dass die Kette, obgleich klein, doch reichhaltig war und dass fast jeder Mann an ihr eine Frau nach seinem Geschmack würde finden können. Die Mädchen waren vitale, herrliche Geschöpfe, viele von ihnen zweifellos sehr gut ausgebildet, die Sinne ihres Herrn zu erfreuen. Viele der Städte Gors wurden an dieser Kette repräsentiert, die manchmal auch das Collier des Sklavenhändlers genannt wird – es gab ein blondes Mädchen aus Thentis, ein dunkelhäutiges Mädchen mit schwarzem Haar, das bis zu ihren Knöcheln reichte, aus der Wüstenstadt Tor, Mädchen aus den armseligen Straßen Port Kars im Delta des Vosk, selbst Mädchen aus den hohen Zylindern des großen Ars. Ich fragte mich, wie viele von ihnen gezüchtete Sklavinnen und wie viele zuvor einmal frei gewesen waren.

Und während ich vor jeder der Schönheiten in dieser Kette innehielt, in ihre Augen blickte und ihre Worte hörte: »Kauf mich, Herr«, fragte ich mich, warum ich nicht sie kaufen sollte, warum ich nicht sie statt des anderen Mädchens befreien sollte. Waren diese wunderbaren Geschöpfe, von denen jedes bereits das zierliche Brandzeichen der Sklavin trug, auch nur im Geringsten weniger wert als sie?

»Nein«, sagte ich zu Targo. »Ich werde keine von diesen hier kaufen.«

Zu meiner Überraschung lief ein Seufzen der Enttäuschung, sogar der offenen Frustration die Kette entlang. Zwei der Mädchen, das Mädchen aus Tor und eines der Mädchen aus Ar, weinten, bargen ihren Kopf in ihren Händen. Ich wünschte mir, ich hätte sie mir nicht angesehen.

Beim Nachdenken schien es mir klar, dass die Kette am Ende ein einsamer Platz für ein Mädchen sein musste, das voller Leben, im Wissen, dass ihr Brand sie zur Liebe bestimmte, dass sich jede von ihnen nach einem Mann sehnen musste, der sie genug mochte, um sie zu kaufen, dass jede von ihnen sich danach sehnen musste, einem Mann in dessen Wohnung zu folgen, seinen Halsreif und seine Ketten zu tragen, um seine Stärke und sein Herz kennenzulernen, und um die Freuden der Unterwerfung gelehrt zu bekommen. Besser die Arme eines Herrn als den kalten Stahl des Knöchelrings.

Als sie zu mir sagten »Kauf mich, Herr«, war es nicht nur ein ritueller Satz gewesen. Sie wollten an mich verkauft werden – oder, wie ich annahm, an jeden Mann, der sie von der verhassten Kette Targos wegholen würde.

Targo wirkte erleichtert. Mich am Ellenbogen greifend, führte er mich zurück zum Baum, an dem das blonde Mädchen angekettet kniete.

Während ich sie ansah, fragte ich mich, warum sie und warum keine andere oder warum überhaupt eine? Was würde es ausmachen, wenn auch ihr Schenkel das zierliche Brandzeichen tragen würde? Ich nahm an, dass es vor allem die Einrichtung der Sklaverei selbst war, gegen die ich antrat und dass diese Einrichtung sich nicht ändern würde, wenn ich, aus einem Akt dummer Gefühlsduselei heraus, dieses eine Mädchen befreien würde. Sie konnte natürlich nicht mit mir ins Sardargebirge gehen, und wenn ich sie zurückließ, allein und ohne Schutz, würde sie bald einem Raubtier zum Opfer fallen oder sich schließlich an der Kette eines anderen Sklavenhändlers wiederfinden. Ja, sagte ich zu mir, ich war dumm.

»Ich habe mich entschlossen, sie doch nicht zu kaufen«, sagte ich.

Seltsamerweise hob sich der Kopf des Mädchens, und sie sah mir in die Augen. Sie versuchte zu lächeln. Ihre Worte waren leise, aber klar und unmissverständlich gesprochen: »Kauf mich, Herr.«

»Ei!«, rief der grobschlächtige Mann aus, und selbst Targo, der Sklavenhändler, sah verblüfft aus.

Es war das erste Mal gewesen, dass das Mädchen den rituellen Satz gesprochen hatte.

Ich sah sie an und erkannte, dass sie wirklich wunderschön war, aber vor allem registrierte ich, dass ihre Augen mich anflehten. Als ich das bemerkte, verschwand meine natürliche Entschlossenheit, sie zurückzulassen, und ich gab, wie schon einige Male in der Vergangenheit, einem Akt des Gefühls nach.

162

»Nimm die Schwertscheide«, sagte ich zu Targo. »Ich kaufe sie.«

»Und den Helm!«, sagte Targo.

»Einverstanden«, erwiderte ich.

Er ergriff die Schwertscheide, und das Entzücken, mit dem er sie an sich presste, sagte mir, dass ich, in seinen Augen beim Handel schmerzlich unterlegen war. Fast wie bei einem nachträglichen Einfall, riss er den Helm aus meinen Händen. Sowohl er als auch ich, wir wussten beide, dass er fast wertlos war. Reumütig lächelte ich mir selbst zu. Ich glaube, ich war bei solchen Dingen nicht sonderlich geschickt. Aber wenn ich vielleicht den Wert der Steine besser gekannt hätte?

Die Augen des Mädchens versenkten sich in die meinen; vielleicht versuchte sie, in meinen Augen zu lesen, was ihr Schicksal sein würde, das jetzt in meinen Händen lag, denn ich war ihr Herr.

Seltsam und grausam sind die Wege Gors, dachte ich, *wo sechs kleine grüne Steine, die kaum zwei Unzen wiegen mochten, und ein beschädigter Helm ein menschliches Wesen kaufen konnten.*

Targo und der grobschlächtige Mann waren zur Zeltkuppel gegangen, um den Schlüssel für die Ketten des Mädchens zu holen.

»Wie ist dein Name?«, fragte ich das Mädchen.

»Eine Sklavin hat keinen Namen«, sagte sie, »Du kannst mir einen geben, wenn du es möchtest.«

Auf Gor hat eine Sklavin, die rechtmäßig keine Person ist, kein eigenes Recht auf einen Namen, genau wie auf der Erde unsere Haustiere, die vor dem Gesetz keine Personen sind, auch keine Namen haben. Tatsächlich gehört aus goreanischem Blickwinkel der Verlust des eigenen Namens zu den furchterregendsten Dingen der Sklaverei. Dieser Name, den man von Geburt an getragen hat, bei dem man sich selbst ruft und sich selbst kennt, dieser Name, der so sehr ein Teil des Selbstkonzeptes ist, der eigenen wahren Identität, ist plötzlich verschwunden.

»Ich nehme an, du bist keine gezüchtete Sklavin«, sagte ich.

Sie lächelte und schüttelte den Kopf. »Nein«, sagte sie.

»Mir reicht es«, sagte ich, »wenn ich dich bei dem Namen rufe, den du getragen hast, als du frei warst.«

»Du bist freundlich«, sagte sie.

»Wie war dein Name, als du frei warst?«, fragte ich.

»Lara«, sagte sie.

»Lara?«, fragte ich.

»Ja, Krieger«, sagte sie. »Erkennst du mich nicht? Ich war die Tatrix von Tharna.«

22 Gelbe Bänder

Als das Mädchen losgekettet war, hob ich sie in meine Arme und trug sie in eines der gewölbten Zelte, das mir zugewiesen worden war.

Dort würden wir warten, bis ihr Halsreif graviert sein würde. Der Boden des Zeltes war mit dicken bunten Teppichen bedeckt und mit zahllosen seidenen Wandbehängen dekoriert. Das Licht wurde von einer Tharlarionöllampe aus Messing geliefert, die an drei Ketten schwang. Kissen waren auf den Teppichen verstreut. Auf einer Seite des Zeltes stand mit seinen Lederriemen ein Vergnügungsgestell.

Sanft setzte ich das Mädchen ab.

Sie sah auf das Gestell.

»Zuerst wirst du mich benutzen«, sagte sie, »Nicht wahr?«

»Nein«, sagte ich.

Dann kniete sie zu meinen Füßen und legte ihren Kopf auf den Teppich, warf ihr Haar zurück und entblößte ihren Nacken.

»Schlag zu«, sagte sie.

Ich hob sie auf die Füße.

»Hast du mich nicht gekauft, um mich zu zerstören?«, fragte sie mich verwirrt.

»Nein«, sagte ich. »Hast du deshalb zu mir gesagt: ›Kauf mich, Herr‹?«

»Ich glaube schon«, sagte sie. »Ich glaube, ich wollte, dass du mich tötest.« Dann sah sie mich an. »Aber ich bin mir nicht sicher.«

»Warum willst du sterben?«, fragte ich.

»Ich war die Tatrix von Tharna, und ich möchte nicht als Sklavin leben«, sagte sie mit niedergeschlagenen Augen.

»Ich werde dich nicht töten«, sagte ich.

»Gib mir dein Schwert, Krieger«, sagte sie, »und ich werde mich selbst hineinstürzen.«

»Nein«, sagte ich.

»Ah, ja«, bemerkte sie, »ein Krieger möchte nicht das Blut einer Frau an seinem Schwert haben.«

»Du bist jung«, sagte ich, »wunderschön und sehr lebendig. Schlag dir die Stätten des Staubes aus dem Kopf.«

Sie lachte bitter. »Warum hast du mich gekauft?«, fragte sie. »Sicherlich willst du Rache nehmen? Hast du vergessen, dass ich es war, die dich in ein Joch gesteckt, die dich ausgepeitscht, die dich zu den Vergnügungen verurteilt hat und die dich an einen Tarn hätte verfüttern lassen? Dass ich es war, die dich betrogen und in die Minen von Tharna geschickt hat?«

»Nein«, sagte ich, mit harten Augen. »Ich habe es nicht vergessen.«

»Und ich auch nicht«, sagte sie stolz und machte damit deutlich, dass sie mich um nichts bitten und auch nichts von mir erwarten würde, nicht einmal ihr Leben.

Tapfer stand sie vor mir, obwohl sie so hilflos war, so sehr meiner Gnade ausgeliefert. So hätte sie auch einem Larl im Voltai gegenüberstehen können. Es war ihr wichtig, gut zu sterben. Ich bewunderte sie dafür und fand sie in ihrer Hoffnungslosigkeit und ihrem Trotz sehr, sehr schön. Ihre Unterlippe zitterte ein wenig. Fast unmerklich biss sie hinein, um das Zittern zu kontrollieren, damit ich es nicht sehen sollte. Ich fand sie wunderbar. Auf ihrer Lippe stand ein winziger Blutstropfen. Ich schüttelte den Kopf, um die Gedanken zu vertreiben, die der Wunsch auslöste, mit meiner Zunge dieses Blut zu schmecken, es von ihrem Mund zu küssen.

»Ich möchte dir nicht wehtun«, sagte ich schlicht.

Sie sah mich verständnislos an.

»Warum hast du mich gekauft?«, fragte sie.

»Ich habe dich gekauft, um dich zu befreien«, sagte ich.

»Aber du hast da noch nicht gewusst, dass ich die Tatrix von Tharna war«, zischte sie höhnisch.

»Nein«, sagte ich.

»Da du es ja jetzt weißt – was wirst du mit mir tun?«, fragte sie. »Wird es Tharlarionöl sein? Wirst du mich den Leechpflanzen vorwerfen? Wirst du mich für deinen Tarn bereithalten, mich als Köder für eine Sleenfalle verwenden?«

Ich lachte, und sie sah mich verwirrt an.

»Nun?«, wollte sie wissen.

»Du hast mir viel zum Nachdenken gegeben«, gab ich zu.

»Was wirst du mit mir tun?«, fragte sie.

»Ich werde dich freilassen«, sagte ich.

Ungläubig trat sie einen Schritt zurück. Ihre blauen Augen schienen sich mit Verwunderung zu füllen und dann mit glänzenden Tränen. Ihre Schultern begannen zu zucken, als sie zu Schluchzen anfing.

Ich legte meinen Arm um ihre schmalen Schultern, und zu meiner Verwunderung legte sie, die die goldene Maske von Tharna getragen hatte, die die Tatrix dieser grauen Stadt gewesen war, ihren Kopf an meine Brust und weinte. »Nein«, sagte sie, »ich bin es nur wert, eine Sklavin zu sein.«

»Das ist nicht wahr«, widersprach ich. »Erinnere dich daran, dass du einst einem Mann befohlen hast, mich nicht zu schlagen. Erinnere dich daran, wie du sagtest, es sei hart, die Erste in Tharna zu sein. Erinnere dich daran, dass du einst auf ein Feld von Talenderblumen geschaut hast, während ich zu gleichgültig und dumm war, um mit dir zu sprechen.«

Sie stand da, in meinen Armen und hob ihr tränenüberströmtes Gesicht zu meinem empor. »Warum hast du mich nach Tharna zurückgebracht?«, fragte sie.

»Um dich gegen die Freiheit für meine Freunde einzutauschen«, sagte ich.

»Und nicht für das Silber und die Juwelen von Tharna?«, fragte sie.

»Nein«, sagte ich.

Sie trat zurück. »Bin ich nicht schön?«

Ich sah sie an.

»Du bist tatsächlich wunderschön«, sagte ich, »so schön, dass tausend Krieger ihr Leben dafür geben würden, dein Gesicht zu sehen, so schön, dass sich wegen dir hundert Städte in den Ruin hätten treiben lassen.«

»Würde ich selbst einem Tier gefallen?«, fragte sie.

»Es wäre ein Sieg für jeden Mann, dich an seiner Kette zu haben«, sagte ich.

»Und dennoch, Krieger«, sagte sie, »hättest du mich nicht behalten – du hast gedroht, mich auf den Block zu stellen und mich an jemand anderen zu verkaufen.«

Ich schwieg.

»Warum wolltest du mich nicht für dich selbst behalten?«

Es war eine kühne Frage, seltsam, dass sie von diesem Mädchen kam, das einst Tatrix von Tharna war. »Meine Liebe gehört Talena«, sagte ich, »der Tochter von Marlenus, der einst Ubar in Ar gewesen ist.«

»Ein Mann kann viele Sklavinnen haben«, schniefte sie. »Sicher hast du in deinen Vergnügungsgärten – wo auch immer sie sein mögen – viele wunderschöne Gefangene, die deinen Halsreif tragen.«

»Nein«, sagte ich.

»Du bist ein seltsamer Krieger ...«

Ich zuckte die Achseln.

Sie stand kühn vor mir. »Willst du mich nicht besitzen?«

»Dich zu sehen, bedeutet, dich besitzen zu wollen«, gab ich zu.

»Dann nimm mich«, forderte sie mich auf. »Ich gehöre dir.«

Ich sah auf den Teppich, unsicher, was ich ihr sagen sollte.

»Ich verstehe nicht«, sagte ich.

»Tiere sind Narren!«, rief sie aus.

Nach diesem unglaublichen Ausbruch ging sie zur Seite des Zeltes, ergriff einen der Wandbehänge und presste ihr Gesicht dagegen. Ihre Augen waren voller Tränen. Ärgerlich sagte sie, fast als sei es eine Anklage: »Du hast mich nach Tharna zurückgebracht.«

»Aus Liebe zu meinen Freunden«, sagte ich.

»Und aus Ehre!«, fügte sie hinzu.

»Vielleicht auch aus Ehre!«, gab ich zu.

»Ich hasse deine Ehre!«, schrie sie.

»Manche Dinge«, sagte ich, »sind wichtiger als selbst die Schönheit einer Frau.«

»Ich hasse dich!«, sagte sie.

»Es tut mir leid.«

Lara lachte ein kleines, trauriges Lachen, setzte sich auf den Teppich an der Seite des Zeltes und zog ihre Knie unter ihr Kinn. »Ich hasse dich nicht, das weißt du«, sagte sie.

»Ich weiß.«

»Aber ich tat es – ich habe dich gehasst. Als ich Tatrix von Tharna war, habe ich dich gehasst. Ich habe dich so sehr gehasst.«

Ich war still. Ich wusste, dass sie die Wahrheit sagte. Ich hatte diese aggressiven Gefühle gespürt, mit denen sie mich angesehen hatte, für mich unerklärlich.

»Weißt du, Krieger«, fragte sie mich, »warum ich – jetzt nur noch eine elende Sklavin – dich so gehasst habe?«

»Nein«, sagte ich.

»Weil ich dich aus tausend verbotenen Träumen kannte, als ich dich zum ersten Mal sah.« Ihre Augen erforschten mich. Sanft sprach sie: »In diesen Träumen lebte ich stolz in meinem Palast, umgeben von meinem Rat und den Kriegern. Und plötzlich, das Dach zerschlagend, als wäre es aus Glas, stieg ein riesiger Tarn herab, einen Krieger mit einem Helm tragend. Er zerschlug meinen Rat, besiegte meine Armeen, nahm mich, band mich nackt über den Sattel seines Vogels und trug mich dann mit einem lauten Schrei in seine Stadt, wo ich, dereinst stolze Tatrix von Tharna, sein Brandzeichen und seinen Halsreif tragen musste.«

»Fürchte diese Träume nicht«, sagte ich.

»Und in seiner Stadt«, fuhr das Mädchen mit leuchtenden Augen fort, »legte er mir Glöckchen um die Fußknöchel und zog mir Tanzseide an. Ich hatte keine andere Wahl, verstehst du? Ich musste tun, was er wollte. Und als ich nicht mehr tanzen konnte, nahm er mich in seine Arme und zwang mich, wie ein Tier seinem Vergnügen zu dienen.«

»Es war ein grausamer Traum«, sagte ich.

Sie lachte, und ihr Gesicht war rot, brannte vor Scham. »Nein«, sagte sie, »es war kein grausamer Traum.«

»Ich verstehe nicht«, erwiderte ich.

»In seinen Armen lernte ich, was Tharna mir nicht beibringen konnte. In seinen Armen lernte ich, die feurige Pracht seiner Leidenschaft zu teilen. In seinen Armen lernte ich die Berge und Blumen kennen, den Schrei wilder Tarne, die Berührung der Klaue eines Larls. Zum ersten Mal in meinem Leben waren meine Sinne erwacht – zum ersten Mal konnte ich die Bewegung der Kleidung auf meinem Körper spüren, zum ersten Mal sah ich, wie sich ein Auge öffnet und wie sich die Berührung durch eine Hand wirklich anfühlt – und dann wusste ich, dass ich nicht mehr oder weniger war als er oder jedes andere lebende Geschöpf, und ich liebte ihn!«

Ich sagte nichts.

»Ich hätte seinen Halsreif nicht für all das Gold und Silber in Tharna aufgegeben und auch nicht für alle Steine ihrer grauen Mauern!«

»Aber in diesem Traum warst du nicht frei«, sagte ich.

»War ich in Tharna frei?«, fragte sie.

Ich starrte nach unten auf das komplizierte Muster des Teppichs, ohne zu sprechen.

»Natürlich«, sagte sie, »als jemand, der die Maske von Tharna trug, schob ich diesen Traum von mir. Ich hasste ihn. Er ängstigte mich. Er schien anzudeuten, dass sogar ich, die Tatrix, die unwürdigen Triebe eines Tieres teilen konnte.« Sie lächelte. »Als ich dich sah, Krieger, dachte ich, dass du der Krieger dieses Traums sein könntest. Deshalb hasste ich dich und wollte dich zerstören, denn du bedrohtest mich und all das, was ich war, und während ich dich hasste, fürchtete ich dich auch und begehrte dich.«

Ich schaute überrascht auf.

»Ja«, sagte sie, »ich begehrte dich.« Ihr Kopf fiel nach vorn, und ihre Stimme wurde fast unhörbar. »Obwohl ich die Tatrix von Tharna war«, sagte sie, »wollte ich zu deinen Füßen auf dem scharlachroten Teppich liegen, wollte ich mit gelben Bändern gebunden werden.«

Ich erinnerte mich daran, dass sie etwas von einem Teppich und Bändern in der Ratskammer von Tharna gesagt hatte, als sie von Wut zerfressen schien, als es schien, als wolle sie das Fleisch von meinen Knochen peitschen.

»Was bedeuten der Teppich und die Bänder?«, fragte ich.

»In früheren Zeiten in Tharna waren die Dinge anders, als sie heute sind«, erklärte Lara.

Und dann, im Zelt eines Sklavenhändlers, erzählte mir Lara, die einst Tatrix in Tharna gewesen war, etwas von der seltsamen Geschichte ihrer Stadt.

Am Anfang war Tharna ganz so gewesen wie andere Städte auf Gor, in denen Frauen missachtet wurden und zu wenig Rechte genossen. In diesen Tagen war es ein Teil des Unterwerfungsritus, der in Tharna praktiziert wurde, die Gefangene auszuziehen, sie mit gelben Bändern zu binden und sie auf einen scharlachroten Teppich zu legen. Dabei sollten die gelben Bänder die Talenderblumen symbolisieren; eine Blume, die oft mit weiblicher Liebe und Schönheit assoziiert wird, während das Scharlachrot des Teppichs Blut oder vielleicht Leidenschaft symbolisieren sollte.

Derjenige, der das Mädchen gefangen hatte, musste ihr das Schwert an die Brust halten und die rituellen Sätze der Versklavung sprechen. Sie waren die letzten Worte, die sie als freie Frau hören würde.

Weine, freie Maid.

Erinnere dich deines Stolzes und weine.

Erinnere dich deines Lachens und weine.

Erinnere dich, dass du mein Feind warst und weine.

Nun bist du meine hilflose Gefangene.

Erinnere dich, dass du dich mir entgegenstelltest.

Nun liegst du zu meinen Füßen.

Ich habe dich mit gelben Bändern gebunden.

Ich habe dich auf einen scharlachroten Teppich gelegt.

Deshalb beanspruche ich nach den Gesetzen von Tharna Besitzrecht über dich.

Erinnere dich, dass du frei warst.

Wisse, dass du jetzt meine Sklavin bist.

Weine, Sklavenmädchen.

Dann würde der Eroberer die Knöchel des Mädchens losbinden und den Ritus vollenden. Wenn sie sich danach vom Teppich erhob, um ihm zu folgen, war sie in seinen und auch in ihren Augen eine Sklavin.

Mit der Zeit wurde dieser grausame Brauch immer weniger angewandt, und die Frauen aus Tharna wurden vernünftiger und menschlicher angesehen. Durch ihre Liebe und Zärtlichkeit lehrten sie sogar ihre Herren, dass auch sie es Wert waren, Respekt und Gefühl zu erfahren. Und nach und nach wurde der Wunsch, sie zu unterwerfen weniger, je mehr die Herren ihre Sklavinnen mochten und begehrten, denn nur wenige Männer möchten über lange Zeit ein Geschöpf unterdrücken, das ihnen wirklich am Herzen liegt, es sei denn, sie würden befürchten, es zu verlieren, wenn es frei wäre.

Während der Status dieser Frauen immer weiter angehoben und immer weniger klar definiert wurde, begannen sich die feinen Spannungen von Dominanz und Unterwerfung durchzusetzen, die in der Tierwelt instinktiv gesteuert werden.

Das Gleichgewicht gegenseitiger Achtung ist immer delikat, und statistisch betrachtet ist es unwahrscheinlich, dass es innerhalb einer vollständigen Population über lange Zeit aufrechterhalten bleiben kann.

Demzufolge verbesserten die Frauen von Tharna über Generationen ihre Position beträchtlich, indem sie stückweise, vielleicht unbewusst und nach ihren Möglichkeiten, die Gegebenheiten ausnutzten, die aus der Erziehung ihrer Kinder und den Gefühlen ihrer Männer erwuchsen. Sie fügten ihrer sozialen Macht auch die ökonomische Bewegungsfreiheit verschiedener Fonds und Erbschaften bei.

Schließlich und vor allem durch die Konditionierung der Jugend und die Kontrolle der Erziehung wurden die Überlegenheiten, die Frauen natürlicherweise besitzen, ausgeweitet, auf Kosten derer, die die Männer besitzen. Und genauso wie in unserer Welt ist es möglich, eine ganze Bevölkerung so zu konditionieren, dass sie glaubt, was aus dem Blickwinkel einer anderen Population unverständlich und absurd ist. Deshalb begannen schließlich in Tharna sowohl Männer als auch Frauen an den Mythos oder die Verformung zum Vorteil weiblicher Dominanz zu glauben. So kam es, dass schrittweise und unbemerkt die Gynokratie von Tharna entstand und mit dem vollen Gewicht von Tradition und Brauchtum verehrt wurde, diesen unsichtbaren Fesseln, die schwerer wiegen als Ketten, weil ihre Existenz nicht wahrgenommen wird.

Dennoch ist diese Situation, auch wenn sie über Generationen sozial durchführbar scheint, für menschliches Glück nicht produktiv. Tatsächlich ist es insgesamt nicht mal deutlich, ob sie dem männlich dominierten Ethos der meisten goreanischen Städte, das ebenfalls ganz sicherlich seine Schattenseiten hat, vorzuziehen ist. In einer Stadt wie Tharna, in der man ihnen beigebracht hat, sich selbst als Tiere, als niedere Lebewesen zu sehen, entwickeln Männer selten den ganzen Selbstrespekt, der für echte Männlichkeit wesentlich ist. Aber noch seltsamer ist es, dass auch die Frauen von Tharna nicht mit der Gynokratie zufrieden zu sein scheinen. Obwohl sie Männer verachten und sich selbst zu ihrem etwas gehobeneren Status beglückwünschen, scheint es mir bei ihnen gleichfalls an Selbstrespekt zu fehlen: Indem sie ihre Männer hassen, hassen sie sich selbst. Ich habe mich oft gefragt, ob nicht ein Mann, um ein Mann zu sein, eine Frau beherrschen muss, und ob nicht eine Frau wissen muss, dass sie beherrscht wird, um eine Frau zu sein. Ich habe mich auch gefragt, wie lange Naturgesetze, wenn es denn Naturgesetze sind, in Tharna untergraben werden können. Ich habe gefühlt, wie sehr sich die Männer in Tharna danach sehnen, den Frauen die Maske abzunehmen und habe vermutet, dass sich auch die Frauen danach sehnen, dass ihnen die Maske genommen wird. Sollte es jemals eine Revolution in Tharna geben, täten die Frauen mir leid – zumindest am Anfang –, denn sie wären die Opfer der aufgestauten Frustrationen von Generationen. Wenn das Pendel in

Tharna zu schwingen beginnen sollte, würde es sehr weit ausschlagen. Vielleicht sogar bis hin zum scharlachroten Teppich und den gelben Bändern.

Außerhalb des Zeltes war Targos Stimme zu hören.

Zu meiner Verwunderung fiel Lara auf ihre Knie, die sie in die Position der Vergnügungssklavin brachte und senkte unterwürfig ihren Kopf.

Targo platzte ins Zelt, er trug ein kleines Bündel mit sich und bemerkte voller Anerkennung die Haltung des Mädchens.

»Nun, Herr«, sagte er, »bei dir scheint sie schnell zu lernen.« Er strahlte mich an. »Ich habe alles geregelt. Sie gehört dir.« Er drückte mir das Bündel in die Hände. Es war eine zusammengelegte Camisk, und zwischen ihren Falten war ein Halsreif. »Ein Zeichen meiner Wertschätzung deiner Geschäfte«, sagte Targo. »Ich werde nichts extra berechnen.«

Ich lächelte verschmitzt. Die meisten professionellen Sklavenhändler hätten weit mehr Ausstattung mitgegeben. Mir fiel auf, dass Targo nicht einmal die übliche Sklavenuniform mitgegeben hatte, sondern nur eine Camisk, die offensichtlich bereits getragen worden war.

Dann kramte Targo in dem Beutel, den er an seiner Seite trug, und holte zwei gelbe Bänder heraus, jedes ungefähr achtzehn Zoll lang.

»Ich habe an dem blauen Helm erkannt«, sagte er, »dass du aus Tharna bist.«

»Nein«, sagte ich, »ich bin nicht aus Tharna.«

»Nun gut«, sagte Targo, »wie soll man das wissen können?« Er warf die Bänder auf den Teppich vor das Mädchen.

»Ich habe keine Sklavenpeitschen mehr«, sagte Targo mit traurigem Schulterzucken, »aber dein Schwertgürtel wird dazu genauso gut taugen.«

»Ich bin sicher, dass er das wird«, antwortete ich und gab ihm die Camisk und den Halsreif zurück.

Targo sah verwirrt aus.

»Bring ihr die Kleidung einer freien Frau«, sagte ich.

Targos Unterkiefer klappte herab.

»… einer freien Frau«, wiederholte ich.

Targo schielte zum Vergnügungsgestell an der Seite des Zeltes; vielleicht suchte er dort Schweißflecken an den Riemen.

»Bist du sicher?«, fragte er.

Ich lachte, wirbelte den fetten kleinen Kerl herum, und mit einer Hand am Kragen seiner Roben und der anderen weit unterhalb des Kragens schubste ich ihn stolpernd zum Ausgang des Zeltes.

Dort fand er mit schwingenden Ohrringen seine Balance wieder und drehte sich um, mich ansehend, als hätte ich den Verstand verloren.

»Vielleicht macht der Herr einen Fehler?«, schlug er vor.

»Vielleicht«, gab ich zu.

»Wo, im Lager eines legitimen Sklavenhändlers, erwartest du, dass ich angemessene Kleidung für eine freie Frau finden sollte?«, fragte Targo.

Ich lachte, auch Targo lächelte und ging aus dem Zelt.

Ich fragte mich, in wie vielen Nächten freie Frauen als gefesselte Gefangene vor seine Füße geworfen worden waren, um geschätzt und verkauft zu werden, wie viele freie Frauen in seinem Lager ihre wertvolle Kleidung gegen eine Camisk und einen Knöchelring an seiner Kette getauscht hatten.

Wenige Augenblicke später stolperte Targo wieder ins Zelt zurück, in seinen Armen reichlich Kleidung haltend. Er warf sie schnaufend auf den Teppich. »Triff deine Wahl, Herr«, sagte er und verschwand kopfschüttelnd wieder aus dem Zelt.

Ich lächelte und sah Lara an.

Das Mädchen hatte sich auf seine Füße erhoben.

Zu meiner Überraschung ging sie zu den Zeltklappen und verschloss sie, indem sie sie von innen zuschnürte.

Sie drehte sich um und sah mich atemlos an.

Sie war sehr schön im Licht der Lampe vor den kostbaren Wandbehängen des Zeltes.

Sie hob die beiden gelben Bänder auf und kniete vor mir in der Position der Vergnügungssklavin nieder, die Bänder in ihren Händen haltend.

»Ich werde dich freilassen«, sagte ich.

Demütig hielt sie mir die Bänder hin, ich sollte sie annehmen. Ihre Augen leuchteten, sie schaute flehend zu mir auf.

»Ich bin nicht aus Tharna«, sagte ich.

»Aber ich bin es«, erwiderte sie.

Ich sah, dass sie auf einem scharlachroten Teppich kniete.

»Ich werde dich freilassen«, sagte ich.

»Noch bin ich nicht frei«, sagte sie.

Ich schwieg.

»Bitte … Herr«, flehte sie.

Und so kam es, dass ich die Bänder aus ihrer Hand nahm, und in derselben Nacht wurde Lara, einst stolze Tatrix von Tharna, nach den uralten Riten ihrer Stadt meine Sklavin – und eine freie Frau.

23 Rückkehr nach Tharna

Außerhalb von Targos Lager erstiegen Lara und ich einen kleinen Hügel. Vor mir, einige Pasang entfernt, konnte ich die Pavillons des En'Kara-Marktes erblicken und dahinter die aufragenden Felsenbänke des Sardargebirges, bedrohlich, schwarz, kahl. Hinter dem Markt und vor den Bergen, die sich plötzlich aus der Ebene erhoben, konnte ich die Holzmauer aus schwarzen Balken sehen, oben angespitzt, die den Markt von den Bergen trennte.

Männer, die in die Berge wollten, lebensmüde Männer, junge Idealisten, Opportunisten, die unbedingt das Geheimnis der Unsterblichkeit in den Schluchten suchten, würden das Tor am Ende der Hauptstraße des Marktes nehmen, ein Doppeltor aus schwarzen Balken, die auf riesigen hölzernen Gelenken ruhten, ein Tor, das von der Mitte her aufschwang und das Sardargebirge dahinter erkennen ließ.

Selbst hier auf dem Hügel konnte ich das langsame Läuten eines schweren, hohlen Metallrohres hören, das anzeigte, dass das schwarze Tor geöffnet war. Der traurige, langsame Ton erreichte das Hügelchen, auf dem wir standen.

Lara stand neben mir, gekleidet als freie Frau, aber nicht in den Roben der Verhüllung. Sie hatte eines der anmutigen goreanischen Kleidungsstücke gekürzt und angepasst, indem sie es auf Knielänge abgeschnitten und die Ärmel bis zu den Ellenbogen gekürzt hatte. Es war leuchtend gelb, und sie hatte es mit einer scharlachroten Schärpe gegürtet. Ihre Füße steckten in einfachen Sandalen aus rotem Leder.

Auf meinen Vorschlag hin hatte sie einen Umhang aus schwerer Wolle angelegt. Er war scharlachrot. Ich hatte geglaubt, dass sie ihn zum Wärmen brauchen würde. Ich denke aber, sie hielt ihn für ein passendes Pendant zu ihrer Schärpe. Ich lächelte in mich hinein. Sie war frei.

Ich freute mich, dass sie glücklich zu sein schien.

Sie hatte die üblichen Roben der Verhüllung abgelehnt. Sie behauptete, dass sie in solch einer Bekleidung eher eine Behinderung für mich wäre. Ich hatte nicht mit ihr gestritten, denn sie hatte recht. Als ich ihrem blonden Haar nachschaute, das hinter ihr im Wind wehte, und die herrlichen Konturen ihres schönen Körpers sah, war ich froh, dass sie, was auch immer ihr Grund gewesen sein mochte, sich nicht in der traditionellen Weise gekleidet hatte.

Obwohl ich meine Bewunderung für dieses Mädchen und die Veränderungen, die sie durchlaufen hatte, von der kalten Tatrix von Tharna zur gedemütigten Sklavin bis hin zu dem herrlichen Geschöpf, das jetzt neben mir stand, nicht unterdrücken konnte, waren meine Gedanken zum größten Teil im Sardargebirge, denn ich wusste, dass ich meine Verabredung mit den Priesterkönigen noch nicht eingehalten hatte.

Ich hörte auf das langsame, unheimliche Läuten des hohlen Metallstückes.

»Jemand hat das Gebirge betreten«, sagte Lara.

»Ja«, sagte ich.

»Er wird sterben«, sagte sie.

Ich nickte.

Ich hatte mit ihr über mein Vorhaben in den Bergen gesprochen, von meinem Schicksal, das darin eingebettet war. Sie hatte schlicht gesagt: »Ich werde mit dir gehen.«

Sie wusste so gut wie ich, dass diejenigen, die die Berge betraten, nie mehr zurückkamen. Sie kannte so gut wie ich, vielleicht sogar noch besser, die angsteinflößende Macht der Priesterkönige.

Dennoch hatte sie gesagt, dass sie mit mir kommen wollte.

»Du bist frei«, hatte ich gesagt.

»Als ich deine Sklavin war, hättest du mir befehlen können, dir zu folgen«, hatte sie erwidert. »Jetzt, wo ich frei bin, werde ich dich aus freiem Willen begleiten.«

Ich schaute das Mädchen an. Wie stolz und dennoch wie wunderbar stand sie neben mir. Ich bemerkte, dass sie auf dem Hügel eine Talenderblume gepflückt und sich ins Haar gesteckt hatte.

Ich schüttelte den Kopf.

Obwohl die ganze Kraft meines Willens mich in die Berge trieb, obwohl in den Bergen die Priesterkönige auf mich warteten, konnte ich jetzt noch nicht aufbrechen. Es war undenkbar, dass ich dieses Mädchen ins Sardargebirge mitnahm und dort zerstören ließ, so wie ich zerstört werden würde, dass ich dieses junge Leben vernichten würde, das erst vor so kurzer Zeit in die Wunderwelt der Sinne eingeführt worden war, das gerade für die Siege des Lebens und Fühlens erwacht war.

Was konnte ich dagegen in die Waagschale werfen – meine Ehre, meinen Rachedurst, meine Neugier, meine Enttäuschung, meine Wut?

Ich legte meinen Arm um ihre Schulter und führte sie vom Hügel herunter.

Sie sah mich fragend an.

»Die Priesterkönige müssen warten«, sagte ich.

»Was wirst du tun?«, fragte sie.

»Dich auf den Thron von Tharna zurückbringen«, sagte ich.

Sie zog sich von mir zurück, und ihre Augen füllten sich mit Tränen.

Ich nahm sie in die Arme und küsste sie zärtlich.

Sie sah zu mir auf, ihre Augen nass vor Tränen.

»Ja«, sagte ich, »ich will es.«

Sie legte ihren Kopf an meine Schulter.

»Wunderschöne Lara«, sagte ich, »vergib mir.« Ich zog sie enger an mich. »Ich kann dich nicht ins Sardargebirge mitnehmen. Ich kann dich auch nicht hierlassen. Du würdest entweder von Tieren gefressen oder in die Sklaverei zurückgebracht werden.«

»Musst du mich nach Tharna zurückbringen?«, fragte sie. »Ich hasse Tharna!«

»Ich habe keine Stadt, in die ich dich bringen könnte«, sagte ich. »Und ich glaube daran, dass du Tharna so verändern kannst, dass du es nicht mehr hassen würdest.«

»Was muss ich tun?«, wollte sie wissen.

»Das musst du selbst entscheiden«, sagte ich.

Ich küsste sie.

Ihren Kopf in den Händen haltend, sah ich in ihre Augen.

»Ja«, sagte ich stolz, »du bist bereit zu regieren.«

Ich wischte die Tränen aus den Augen.

»Keine Tränen«, sagte ich, »denn du bist die Tatrix von Tharna.«

Sie sah zu mir auf und lächelte, ein trauriges Lächeln. »Natürlich, Krieger«, sagte sie, »es darf keine Tränen geben – denn ich bin die Tatrix von Tharna, und eine Tatrix weint nicht.«

Sie zog die Talenderblume aus dem Haar.

Ich hob sie auf und steckte sie zurück.

»Ich liebe dich«, sagte sie.

»Es ist schwer, die Erste in Tharna zu sein«, sagte ich und führte sie das Hügelchen hinab, fort vom Sardargebirge.

Die Feuer, die in den Minen von Tharna zu brennen begonnen hatten, waren noch nicht erloschen. Die Revolte der Sklaven hatte sich von den Minen zu den großen Farmen ausgebreitet. Fesseln waren zerschlagen und Waffen ergriffen worden. Zornige Männer, bewaffnet mit irgendwelchen Vernichtungswerkzeugen, die sie gerade finden konnten, durchstreiften das Land, umgingen die Einsätze von Tharnas Soldaten, suchten Getreidespeicher zum Plündern, Gebäude zum Niederbrennen, Sklaven zum Befreien. Von Farm zu Farm breitete sich die Rebellion aus, und die

Lieferungen von den Farmen in die Stadt wurden unregelmäßig und hörten schließlich ganz auf. Was die Sklaven nicht gebrauchen oder verstecken konnten, zerstörten oder verbrannten sie.

Kaum zwei Stunden von dem Hügelchen entfernt, wo ich die Entscheidung getroffen hatte, Lara in ihre Geburtsstadt zurückzubringen, hatte der Tarn uns gefunden, wie ich es erwartet hatte. Wie bei der Verhandlungssäule hatte der Vogel die Umgebung bejagt, und seine Geduld wurde jetzt zum zweiten Mal belohnt. Er landete etwa fünfzig Meter von uns entfernt, und wir rannten zu ihm hin. Ich vorweg und Lara hinter mir, noch immer etwas besorgt wegen des Ungeheuers.

Meine Freude war so groß, dass ich den Hals des schwarzen Riesen drückte und umarmte.

Die glänzenden runden Augen sahen mich an, die großen Schwingen hoben sich und schlugen, sein Schnabel streckte sich zum Himmel, und er stieß den schrillen Schrei eines Tarns aus.

Lara schrie entsetzt auf, als das Untier mit seinem Schnabel nach mir griff.

Ich bewegte mich nicht, und der riesige, furchtbare Schnabel schloss sich vorsichtig um meinen Arm. Hätte der Tarn es gewollt, dann hätte er mir mit einer Drehung seines prächtigen Kopfes den ganzen Arm aus dem Körper reißen können. Doch seine Berührung war fast zärtlich. Ich schlug ihm auf den Schnabel, warf Lara auf seinen breiten Rücken und sprang hinter ihr auf.

Wieder ergriff mich dieser unbeschreibbare Nervenkitzel, und ich glaube, diesmal teilte sogar Lara meine Gefühle. »Erster Zügel!«, rief ich, und die monströse Gestalt des Tarns erhob sich wieder einmal in den Himmel.

Während wir flogen, sahen wir viele verkohlte Sa-Tarna-Felder unter uns. Der Schatten des Tarns glitt über die schwarzen Skelette der Gebäude, über zerbrochene Pferche, aus denen das Vieh weggetrieben worden war, über Obstgärten, die nur noch aus gefällten Bäumen bestanden, die Blätter und Früchte braun und verwelkt.

Auf dem Rücken des Tarns weinte Lara, als sie die Verwüstung sah, die über ihr Land gekommen war.

»Es ist grausam, was sie getan haben«, sagte sie.

»Es war auch grausam, was man ihnen angetan hat«, antwortete ich. Sie schwieg.

Die Armee von Tharna hatte hier und da zugeschlagen, an Stellen, wo von Verstecken der Sklaven berichtet worden war, aber fast ausnahmslos hatte sie nichts gefunden. Manchmal ein paar zerbrochene Gegenstände und die Asche von Lagerfeuern. Die Sklaven waren durch andere Sklaven oder durch die von den großen Farmen vertriebenen verarmten Bauern, vor der Annäherung der Truppen vorgewarnt worden. Sie waren rechtzeitig verschwunden und schlugen erst wieder zu, wenn sie bereit dazu waren, unerwartet und in voller Stärke.

Die Einsätze der Tarnreiter waren erfolgreicher, doch insgesamt bewegten sich die Sklavenhorden, jetzt fast so groß wie Regimenter, nur nachts und verbargen sich tagsüber. Mit der Zeit wurde es auch für die kleinen Kavallerietrupps von Tharna gefährlich, sie anzugreifen, dem Sturm der Pfeile zu widerstehen, der sich fast vom Boden selbst zu erheben schien.

Oft wurden auch Hinterhalte gelegt, bei denen sich kleine Gruppen von Sklaven in die felsigen Schluchten des bergigen Landes um Tharna herum verfolgen ließen, wo ihre Verfolger von verborgenen Verbündeten der Flüchtigen überfallen wurden. Manchmal ließen Tarnreiter ihre Vögel herabsinken, um einen Sklaven einzufangen, und trafen plötzlich auf die Pfeile Hunderter von Männern in verborgenen Höhlen.

Vielleicht wären die undisziplinierten, wenn auch tapferen Horden der Sklaven mit der Zeit zerstreut und von den Militäreinheiten Tharnas vernichtet worden, wenn nicht die eigentliche Revolution, die in den Minen begonnen und sich dann auf die großen Farmen ausgebreitet hatte, in der Stadt selbst aufgeflammt wäre. Nicht nur die Sklaven der Stadt erhoben das Banner des Widerstandes, sondern auch Männer der niederen Kasten, deren Brüder oder Freunde in die Minen geschickt oder bei den Vergnügungen eingesetzt worden waren, wagten es schließlich, die Werkzeuge ihrer jeweiligen Berufe zu ergreifen und sich gegen Wachleute und Soldaten zu stellen. Man sagte, die Rebellion in der Stadt werde von einem kleinen, kräftigen Mann mit blauen Augen und kurz geschnittenem Haar angeführt, der früher der Kaste der Metallarbeiter angehört habe.

Bestimmte Teile der Stadt waren niedergebrannt worden, um rebellische Kräfte auszulöschen, doch dieser grausame Akt der Unterdrückung hatte nur verwirrte und unentschlossene Männer auf die Seite der Rebellen geschart. Jetzt hieß es, dass ganze Bereiche der Stadt in der Hand der Rebellen seien. Die Silbermasken von Tharna waren dort, wo es ihnen möglich gewesen war, in die Teile der Stadt geflüchtet, die noch immer in der Hand der Soldaten waren. Von vielen wurde berichtet, dass sie sich im Regierungspalast selbst verbargen. Das Schicksal derjenigen, die den Händen der Rebellen nicht hatten entkommen können, war ungewiss.

Es war am späten Nachmittag des fünften Tages, als wir in der Ferne die grauen Mauern von Tharna sahen. Wir wurden weder bedroht noch von Patrouillen überprüft. Es stimmt, dass wir hier und da Tarnreiter mit ihren Reittieren zwischen den Zylindern sahen, aber niemand näherte sich, um uns herauszufordern.

An mehreren Stellen in der Stadt zogen sich lange Rauchfäden in den Himmel, die sich dann in unbestimmte, dunkle Schwaden auflösten.

Das Haupttor von Tharna hing offen in den Angeln, und wenige einsame Gestalten huschten hinein und hinaus. Es gab keine Tharlarionwagen oder Reihen von Holzarbeitern und Händlern, die auf dem Weg in die Stadt oder aus ihr heraus waren. Außerhalb der Stadt waren mehrere kleinere Gebäude niedergebrannt worden. Auf der Mauer selbst, über dem Tor, war in großen Buchstaben der Schriftzug »Sa'ng-Fori« geschmiert worden, was wörtlich übersetzt »ohne Ketten« heißt; vielleicht sollte es besser mit »Freiheit« oder »Bürgerrecht« übersetzt werden.

Wir ließen den Tarn in der Nähe des Tores auf der Mauer landen. Ich befreite den Vogel. Es stand kein Tarnkäfig zur Verfügung, wo ich ihn hätte einschließen können, und darüber hinaus, wenn es einen gegeben hätte, so hätte ich kein Vertrauen zu den Tarnhütern von Tharna gehabt. Ich wusste nicht, wer an der Rebellion beteiligt war und wer nicht. Vielleicht wollte ich vor allem, dass der Vogel frei wäre, für den Fall, dass meine Hoffnungen zu einem Desaster führen und die Tatrix und ich in einer Nebenstraße von Tharna umkommen sollten.

Oben auf der Mauer trafen wir auf die verkrümmte Gestalt eines gefallenen Wachmannes. Er bewegte sich schwach und stieß einen leisen Schmerzenslaut aus. Man hatte ihn offensichtlich für tot gehalten und zurückgelassen, er kam erst jetzt wieder zu Bewusstsein. Seine graue Kleidung mit dem scharlachroten Stoffstreifen an der Schulter war blutdurchtränkt. Ich löste den Verschluss des Helmriemens und nahm sanft den Helm ab.

Eine Seite des Helms war aufgebrochen, vielleicht durch den Schlag einer Axt. Die Helmriemen, das Leder innen und das blonde Haar des Soldaten waren blutüberströmt. Er war nicht viel älter als ein Junge.

Als er spürte, wie der Wind auf der Mauer über seinen Kopf strich, öffnete er seine graublauen Augen. Eine Hand versuchte, seine Waffe zu ergreifen, aber die Scheide war leer.

»Wehr dich nicht«, sagte ich zu ihm und sah mir die Wunde an. Der Helm hatte zum größten Teil den Schlag abgefangen, aber die Klinge der zuschlagenden Waffe hatte den Schädel gestreift und war für den großen Blutstrom verantwortlich. Sehr wahrscheinlich hatte die Wucht des Schlages ihn bewusstlos werden lassen, und das Blut hatte den Angreifer glauben lassen, seine Arbeit sei getan. Der Angreifer war offensichtlich kein Krieger gewesen.

Mit einem Stück von Laras Umhang verband ich die Wunde. Sie war sauber und nicht tief.

»Du kommst wieder in Ordnung«, sagte ich zu ihm.

Seine Augen sahen von einem zum anderen. »Seid ihr für die Tatrix?«, fragte er.

»Ja«, sagte ich.

»Ich habe für sie gekämpft«, sagte der Junge und lehnte sich in meinem Arm zurück. »Ich habe meine Pflicht getan.«

Ich nahm an, dass er die Ausführung seiner Pflicht nicht wirklich gemocht hatte und dass sein Herz für die Rebellen schlug, doch der Stolz seiner Kaste ließ ihn auf seinem Posten ausharren. Trotz seiner Jugend besaß er die blinde Loyalität eines Kriegers, eine Loyalität, die ich respektierte, die vielleicht nicht blinder war, als manches, was ich selbst gefühlt hatte. Solche Männer sind furchterregende Gegenspieler, selbst wenn ihr Schwert den fragwürdigsten Gründen gewidmet sein sollte.

»Du hast nicht für deine Tatrix gekämpft«, sagte ich gleichmütig.

Der junge Krieger bäumte sich in meinen Armen auf. »Doch, ich tat es«, schrie er.

»Nein«, sagte ich, »Du hast für Dorna die Stolze gekämpft, der heuchlerischen Thronfolgerin von Tharna – einer Thronräuberin und Verräterin.«

Die Augen des Kriegers weiteten sich, als er uns ansah.

»Hier«, sagte ich und zeigte auf das wunderschöne Mädchen an meiner Seite, »ist Lara, die echte Tatrix von Tharna.«

»Ja, tapferer Soldat«, sagte das Mädchen und legte ihre Hand sanft auf seine Stirn, als wolle sie ihn beruhigen. »Ich bin Lara.«

Der Wachmann kämpfte in meinen Armen und sank dann zurück, schloss voller Schmerz seine Augen.

»Lara«, sagte er mit geschlossenen Lidern, »wurde während der Vergnügungen von einem Tarnreiter davongetragen.«

»Das war ich«, sagte ich.

Die graublauen Augen öffneten sich langsam und starrten lange Zeit in mein Gesicht, während Stück für Stück das Erkennen die Gesichtszüge des jungen Wächters veränderte. »Ja«, sagte er, »ich erinnere mich.«

»Der Tarnreiter brachte mich zur Verhandlungssäule«, sagte Lara mit sanfter Stimme. »Dort wurde ich von Dorna der Stolzen und von Thorn, ihrem Komplizen, festgenommen und in die Sklaverei verkauft. Der Tarnreiter hat mich befreit und bringt mich jetzt zu meinem Volk zurück.«

»Ich habe für Dorna die Stolze gekämpft«, sagte der Junge. Seine graublauen Augen füllten sich mit Tränen. »Vergib mir, echte Tatrix von Tharna«, bat er. Und wenn es nicht verboten gewesen wäre, dass er, ein Mann aus Tharna, eine Frau aus Tharna, anfassen durfte, dann, so glaube ich, hätte er die Hand nach ihr ausgestreckt.

179

Zu seiner Verwunderung nahm Lara seine Hand in die ihre. »Du hast richtig gehandelt«, sagte sie. »Ich bin stolz auf dich, mein Wachsoldat.« Der Junge schloss seine Augen, und sein Körper entspannte sich in meinen Armen.

Lara sah mich mit furchtsamen Augen an.

»Nein«, sagte ich, »er ist nicht tot. Er ist nur jung und hat viel Blut verloren.«

»Sieh!«, rief das Mädchen und zeigte entlang der Mauer. Sechs graue Gestalten, Speere und Schilde tragend, bewegten sich schnell in unsere Richtung.

»Wachen«, sagte ich und zog mein Schwert.

Plötzlich sah ich die Schilde sich bewegen, sich uns schräg gegenüberstellend, sah, wie die rechten Arme den Speer hochhoben, ohne dass die Männer ihren schnellen Schritt verlangsamten. Nach einem weiteren Dutzend Schritten würden die Speere fliegen, geschleudert aus diesem schnellen gleichmäßigen Schritt heraus.

Ohne einen Augenblick zu verlieren, stieß ich mein Schwert in meinen Gürtel und ergriff Lara an der Hüfte. Während sie noch protestierte, drehte ich mich um und zwang sie, an meiner Seite fortzurennen.

»Warte!«, bettelte sie. »Ich werde mit ihnen sprechen!«

Ich zog sie in meine Arme und rannte.

Kaum hatten wir die steinerne Wendeltreppe erreicht, die von der Mauer hinabführte, als die sechs Speere, deren Spitzen einen Kreis von etwa einem Meter Durchmesser bildeten, die Mauer über unseren Köpfen trafen und Stein absplittern ließen.

Sobald wir den Fuß der Mauer erreicht hatten, hielten wir uns dicht am Fundament, um weiterführenden Speerspielereien kein Ziel zu bieten. Andererseits glaubte ich nicht, dass die Wachleute ihre Speere von der Mauer herunterwerfen würden. Falls sie daneben warfen oder sogar trafen, wäre es nötig, von der Mauer herabzusteigen, um die Waffen wieder zurückzubekommen. Es war unwahrscheinlich, dass eine so kleine Gruppe, wie diese dort oben, freiwillig die Höhe der Mauer aufgeben würde, um zwei Rebellen zu verfolgen.

Wir begannen, uns den langen quälenden Weg durch die düsteren, blutüberströmten Straßen Tharnas voranzuarbeiten. Einige Gebäude waren zerstört, einige Läden mit Brettern vernagelt. Überall lag Abfall herum. Müll verbrannte in der Gosse. Die Straßen waren im Wesentlichen verlassen, nur hier und da lag ein Toter, manchmal ein Krieger, häufiger jedoch ein grau gekleideter Bürger. An vielen Mauern waren die Worte »Sa'ng-Fori« zu lesen.

Gelegentlich prüften uns entsetzte Augen angstvoll durch die Fensterläden. Ich vermutete, dass es nicht eine Tür in Tharna gab, die heute nicht verbarrikadiert war.

»Halt!«, rief eine Stimme, und wir blieben stehen.

Vor und hinter uns schien plötzlich eine Gruppe von Männern materialisiert zu sein. Mehrere von ihnen trugen Armbrüste, mindestens vier Speere waren auf uns gerichtet, einige drohten mit Schwertern, doch viele von ihnen trugen nicht viel mehr als eine Kette oder einen angespitzten Stock.

»Rebellen!«, sagte Lara.

»Ja«, antwortete ich.

Wir konnten in den Augen – blutunterlaufen von fehlendem Schlaf – den trotzigen Widerstand sehen, die Entschlossenheit, die Bereitschaft zu töten, auch die verzweifelte Haltung dieser grau gekleideten Körper, hungrig und bösartig von der Anspannung des Straßenkampfes, war nicht zu verkennen. Dies waren Wölfe in den Straßen von Tharna.

Ich zog langsam mein Schwert und schob das Mädchen an die Seite der Straße, gegen die Mauer.

Einer der Männer lachte.

Ich lächelte auch, denn Widerstand war sinnlos, dennoch wusste ich, dass ich mich wehren würde, dass ich mich nicht entwaffnen lassen würde, bis ich tot auf den Steinen der Straße lag.

Was sollte aus Lara werden?

Wie würde ihr Schicksal in den Händen dieses Rudels verrückter, verzweifelter Männer aussehen? Ich musterte meine zerlumpten Feinde, von denen einige verwundet waren. Sie waren schmutzig, unzivilisiert, erschöpft, wütend, möglicherweise ausgehungert. Lara würde wahrscheinlich an der Mauer, vor der sie stand, erschlagen werden. Das wäre brutal, aber schnell und insgesamt gnädig.

Die Speerarme wurden zurückgezogen, Armbrüste legten an. Ketten wurden fester ergriffen, die wenigen Schwerter erhoben sich gegen mich, selbst die angespitzten Stäbe richteten sich auf meine Brust.

»Tarl von Ko-ro-ba!«, schrie eine Stimme, und ich sah einen kleinen Mann mit einem sandfarbenen Haarbüschel auf der Stirn, der sich durch die abgerissene Rebellenhorde drängte, die uns gegenüberstand.

Es war der Mann, der in den Minen der Erste an der Kette gewesen war, der aus Notwendigkeit der erste sein musste, der den Schacht aus dem Sklavenpferch in die Freiheit emporklettern musste.

Sein Gesicht war vor Freude verzerrt, und er stürzte vorwärts, umarmte mich.

»Das ist er!«, schrie der Mann. »Tarl von Ko-ro-ba!«

Da hob die abgerissene Horde ihre Waffen und stieß, zu meiner Verwunderung, einen wilden Hurraschrei aus. Ich wurde von den Füßen gerissen und auf ihre Schultern gehoben. Ich wurde durch die Straßen getragen und weitere Rebellen, die in Türen und an Fenstern erschienen, fast als würden sie selbst aus den Steinen der Straße wachsen, schlossen sich dem an, was sich zu einem Triumphzug entwickelte.

Die verhärmten, aber veränderten Männer begannen zu singen. Ich erkannte das Lied. Es war das Pfluglied, das ich zuerst von einem Bauern in der Mine gehört hatte. Es war zur Hymne der Revolution geworden.

Lara, genauso verblüfft wie ich, lief neben den Männern her und hielt sich so nahe bei mir, wie die dicht gedrängte Menge es zuließ.

So hoch getragen, von Straße zu Straße, mitten unter den fröhlichen Rufen, unter den erhobenen Waffen, die von allen Seiten grüßten, mit klingenden Ohren von dem Pfluglied – einst ein Lied der Grundeigentümer von Tharna, die schon lange von den großen Farmen verdrängt worden waren – wurde ich zu dieser schicksalhaften Kal-da-Kneipe gebracht, an die ich mich so gut erinnerte, wo ich in Tharna zu Abend gegessen hatte und nach dem Verrat von Ost erwacht war. Sie war zum Hauptquartier der Revolution geworden; vielleicht weil sich Männer aus Tharna daran erinnerten, dass es dort war, wo sie das Singen gelernt hatten.

Dort, vor dem niedrigen Eingang stehend, sah ich noch einmal die gedrungene, kraftvolle Gestalt von Kron aus der Kaste der Metallarbeiter. Sein großer Hammer war an seinem Gürtel befestigt, und seine blauen Augen glitzerten glücklich. Die riesigen, narbigen Hände eines Metallarbeiters streckten sich mir entgegen.

Neben ihm sah ich zu meiner Freude die flegelhafte Gestalt von Andreas, seine Mähne aus schwarzem Haar, die fast die ganze Stirn verdeckte. Hinter Andreas, im Kleid einer freien Frau, unverschleiert, ihr Hals nicht länger vom Halsreif einer Stadtsklavin gekennzeichnet, sah ich die atemlose, strahlende Linna von Tharna.

Andreas sprang an den Männern vor der Tür vorbei und eilte zu mir. Er ergriff meine Hände und zog mich auf die Straße, klopfte mir rau auf die Schultern und lachte vor Freude.

»Willkommen in Tharna!«, sagte er. »Willkommen in Tharna!«

»Ja«, sagte Kron, nur einen Schritt hinter ihm und ergriff mich am Arm. »Willkommen in Tharna!«

24 Die Barrikade

Ich senkte den Kopf und schob die schwere Holztür der Kal-da-Kneipe auf. Das Schild »Hier wird Kal-da verkauft« war mit leuchtenden Buchstaben neu gemalt worden. Auch hier war, quer über die Buchstaben geschmiert, der trotzige zusammenführende Ruf der Rebellion »Sa'ng-Fori« geschrieben.

Ich stieg die niedrigen, breiten Stufen ins Innere hinab. Diesmal war die Kneipe belebt. Es war schwer zu erkennen, wo man hintrat. Es war wild und laut. Es hätte eine Pagataverne in Ko-ro-ba oder Ar sein können, nicht nur eine einfache Kal-da- Kneipe in Tharna. Meine Ohren litten unter dem Lärm, die gemütliche Geselligkeit von Männern, die nicht länger Angst haben, zu singen oder zu rufen.

In der Kneipe selbst waren jetzt etwa ein halbes Hundert Lampen aufgehängt, und die Wände waren in den Kastenfarben der Männer bunt bemalt, die hier tranken. Dicke Teppiche lagen unter den niedrigen Tischen und waren an zahllosen Stellen von vergossenem Kal-da verschmutzt.

Hinter dem Tresen arbeitete der dünne, kahlköpfige Wirt mit glänzender Stirn – seine glitschige Schürze mit Gewürzen, Säften und Wein befleckt – mit einem langen Rührstab in einem riesigen Topf mit brodelndem Kal-da. Ich rümpfte die Nase. Der Geruch des Kal-da-Brauens lag unverwechselbar in der Luft.

Links vom Tresen, hinter drei oder vier niedrigen Tischen, saß eine Gruppe schwitzender Musiker zufrieden im Schneidersitz auf dem Teppich und brachte irgendwie aus diesen merkwürdigen Pfeifen, Saiten, Trommeln, Scheiben und Drähten, die immer wieder fesselnden, wilden, verzaubernden und wundervoll barbarischen Melodien von Gor hervor.

Ich wunderte mich darüber, denn die Kaste der Musiker war wie die Kaste der Dichter aus Tharna ausgewiesen worden. Ihre Kaste wie die der Dichter wurde von den freudlosen Masken Tharnas als unpassend angesehen, in einer Stadt ernsthafter und zielgerichteter Menschen, denn Musik kann, wie Paga und Lieder, das Herz eines Mannes in Flammen setzen, und wenn dies Feuer im Herzen brennt, kann man nie wissen, wohin sich das Feuer ausbreiten wird.

Als ich den Raum betrat, standen die Männer auf, brüllten und hoben grüßend ihre Becher.

Fast mit einer Stimme riefen sie: »Tal, Krieger!«

»Tal, Krieger!«, antwortete ich, hob meinen Arm und sprach sie mit dem Titel meiner Kaste an, denn ich wusste, dass jeder von ihnen bei ihrer gemeinsamen Sache ein Krieger gewesen war. So war es in den Minen von Tharna festgelegt worden.

Hinter mir gingen Kron und Andreas die Treppen hinab, gefolgt von Lara und Linna.

Ich fragte mich, welchen Eindruck die Kal-da-Kneipe auf die echte Tatrix von Tharna machen würde.

Kron ergriff meinen Arm und führte mich zu einem Tisch in der Mitte des Raumes. Lara an der Hand haltend, folgte ich seiner Führung. Ihre Augen waren fassungslos, aber wie bei einem Kind auch vor Neugierde weit aufgerissen. Sie hatte nicht gewusst, dass Männer aus Tharna so sein konnten.

Von Zeit zu Zeit, wenn einer von ihnen sie zu kühn ansah, senkte sie den Kopf und errötete.

Schließlich saß ich mit überkreuzten Beinen hinter dem niedrigen Tisch, und Lara kniete nach der Art goreanischer Frauen neben mir auf ihren Fersen.

Als ich eingetreten war, war die Musik kurz unterbrochen worden, doch jetzt klatschte Kron zweimal in die Hände, und die Musiker widmeten sich wieder ihren Instrumenten.

»Kostenloses Kal-da für alle!«, schrie Kron, und als der Wirt, der die Kodizes seiner Kaste kannte, Einwendungen machen wollte, warf ihm Kron eine goldene Tarnscheibe zu. Erfreut beugte sich der Mann nieder und suchte den Boden ab, um sie aufzuheben.

»Hier bekommt man eher Gold als Brot«, sagte Andreas, der in unserer Nähe saß.

Sicherlich waren die Speisen auf den niedrigen Tischen nicht reichlich, und sie waren einfach, aber man konnte dies dem fröhlichen Treiben der Männer im Raum nicht anmerken. Sie waren für sie wie Speisen vom Tisch der Priesterkönige persönlich. Selbst das schlechte Kal-da, mit dem sie im ersten Rausch ihrer Freiheit schwelgten, war für sie ein kostbares und mächtiges Getränk.

Kron klatschte noch einmal in die Hände, und zu meiner Überraschung erklang plötzlich der Ton von Glöckchen, und vier verängstigte Mädchen, die man offenbar wegen ihrer Schönheit und Anmut ausgewählt hatte, standen vor unserem Tisch, nur mit der scharlachroten Tanzseide Gors bekleidet. Sie legten ihre Köpfe in den Nacken, hoben ihre Arme und tanzten vor uns zum barbarischen Rhythmus, der von den Musikern vorgegeben wurde.

Zu meiner Verwunderung schaute Lara mit Vergnügen zu.

»Wo in Tharna hast du Vergnügungssklavinnen gefunden?«, fragte ich.

Ich hatte bemerkt, dass um den Hals der Mädchen ein Silberreif lag.

Andreas, der sich gerade ein Stück Brot in den Mund stopfte, antwortete mit einem fröhlichen Nuscheln. »Hinter jeder silbernen Maske steckt eine potentielle Vergnügungssklavin«, behauptete er knapp.

»Andreas!«, rief Linna und tat so, als wolle sie ihn für seine Unverschämtheit schlagen, doch er stellte sie mit einem Kuss ruhig, und sie begann, spielerisch an dem Brot zu knabbern, das er zwischen seinen Zähnen hielt.

»Sind das wirklich Silbermasken aus Tharna?«, fragte ich Kron skeptisch.

»Ja«, antwortete er. »Gut, nicht wahr?«

»Wie haben sie das gelernt?«, fragte ich weiter.

Er zuckte mit den Achseln. »Frauen können das instinktiv«, sagte er. »Aber diese sind natürlich untrainiert.«

Ich lachte in mich hinein. Kron aus Tharna redete jetzt so, wie es jeder Mann aus jeder beliebigen Stadt auf Gor tun würde – im Gegensatz zu einem Mann aus Tharna.

»Warum tanzen sie für dich?«, fragte Lara.

»Sie werden gepeitscht, wenn sie es nicht tun«, sagte Kron.

Lara senkte den Blick.

»Du siehst die Halsreife«, sagte Kron und zeigte auf die schmalen Silberbänder, die jedes der Mädchen um den Hals trug. »Wir haben die Masken eingeschmolzen und das Silber für die Halsreife verwendet.«

Andere Mädchen tauchten jetzt zwischen den Tischen auf; nur mit einer Camisk und einem silbernen Halsreif bekleidet, begannen sie, mürrisch und schweigend das Kal-da zu servieren, das Kron bestellt hatte. Jede trug einen schweren Krug des widerlichen, kochenden Gebräus, und sie füllten Becher für Becher die Trinkgefäße der Männer nach.

Einige von ihnen schauten neidisch auf Lara, andere hasserfüllt. Ihre Blicke fragten sie stumm: Warum bist du nicht gekleidet wie wir, warum trägst du keinen Halsreif und bedienst, so wie wir es tun?

Zu meiner Verwunderung legte Lara ihren Umhang ab, nahm den Kal-da-Krug eines der Mädchen und begann, die Männer zu bedienen. Einige der Mädchen schauten voller Dankbarkeit zu ihr, denn sie war frei und mit ihrem Tun zeigte sie ihnen, dass sie sich nicht für etwas Besseres hielt.

»Das«, sagte ich zu Kron und zeigte auf Lara, »ist die Tatrix von Tharna.«

Als Andreas zu ihr sah, sagte er sanft: »Sie ist wahrlich eine Tatrix.«

Linna stand auf und begann beim Servieren zu helfen.

Als Kron keine Lust mehr hatte, den Tänzerinnen zuzuschauen, klatschte er zweimal in die Hände, und mit einem Missklang der Knöchelglöckchen flüchteten die Mädchen aus dem Raum.

Kron hob seinen Becher mit Kal-da und sah mich an. »Andreas hat mir erzählt, dass du vorhattest, das Sardargebirge zu betreten«, sagte er. »Wie ich sehe, hast du es nicht getan.«

Kron meinte, dass ich, wenn ich wirklich ins Sardargebirge gegangen wäre, nicht hätte zurückkehren können.

»Ich werde ins Sardargebirge gehen«, sagte ich, »aber zunächst habe ich in Tharna zu tun.«

»Gut«, sagte Kron. »Wir brauchen dein Schwert.«

»Ich bin gekommen, um Lara wieder auf den Thron von Tharna zu setzen«, sagte ich.

Kron und Andreas sahen mich verwundert an.

»Nein«, sagte Kron. »Ich weiß nicht, wie sie dich verhext hat, aber wir werden keine Tatrix mehr in Tharna haben!«

»Sie steht für alles, wogegen wir kämpfen«, protestierte Andreas. »Wenn sie den Thron wieder besteigt, haben wir unseren Kampf verloren. Tharna wäre wieder wie zuvor.«

»Tharna wird nie wieder sein wie zuvor«, erwiderte ich.

Andreas schüttelte den Kopf, als versuchte er zu verstehen, was ich meinen könnte. »Wie können wir von ihm erwarten, dass er etwas Sinnvolles sagt?«, fragte er Kron. »Schließlich ist er kein Dichter.«

Kron lachte nicht.

»Oder Metallarbeiter«, fügte Andreas hoffnungsvoll hinzu.

Kron lachte immer noch nicht.

Seine mürrische Persönlichkeit, geformt über den Ambossen und Glutöfen seines Handwerks, konnte sich an die Ungeheuerlichkeit dessen, was ich gesagt hatte, nicht so einfach gewöhnen.

»Vorher wirst du mich töten müssen«, sagte Kron.

»Sind wir nicht mehr von derselben Kette?«, fragte ich.

Kron schwieg. Dann sagte er, mich mit diesen stahlblauen Augen gleichmütig anschauend: »Wir werden immer von derselben Kette sein.«

»Dann lass mich sprechen«, sagte ich.

Kron nickte knapp.

Mehrere andere Männer hatten sich mittlerweile um den Tisch versammelt.

»Ihr seid Männer aus Tharna«, sagte ich. »Aber die Männer, gegen die ihr kämpft, sind auch aus Tharna.«

Einer der Männer sprach: »Ich habe einen Bruder bei den Wachsoldaten.«

»Ist es rechtens, dass Männer aus Tharna ihre Waffen gegeneinander erheben, Männer innerhalb derselben Stadtmauern?«

»Es ist eine traurige Sache«, sagte Kron, »aber es muss sein.«

»Es muss nicht sein«, protestierte ich. »Die Soldaten und Wachleute sind der Tatrix verpflichtet, doch die Tatrix, die sie verteidigen, ist eine Verräterin. Die echte Tatrix von Tharna, Lara selbst, ist hier im Raum.«

Kron beobachtete das Mädchen, das nichts von der Konversation mitbekommen hatte. Auf der anderen Seite des Raumes servierte sie den Männern, die ihr die Becher entgegenhielten, Kal-da.

»Solange sie lebt«, sagte Kron, »wird die Revolution nicht sicher sein.«

»Das ist nicht wahr«, widersprach ich.

»Sie muss sterben«, sagte Kron.

»Nein«, sagte ich. »Auch sie hat die Ketten und die Peitsche gespürt.«

Ein erstauntes Murmeln erklang von den Männern um den Tisch.

»Die Soldaten von Tharna und ihre Wachleute werden die falsche Tatrix verlassen und der echten Tatrix dienen«, sagte ich.

»Wenn sie überlebt …«, stimmte Kron zu und sah zu dem unschuldigen Mädchen auf der anderen Seite des Raumes.

»Sie muss«, beschwor ich ihn. »Sie wird neue Zeiten in Tharna einführen. Sie kann sowohl die Rebellen wie auch die Männer, die euch entgegenstehen, vereinigen. Sie hat erfahren, wie grausam und schlecht die Bräuche von Tharna sind. Seht sie euch an!«

Und die Männer sahen zu, wie das Mädchen still Kal-da eingoss und freiwillig die Arbeit der anderen Frauen aus Tharna teilte. Es war nicht das, was man von einer Tatrix erwartet hätte.

»Sie ist es wert, zu herrschen«, stellte ich fest.

»Sie ist das, wogegen wir gekämpft haben«, sagte Kron.

»Nein«, sagte ich, »ihr habt gegen die grausamen Bräuche von Tharna gekämpft. Ihr habt für euren Stolz und eure Freiheit gekämpft, nicht gegen dieses Mädchen.«

»Wir haben gegen die goldene Maske von Tharna gekämpft!«, brüllte Kron und donnerte seine Faust auf den Tisch.

Der plötzliche Lärm erregte die Aufmerksamkeit aller im Raum, und alle Augen richteten sich auf uns. Stolz und mit durchgestrecktem Rücken setzte Lara den Krug mit Kal-da ab, kam herüber und stellte sich vor Kron.

»Ich trage die goldene Maske nicht mehr«, sagte sie.

Und Kron sah das wunderschöne Mädchen an, das so anmutig und würdevoll vor ihm stand ohne einer Spur von Stolz, Grausamkeit oder Angst.

»Meine Tatrix«, flüsterte er.

Wir marschierten durch die Stadt, während die Straßen hinter uns sich mit den Rebellen füllten wie graue Flüsse; jeder Mann mit einer eigenen Waffe. Dennoch war der Lärm dieser Flüsse, die sich vor dem Palast der Tatrix vereinigten, alles andere als grau. Es war der Klang des Pflugliedes, so langsam und unaufhaltsam wie das Brechen des Eises auf einem gefrorenen Fluss, ein einfaches melodisches Loblied auf den Ackerboden, das das erste Aufbrechen des Erdbodens feiert.

An der Spitze dieser glanzvollen, abgerissenen Prozession marschierten fünf Menschen: Kron, der Anführer der Rebellen, Andreas, ein Dichter, seine Frau Linna von Tharna, unverschleiert, ich, ein Krieger aus einer von den Priesterkönigen verwüsteten und verfluchten Stadt, und ein Mädchen mit goldenen Haaren; ein Mädchen, das keine Maske trug, das sowohl die Liebe als auch die Peitsche kennengelernt hatte, die furchtlose und wunderbare Lara, die wahre Tatrix von Tharna.

Für die Verteidiger des Palastes, die die wichtigste Bastion von Dornas in Frage gestellter Herrschaft waren, stand fest, dass die Angelegenheit noch an diesem Tag und durch das Schwert geklärt würde. Die Kunde, dass die Rebellen ihre Taktik des Hinterhaltes und des Ausweichens aufgaben und jetzt zum Palast marschierten, hatte sich wie auf Tarnflügeln ausgebreitet.

Ich sah vor uns wieder einmal die breite, gewundene, aber immer enger werdende Prachtstraße, die zum Palast der Tatrix führte. Singend begannen die Rebellen, die steile Straße hinaufzusteigen. Die schwarzen Pflastersteine waren deutlich durch das Leder unserer Sandalen zu spüren.

Wieder einmal bemerkte ich, dass die Mauern, die die Straße begrenzten, näher zusammenrückten, aber diesmal sahen wir ein doppeltes Bollwerk, das quer über die Straße gebaut war, wobei das zweite Bollwerk das erste überragte, damit man auf diejenigen, die das erste Bollwerk stürmen wollten, Pfeile herabregnen lassen konnte. Das Bollwerk war an der Stelle gebaut, wo die Mauern etwa fünfzig Meter auseinander standen. Das erste Bollwerk war etwa zwölf Fuß, das zweite etwa zwanzig Fuß hoch.

Hinter diesen Hindernissen konnte ich das Aufblitzen von Waffen und die Bewegungen von blauen Helmen erkennen.

Wir waren jetzt innerhalb der Reichweite der Armbrüste.

Ich gab den anderen ein Zeichen, zurückzubleiben, und mit einem Speer und einem Schild zusätzlich zu meinem Schwert, näherte ich mich dem Bollwerk.

Auf dem Dach des Palastes hinter dem Doppelbollwerk konnte ich gelegentlich den Kopf eines Tarns sehen und die Schreie dieser Tiere hören. Tarne waren jedoch innerhalb der Stadt kaum gegen die Rebellen wirksam einzusetzen. Viele von ihnen hatten gekürzte Langbogen, und eine

Menge weiterer war mit den Speeren und Armbrüsten gefallener Krieger bewaffnet. Es wäre eine riskante Sache gewesen, ihnen so nahe zu kommen, dass man die Klauen einsetzen konnte.

Und hätten die Krieger versucht, die Tarne nur einzusetzen, um von oben auf die Meute zu schießen, hätten sie plötzlich verlassene Straßen unter sich gehabt, bis der Schatten des Vogels vorübergeflogen war und die Rebellen weitere hundert Meter auf den Palast vorrücken konnten. Ausgebildete Infanterie könnte sich übrigens noch schneller durch die Straßen einer Stadt voranbewegen, mit Schilden über den Köpfen haltend, ähnlich der römischen *Testudo*, der Schildkrötenformation, die allerdings Disziplin und Präzision erfordert, kriegerische Fähigkeiten, die man von den Rebellen aus Tharna nicht in hohem Maße erwarten konnte.

Ungefähr hundert Meter vor dem Bollwerk legte ich Schild und Speer nieder und signalisierte damit einen zeitlich begrenzten Waffenstillstand.

Eine große Gestalt tauchte auf dem Bollwerk auf und tat dasselbe, so wie ich es getan hatte.

Obwohl er den blauen Helm von Tharna trug, wusste ich, dass es Thorn war.

Wieder begann ich auf das Bollwerk zuzugehen.

Es schien ein langer Spaziergang zu werden.

Schritt für Schritt erklomm ich die schwarze Prachtstraße und fragte mich dabei, ob die Waffenruhe eingehalten werden würde. Wenn im Gegensatz zu Thorn, einem Hauptmann und einem Mitglied meiner Kaste, Dorna die Stolze das Kommando auf dem Bollwerk gehabt hätte, wäre ich sicher gewesen, dass ein Bolzen von einer der Armbrüste ohne Warnung meinen Körper durchschlagen hätte.

Als ich schließlich unverletzt auf den schwarzen Pflastersteinen am Fuße des Doppelbollwerks stand, wusste ich, dass Dorna die Stolze zwar in Tharna regieren mochte und auf dem Goldthron der Stadt saß, dass aber auf diesem Bollwerk über mir das Wort eines Kriegers herrschte.

»Tal, Krieger«, sagte Thorn und nahm seinen Helm ab.

»Tal, Krieger«, erwiderte ich.

Thorns Augen waren klarer, als ich sie in Erinnerung hatte, und der große Körper, der eine Neigung zur Korpulenz gezeigt hatte, war durch die Belastung der Kämpfe nun mit muskulärer Spannkraft ausgestattet. Die lila Flecken, die sein gelbliches Gesicht zeichneten, schienen weniger deutlich ausgeprägt als zuvor. Die Form seines Kinns wurde durch Barthaare betont, und sein langes Haar war noch immer zu einem Mongolenknoten hinter seinem Kopf gebunden. Die jetzt klaren, schräg stehenden Augen sahen mich an.

»Ich hätte dich auf der Verhandlungssäule töten sollen«, sagte Thorn.

Ich sprach laut, damit meine Stimme zu allen gelangen konnte, die das doppelte Bollwerk besetzten.

»Ich komme im Namen von Lara, die die wahre Tatrix von Tharna ist. Steckt eure Waffen weg. Vergießt nicht mehr das Blut der Männer eurer eigenen Stadt. Ich bitte darum im Namen von Lara und der Stadt Tharna und der Menschen dieser Stadt. Und ich bitte darum im Namen der Kodizes eurer eigenen Kaste, denn eure Schwerter sind der echten Tatrix verpflichtet – Lara – nicht Dorna der Stolzen!«

Ich konnte die Reaktion der Männer hinter dem Bollwerk spüren.

Auch Thorn sprach jetzt laut zum Vorteil der Krieger.

»Lara ist tot! Dorna ist Tatrix von Tharna!«

»Ich lebe!«, rief eine Stimme hinter mir. Ich drehte mich um und sah zu meinem Missfallen, dass Lara mir zum Hindernis gefolgt war. Sollte sie getötet werden, könnte das die Hoffnungen der Rebellen zerschlagen und die Stadt in einen nicht endenden Bürgerkrieg stürzen.

Thorn schaute das Mädchen an, und ich bewunderte die Kaltschnäuzigkeit, mit der er sie ansah. Sein Gehirn musste wie verrückt arbeiten, denn er hatte nicht erwarten können, dass das Mädchen, das von den Rebellen als echte Tatrix vorgeschickt wurde, tatsächlich Lara sein würde.

»Sie ist nicht Lara«, sagte er kalt.

»Ich bin es«, rief sie.

»Die Tatrix von Tharna trägt eine goldene Maske«, grinste er höhnisch und betrachtete die unverhüllten Gesichtszüge Laras.

»Die Tatrix von Tharna hat beschlossen, nicht länger eine goldene Maske zu tragen«, sagte Lara.

»Woher hast du diese Lagerdirne, diese Hochstaplerin?«, fragte Thorn.

»Ich habe sie von einem Sklavenhändler gekauft«, sagte ich.

Thorn lachte, und die Männer hinter der Barrikade lachten ebenfalls.

»Von dem Sklavenhändler, an den du sie verkauft hast«, fügte ich hinzu.

Thorn lachte nicht länger.

Ich rief den Männern hinter der Barrikade zu: »Ich brachte dieses Mädchen – eure Tatrix – zur Verhandlungssäule, wo ich sie den Händen von Thorn, dem Hauptmann, und Dorna der Stolzen übergab. Doch ich wurde heimtückisch hereingelegt und in die Minen von Tharna geschickt, während Dorna die Stolze und Thorn, dieser Hauptmann hier, Lara, eure Tatrix, ergriffen und sie in die Sklaverei verkauften – sie verkauften sie an den Sklavenhändler Targo, dessen Lager zur Zeit am En'Kara-Markt ist, sie verkauften sie für die Summe von fünfzig silbernen Tarnscheiben!«

»Was er sagt, ist nicht wahr«, rief Thorn.

Ich hörte eine Stimme hinter der Barrikade, eine junge Stimme.

»Dorna die Stolze trägt ein Halsband von fünfzig silbernen Tarnscheiben!«

»Dorna die Stolze ist wirklich dreist«, rief ich, »mit den gleichen Münzen herumzustolzieren, für die ihre Rivalin – eure wahre Tatrix – in die Ketten eines Sklavenmädchens verkauft wurde!«

Es gab entrüstetes Murmeln und einige ärgerliche Rufe von der Barrikade.

»Er lügt«, sagte Thorn.

»Ihr habt gehört«, rief ich, »wie er sagte, dass er mich auf der Verhandlungssäule hätte töten sollen! Ihr wisst, dass ich es war, der eure Tatrix bei den Vergnügungen von Tharna gestohlen hat. Warum hätte ich zur Verhandlungssäule gehen sollen, wenn nicht, um sie den Abgesandten von Tharna zu übergeben?«

Eine Stimme hinter der Barrikade rief: »Warum hast du nicht mehr Männer mit zur Verhandlungssäule genommen, Thorn von Tharna?«

Thorn wandte sich ärgerlich in Richtung der Stimme.

Ich beantwortete die Frage. »Ist es nicht offensichtlich?«, fragte ich. »Er wollte das Geheimnis seines Plans, die Tatrix zu entführen und Dorna die Stolze auf den Thron zu setzen, schützen.«

Ein weiterer Mann tauchte oben auf der Barrikade auf. Er nahm seinen Helm ab. Ich sah, dass es der junge Krieger war, um dessen Wunden Lara und ich uns auf der Mauer von Tharna gekümmert hatten.

»Ich glaube diesem Krieger!«, rief er und zeigte auf mich.

»Es ist ein Trick, um uns zu teilen!«, schrie Thorn. »Zurück auf deinen Posten!«

Andere Krieger in den blauen Helmen und grauen Tuniken Tharnas waren auf die Barrikade geklettert, um besser sehen zu können, was los war.

»Zurück auf eure Posten!«, schrie Thorn.

»Ihr seid Krieger!«, rief ich. »Eure Schwerter sind eurer Stadt gewidmet, ihren Mauern, ihren Leuten und ihrer Tatrix! Dient ihr!«

»Ich werde der echten Tatrix von Tharna dienen!«, rief der junge Krieger.

Er sprang von der Barrikade und legte sein Schwert auf den Steinen zu Laras Füßen nieder.

»Heb dein Schwert auf«, sagte sie, »im Namen von Lara, der wahren Tatrix von Tharna.«

»Ich werde es tun«, antwortete er.

Er kniete auf einem Bein vor dem Mädchen und nahm den Griff der

Waffe in die Hand. »Ich nehme mein Schwert auf«, sagte er, »im Namen von Lara, die die wahre Tatrix von Tharna ist.«

Er erhob sich auf die Füße und grüßte das Mädchen mit der Waffe. »Wer ist die wahre Tatrix von Tharna?«, rief er.

»Das ist nicht Lara!«, brüllte Thorn und zeigte auf das Mädchen.

»Wie kannst du dir so sicher sein?«, fragte einer der Krieger auf der Mauer.

Thorn verstummte, denn wie konnte er behaupten, dass das Mädchen nicht Lara war, wenn er angeblich niemals das Gesicht der echten Tatrix gesehen hatte?

»Ich bin es«, rief das Mädchen. »Sind unter euch keine Männer, die in der Kammer der goldenen Maske gedient haben? Ist hier keiner, der meine Stimme erkennt?«

»Sie ist es!«, rief einer der Männer. »Ich bin sicher!« Er nahm seinen Helm ab.

»Du bist Stam«, sagte sie, »erster Wachsoldat des Nordtores, und du kannst deinen Speer weiter werfen als jeder andere Mann in Tharna. Du warst der erste bei den Militärspielen von En'Kara im zweiten Jahr meiner Regentschaft.«

Ein weiterer Krieger nahm seinen Helm ab.

»Du bist Tai«, sagte sie, »ein Tarnreiter, der im Krieg mit Thentis verwundet wurde im Jahr, bevor ich den Thron von Tharna bestieg.«

Noch ein anderer Mann nahm den blauen Helm vom Kopf.

»Dich kenne ich nicht«, sagte sie.

Die Männer auf der Mauer murmelten.

»Du kannst mich nicht kennen«, sagte der Mann, »denn ich bin ein Söldner aus Ar, der den Dienst in Tharna erst während des Aufstands antrat.«

»Sie ist Lara!«, rief ein anderer Mann. Er sprang von der Mauer und legte ihr sein Schwert zu Füßen. Wieder forderte sie ihn anmutig auf, die Waffe in ihrem Namen aufzuheben, und es geschah.

Einer der Blöcke der Barrikade polterte auf die Straße. Die Krieger begannen, sie einzureißen.

Thorn war von der Mauer verschwunden.

Von mir vorwärts gewunken, näherten sich langsam die Rebellen der Mauer. Sie hatten ihre Waffen gesenkt und marschierten singend auf den Palast zu.

Die Soldaten strömten über die Barrikade und trafen die Rebellen voller Freude auf der Prachtstraße. Die Männer aus Tharna fielen sich in die Arme und gaben sich vereint die Hände. Rebellen und Verteidiger vermischten sich glücklich in den Straßen, und Bruder suchte Bruder unter denen, die noch Minuten zuvor Todfeinde gewesen waren.

Meinen Arm um Lara gelegt, schritt ich durch die Barrikade, und hinter uns folgten der junge Krieger, andere Verteidiger der Barrikade, Kron, Andreas, Linna und viele Rebellen.

Andreas hatte den Schild und den Speer mitgebracht, die ich als Zeichen der Waffenruhe niedergelegt hatte, und ich nahm ihm die Waffen ab. Wir näherten uns der kleinen Eisentür, die den Eintritt in den Palast erlaubte; ich ging voraus.

Ich rief nach einer Fackel.

Die Tür war angelehnt, und ich trat sie auf, mich selbst mit dem Schild abdeckend.

Dahinter war nur Stille und Dunkelheit.

Der Rebell, der der Erste an der Kette in der Mine gewesen war, drückte mir eine Fackel in die Hand.

Ich hielt sie in die Öffnung.

Der Boden schien solide zu sein, aber diesmal kannte ich die Gefahren, die er verbarg.

Ein langes Brett, das wir dem Gerüst der Barrikade entnommen hatten, legten wir so über den Fußboden, dass wir unser Eindringen ermöglichen konnten.

Die Fackel hoch erhoben trat ich ein, sorgfältig darauf achtend, auf dem Brett zu bleiben. Diesmal wurde die Falle nicht ausgelöst, und ich gelangte in einen engen, unbeleuchteten Korridor gegenüber der Tür des Palastes.

»Wartet hier!«, befahl ich den anderen.

Ich hörte nicht auf ihre Proteste, sondern begann, ohne noch etwas zu sagen, meine Reise im Licht der Fackel durch das jetzt dunkle Labyrinth der Palastkorridore. Mein Gedächtnis und mein Richtungssinn geleiteten mich unbeirrbar von Halle zu Halle und führten mich zügig zur Kammer der goldenen Maske.

Ich begegnete niemandem.

Die Stille erschien mir unheimlich, und die Dunkelheit war verwirrend nach dem hellen Sonnenlicht draußen auf der Straße. Ich konnte nichts hören außer dem leisen, fast geräuschlosen Schritt meiner eigenen Sandalen auf den Steinen des Korridors.

Der Palast war möglicherweise verlassen.

Schließlich erreichte ich die Kammer der goldenen Maske.

Ich lehnte mich gegen die schwere Tür und ließ sie aufschwingen.

Innen war Licht. Die Fackeln an den Wänden brannten noch. Hinter dem goldenen Thron der Tatrix ragte die ausdruckslose goldene Maske bedrohlich auf, hergestellt nach dem Abbild einer kalten schönen Frau;

die Spiegelungen der Fackeln, die in den Wänden befestigt waren, flackerten hässlich auf deren polierter Oberfläche.

Auf dem Thron saß eine Frau, gekleidet in die goldenen Roben, ihr Gesicht bedeckt von der Maske der Tatrix von Tharna. Um ihren Hals lag ein Halsband von silbernen Tarnscheiben. Auf den Stufen vor dem Thron stand ein Krieger, voll bewaffnet, der in den Händen den blauen Helm seiner Stadt hielt.

Thorn senkte den Helm langsam über sein Gesicht. Er lockerte das Schwert in der Scheide; er löste den Schild und den langen Speer mit der breiten Spitze von seiner linken Schulter.

»Ich habe auf dich gewartet«, sagte er.

25 Das Dach des Palastes

Die Kriegsrufe von Tharna und Ko-ro-ba vermischten sich, als Thorn die Stufen zu mir herabstürzte und ich ihm entgegeneilte.

Wir beide schleuderten unsere Speere gleichzeitig, und die beiden Waffen flogen aneinander vorbei wie gelblich braune Lichtstrahlen. Wir hatten beim Werfen unserer Waffen unsere Schilde so geneigt, dass sie die Wucht eines direkten Treffers ablenken sollten. Wir beide hatten gut geworfen, und der donnernde Aufschlag der massiven Wurfwaffe auf meinen Schild warf mich halb herum.

Die bronzene Spitze des Speeres hatte die Messingbänder des Schildes durchtrennt und die sieben gehärteten Schichten aus Boskleder durchbohrt, die den Schild bildeten. So beladen war der Schild nutzlos. Kaum dass mein Schild durchbohrt worden war, glitt mein Schwert aus der Scheide, und ich durchtrennte die Schulterriemen des Schildes, um ihn von meinem Arm zu schneiden.

Nur einen Augenblick später wurde auch Thorns Schild auf den Steinboden der Kammer geschleudert. Mein Speer war etwa einen Meter durch diesen Schutz hindurchgedrungen, und die Spitze war über seine linke Schulter gerutscht, als er sich dahinter versteckt hatte.

Sein Schwert war ebenfalls gezogen, und wir stürzten aufeinander zu wie Larls im Voltai. Unsere Waffen trafen sich mit einem scharfen, freien Zusammenspiel von Tönen, dem zitternden, brillanten Klang ausgewogener Klingen; jeder Ton ein Teil der klaren, funkelnden Musik des Schwertkampfes.

Anscheinend fast unbeteiligt, sah die in Gold gekleidete Gestalt auf dem Thron den beiden Kriegern zu, die sich vor- und zurückbewegten, einer mit dem blauen Helm und der grauen Tunika bekleidet und der andere im universellen Scharlachrot der goreanischen Kriegerkaste.

Unsere Spiegelbilder bekämpften einander auf der schimmernden Oberfläche der großen goldenen Maske hinter dem Thron.

Unsere wilden Schatten waren wie unförmige Giganten an den hohen Wänden der fackelbeleuchteten Kammer im Zweikampf vereint.

Dann war nur noch eine Spiegelung und nur noch ein gigantischer, grotesker Schatten, der an die Wand der Kammer mit der goldenen Maske geworfen wurde.

Thorn lag vor meinen Füßen.

Ich trat ihm das Schwert aus der Hand und drehte den Körper mit dem Fuß herum. Seine Brust zuckte unter der beschmutzten Tunika, sein Mund biss nach der Luft, und er versuchte, sie zu schnappen, als sie seiner Kehle entwich. Der Kopf rollte auf den Steinen zur Seite.

»Du hast gut gekämpft«, sagte ich.

»Ich habe gewonnen«, sagte er mit verzerrtem Grinsen, die Worte in einer Art Flüstern ausgespuckt.

Ich fragte mich, was er meinen könnte.

Ich trat von dem Körper weg und schaute zu der Frau auf dem Thron.

Langsam, benommen stieg sie vom Thron herab, Schritt für Schritt, und zu meiner Verwunderung fiel sie neben Thorn auf die Knie, senkte ihren Kopf auf seine blutige Brust und weinte.

Ich wischte die Klinge an meiner Tunika ab und steckte sie in die Scheide zurück.

»Es tut mir leid«, sagte ich.

Die Gestalt schien mich nicht zu hören.

Ich trat zurück, um sie ihrer Trauer zu überlassen. Ich konnte aus den Korridoren die Geräusche sich nähernder Männer hören. Es waren die Soldaten und die Rebellen; die Hallen des Palastes warfen das Echo der Hymne des Pflugliedes zurück.

Das Mädchen hob den Kopf, und die goldene Maske schaute mich an. Ich hatte nicht gewusst, dass eine Frau wie Dorna die Stolze Gefühle für einen Mann haben konnte.

Zum ersten Mal sprach die Stimme durch die Maske.

»Thorn«, sagte sie, »hat dich geschlagen.«

»Ich glaube nicht«, sagte ich verwundert, »und du, Dorna die Stolze, bist jetzt meine Gefangene.«

Ein freudloses Lachen tönte durch die Maske, und die Hände in den Handschuhen aus Gold griffen zur Maske und nahmen sie zu meinem Erstaunen ab.

An der Seite von Thorn kniete nicht Dorna die Stolze, sondern das Mädchen Vera von Ko-ro-ba, die seine Sklavin gewesen war.

»Du siehst«, sagte sie, »mein Herr hat dich geschlagen, und zwar so, wie er wusste, dass er es könnte – nicht durch das Schwert, sondern durch den Gewinn von Zeit. Dorna der Stolzen ist die Flucht gelungen.«

»Warum hast du das gemacht?«, wollte ich von ihr wissen.

Sie lächelte. »Thorn war gut zu mir«, sagte sie.

»Du bist jetzt frei«, sagte ich.

Noch einmal fiel ihr Kopf auf die befleckte Brust des Hauptmanns von Tharna, und ihr Körper zuckte schluchzend.

In diesem Augenblick brachen die Soldaten und Rebellen in den Raum, Kron und Lara vorweg.

Ich zeigte auf das Mädchen am Boden. »Tut ihr nichts!«, befahl ich. »Dies ist nicht Dorna die Stolze, sondern Vera von Ko-ro-ba, die Sklavin von Thorn war.«

»Wo ist Dorna?«, fragte Kron.

»Entkommen«, sagte ich verdrossen.

Lara sah mich an. »Aber der Palast ist umstellt«, sagte sie.

»Das Dach!«, rief ich und erinnerte mich an die Tarne. »Schnell!«

Lara raste vor mir her, und ich folgte ihr, als sie mir den Weg auf das Dach des Palastes zeigte. Durch die dunklen Korridore eilte sie mit der Vertrautheit langer Kenntnis. Schließlich erreichten wir eine Wendeltreppe.

»Hier!«, rief sie.

Ich schob sie hinter mich, und mit einer Hand an der Wand kletterte ich die dunkle Treppe so schnell ich konnte nach oben. Oben an der Treppe drückte ich eine Klappe, und sie öffnete sich. Draußen konnte ich das leuchtend blaue Rechteck des offenen Himmels sehen. Das Licht blendete mich einen Moment lang.

Ich nahm die Fährte eines großen, pelzigen Tieres wahr und den Geruch von Tarnkot.

Ich sprang auf das Dach hinaus, meine Augen gegen das intensive Licht halb geschlossen.

Es waren drei Männer auf dem Dach, zwei Wachleute und der Mann mit den Handgelenksriemen, der als Kerkermeister in Tharna fungiert hatte. Er hielt an einer Leine das große, glatte, weiße Urt, dem ich in der Grube hinter der Palasttür begegnet war.

Die beiden Wachleute befestigten gerade einen Tragekorb am Geschirr eines großen braun gefiederten Tarns. Die Zügel des Tarns waren an einem Ring vorn am Korb befestigt. Im Korb war eine Frau, deren Haltung und Gestalt ich als die von Dorna der Stolzen erkannte, obwohl sie jetzt nur eine einfache Silbermaske aus Tharna trug.

»Halt!«, rief ich vorwärts stürzend.

»Töte!«, schrie der Mann mit den Handgelenksriemen, zeigte mit der Peitsche auf mich und leinte das Urt los, das mich bösartig anfiel.

Sein rattenartiges Vorwärtshuschen war unglaublich schnell, und bevor ich mich für seinen Angriff bereitstellen konnte, hatte es das Zylinderdach mit zwei oder drei Sprüngen überquert und stürzte sich auf mich, um mich mit seinen entblößten Reißzähnen zu packen.

Meine Klinge drang in das Dach seiner Mundhöhle, drückte den Kopf hoch, weg von meiner Kehle. Das Quieken musste bis zu den Stadtmauern Tharnas zu hören gewesen sein. Sein Nacken wand sich, und das Schwert wurde aus meinem Griff gerissen. Mein Arm umklammerte seinen Hals, und mein Gesicht war in das glänzende weiße Fell gepresst. Die Klinge wurde aus seinem Maul geschüttelt und fiel klappernd auf das Dach. Ich klammerte mich an seinen Hals, um den zuschnappenden Kiefern auszuweichen, diesen drei Reihen scharfer, wahnsinniger, reißender weißer Zähne, die versuchten, sich in meinem Fleisch zu versenken.

Es rollte sich über das Dach, um mich von seinem Hals abzustreifen. Es hüpfte und sprang, drehte und schüttelte sich. Der Mann mit den Handgelenksriemen hatte das Schwert aufgehoben und umkreiste uns mit ihm und der Peitsche, wartete auf eine Gelegenheit zum Zuschlagen.

Ich versuchte, das Tier so gut zu drehen, wie ich konnte, um seinen kämpfenden Körper zwischen mich und den Mann mit den Handgelenksriemen zu bringen.

Aus dem Maul des Tieres floss Blut über sein Fell und meinen Arm. Ich konnte es über die Seite meines Gesichts und in mein Haar rinnen fühlen.

Dann drehte ich mich, sodass mein Körper dem Hieb des Schwertes ausgesetzt war, das von dem Mann mit den Handgelenksriemen gehalten wurde. Ich hörte sein zufriedenes Grunzen, als er vorwärts stürzte. Einen Augenblick, bevor die Klinge, wie ich wusste, niedersausen musste, löste ich den Griff um den Hals des Tieres und glitt unter seinen Bauch. Es schnappte nach mir mit einer peitschenartigen Bewegung seines fellbewehrten Nackens, und ich fühlte wie die langen weißen Zähne meinen Arm aufrissen. Gleichzeitig hörte ich ein weiteres Kreischen vor Schmerz und das entsetzte Grunzen des Mannes mit den Handgelenksriemen.

Ich rollte mich unter dem Tier hervor, drehte mich um und sah, dass es den Mann mit den Handgelenksriemen anstarrte. Ein Ohr war vom Kopf des Tieres abgetrennt worden; das Fell an seiner linken Seite war von dem hervorspritzenden Blut durchtränkt. Es fixierte nun mit seinen Augen den Mann mit dem Schwert, den, der den neuen Hieb ausgeführt hatte.

Ich hörte das entsetzte Kommando, das klägliche Knallen der Peitsche, die von einem Arm gehalten wurde, der vor Angst fast gelähmt war und den plötzlichen, fast tonlosen Schrei.

Das Urt war über ihm, seine Beine hochgezogen, die Schultern fast auf einer Ebene mit dem Dach. Kauend.

Ich riss mich von dem Anblick los und wandte mich den anderen auf dem Dach zu.

Der Transportkorb war nun befestigt, und die Frau stand darin, die Zügel in ihren Händen.

Die teilnahmslose Silbermaske fixierte mich, und ich fühlte, dass die dunklen Augen dahinter in unbeschreiblichem Hass funkelten.

Ihre Stimme sprach zu den beiden Wachleuten. »Vernichtet ihn!«

Ich hatte keine Waffen.

Zu meiner Überraschung erhoben die Männer ihre Waffen nicht gegen mich. Einer von ihnen antwortete ihr.

»Du hast dich entschieden, deine Stadt zu verlassen«, sagte er. »Von jetzt an hast du keine Stadt mehr, denn du hast dich entschieden, sie im Stich zu lassen.«

»Unverschämtes Tier!«, schrie sie ihn an, und dann befahl sie dem anderen Krieger, den ersten zu erschlagen.

»Du herrschst nicht länger in Tharna«, sagte der andere Krieger einfach.

»Tiere!«, schrie sie.

»Wärst du geblieben, um am Fuße deines Thrones zu sterben, würden wir dir folgen und an deiner Seite sterben«, sagte der erste Krieger.

»Das ist wahr«, stellte der zweite fest. »Bleib als Tatrix und unsere Schwerter sind deinem Dienst verpflichtet. Flieh als Sklavin und du gibst das Recht auf, unser Metall zu befehligen.«

»Narren!«, schrie sie.

Dann schaute Dorna die Stolze zu mir herüber die wenigen Meter über das Dach. Der Hass, den sie mir entgegenbrachte, ihre Grausamkeit, ihr Stolz waren so greifbar wie ein physischer Gegenstand, wie Hitzewellen oder das Gefrieren von Eis.

»Thorn starb für dich«, sagte ich.

Sie lachte. »Er war ein Narr. Wie alle Tiere.«

Ich fragte mich, wie es sein konnte, dass Thorn sein Leben für diese Frau gegeben hatte. Es schien nicht so, dass es eine Sache der Kastenverpflichtung gewesen sein könnte, denn seine Verpflichtung betraf nicht Dorna, sondern Lara. Er hatte die Kodizes seiner Kaste gebrochen, um den Verrat Dorna der Stolzen zu unterstützen.

Plötzlich wusste ich die Antwort – dass Thorn diese grausame Frau auf irgendeine Art geliebt haben musste, dass sein Kriegerherz sich ihr zugewandt hatte, obwohl er nie ihr Gesicht gesehen hatte, obwohl sie ihm niemals ein Lächeln oder die Berührung ihrer Hand gegeben hatte. Und ich wusste, dass Thorn, Untergebener und ein liederlicher und wilder Gegenspieler, dennoch mehr Größe gehabt hatte als sie, die das Objekt seines hoffnungslosen und tragischen Gefühls gewesen war. Es war sein Untergang gewesen, Gefühle für die Silbermaske zu haben.

»Gib auf!«, rief ich Dorna der Stolzen zu.

»Niemals«, entgegnete sie hochmütig.

»Wohin willst du gehen und was willst du tun?«, fragte ich.

Ich wusste, dass Dorna allein auf Gor kaum eine Chance hatte. Erfinderisch, wie sie war, selbst wenn sie Reichtümer mit sich trug, was wahrscheinlich war, blieb sie dennoch nur eine Frau, und auf Gor brauchte selbst eine Silbermaske das Schwert eines Mannes, um sie zu beschützen. Sie konnte Raubtieren zum Opfer fallen, vielleicht sogar ihrem eigenen Tarn, oder sie würde von herumstreifenden Tarnreitern oder einer Bande von Sklavenhändlern gefangen genommen werden.

»Bleib und stell dich der Gerechtigkeit von Tharna«, sagte ich.

Dorna warf den Kopf in den Nacken und lachte.

»Auch du«, sagte sie, »bist ein Narr.«

Um ihre Hand war der erste Zügel gewickelt. Der Tarn bewegte sich unruhig.

Ich schaute hinter mich und konnte sehen, dass Lara jetzt in der Nähe stand und Dorna beobachtete und dass hinter ihr Kron und Andreas, gefolgt von Linna, den Rebellen und Soldaten, das Dach erklommen hatten.

Die Silbermaske von Dorna der Stolzen wandte sich Lara zu, die keine Maske trug, keinen Schleier. »Schamloses Tier«, zischte sie, »du bist nicht besser als sie – ein Tier!«

»Ja«, sagte Lara, »das ist wahr.«

»Ich habe das in dir gespürt«, sagte Dorna. »Du warst niemals würdig, Tatrix von Tharna zu sein. Ich allein bin würdig, die wahre Tatrix von Tharna zu sein.«

»Das Tharna, von dem du sprichst«, sagte Lara, »existiert nicht mehr.«

Dann hoben die Soldaten, Wachen und Rebellen ihre Waffen und grüßten Lara als echte Tatrix, fast so, als ob dies mit einer einzigen Stimme geschehen würde.

»Heil Lara, wahre Tatrix von Tharna!«, riefen sie, und wie es Brauch in der Stadt war, wurden die Waffen fünfmal geschwenkt und fünfmal erklang dieser fröhliche Ruf. Der Körper von Dorna der Stolzen prallte zurück, als wäre er von fünf Hieben getroffen worden.

Die Hände in den silbernen Handschuhen klammerten sich wütend um den ersten Zügel, und ich wusste, dass unter diesen glitzernden Handschuhen die Fingerknöchel blutleer und weiß vor Wut waren.

Sie schaute noch einmal zu den Rebellen, Soldaten, Wachleuten und zu Lara mit solcher Abscheu, dass ich sie hinter der ausdruckslosen Maske fühlen konnte. Dann wandte sich dieses metallene Abbild noch einmal mir zu.

»Gute Reise, Tarl von Ko-ro-ba«, sagte sie. »Vergiss nicht Dorna die Stolze, denn wir haben noch eine Rechnung miteinander offen!«

Die Hände in den Handschuhen aus Silber rissen den ersten Zügel hart zurück, und die Flügel des Tarns brachen zum Flug auf. Der Transportkorb blieb noch einen Moment auf dem Dach stehen, rutschte dann an den langen Schnüren, durchflochten mit Draht, ein oder zwei Schritte über das Dach und wurde schließlich unter dem Tarn in die Luft gerissen.

Ich sah dem Korb nach, der unter dem Vogel schwang, der seinen Weg aus der Stadt nahm.

Einmal blitzte die Sonne auf der Silbermaske. Dann war der Vogel nur noch ein Fleck am blauen Himmel über der freien Stadt Tharna.

Dank des Opfers von Thorn, ihrem Hauptmann, war Dorna die Flucht gelungen, obwohl ich nicht zu vermuten wagte, welches Schicksal nun vor ihr lag.

Sie hatte davon gesprochen, dass zwischen uns noch eine Rechnung zu begleichen sei.

Ich lächelte in mich hinein, denn ich glaubte, dass sie für so etwas wohl kaum Gelegenheit haben würde. Sollte sie überleben, so müsste sie wirklich Glück haben, wenn sie nicht bald den Knöchelring an der Kette eines Sklavenhändlers tragen würde.

Vielleicht würde sie in den Mauern des Lustgartens eines Kriegers eingeschlossen werden, in Seide seiner Wahl gekleidet, mit Glöckchen an ihren Knöcheln und keinen anderen Willen kennend als den seinen. Vielleicht würde sie vom Besitzer einer Pagataverne gekauft werden oder dem einer billigen Kal-da-Kneipe, um für die Gäste zu tanzen, sie zu bedienen und ihnen Lust zu bereiten.

Vielleicht würde sie für die Spülküche eines goreanischen Zylinders gekauft werden und entdecken, dass ihr Leben von den gekachelten Wänden, dem Dampf und den Spülbecken begrenzt wird. Man würde ihr eine Matte aus feuchtem Stroh und eine Camisk geben, sie mit den Abfallresten aus den Speiseräumen füttern und sie peitschen, wenn sie es wagen würde, den Raum zu verlassen oder bei der Arbeit zu trödeln.

Vielleicht würde ein Bauer sie kaufen, damit sie ihm beim Pflügen half. Ich fragte mich, falls das geschehen sollte, ob sie sich nur mit Bitterkeit an die Vergnügungen von Tharna erinnern würde. Wenn dieses elende Schicksal ihr zuteil werden sollte, dann würde die majestätische Dorna die Stolze, nackt und schwitzend, ihr Rücken der Ochsenpeitsche ausgeliefert, im Geschirr erfahren, dass ein Bauer ein harter Herr sein kann.

Aber ich schob diese Gedanken um das Schicksal von Dorna der Stolzen aus meinem Bewusstsein.

Es gab andere Dinge, um meinen Geist zu beschäftigen. Eigentlich hatte ich selbst Dinge, um die ich mich kümmern musste – eine Rechnung zu begleichen – nur dass meine Angelegenheiten mich ins Sardargebirge führen würden, denn die Dinge, um die ich mich kümmern musste, betrafen die Priesterkönige von Gor.

26 Ein Brief von Tarl Cabot

Aufgeschrieben in der Stadt Tharna, am dreiundzwanzigsten Tag von En'Kara im vierten Jahr der Regentschaft von Lara, Tatrix von Tharna, im Jahr 10117 seit der Gründung Ars.

Tal den Menschen der Erde!

In diesen vergangenen Tagen in Tharna habe ich mir die Zeit genommen, diese Geschichte aufzuschreiben. Jetzt, wo sie erzählt ist, muss ich meine Reise ins Sardargebirge antreten.

In fünf Tagen werde ich vor dem schwarzen Tor in den Palisaden stehen, die die heiligen Berge umgeben.

Ich werde mit meinem Speer an das Tor schlagen, und es wird sich öffnen, und während ich hindurchtrete, werde ich den klagenden Ton des großen, hohlen Metallrohrs hören, das neben dem Tor aufgehängt ist. Er verkündet, dass ein weiterer Mensch von unterhalb der Berge, ein weiterer sterblicher Mann, es gewagt hat, das Sardargebirge zu betreten.

Ich werde dieses Manuskript einem Mitglied der Kaste der Schreiber übergeben, das ich auf dem En'Kara-Markt am Fuße des Sardargebirges voraussichtlich finden werde. Von diesem Augenblick hängt sein Fortbestehen, wie so viele andere Dinge in dieser barbarischen Welt, die ich zu lieben gelernt habe, von dem unerforschlichen Willen der Priesterkönige ab.

Sie haben mich und meine Stadt verflucht.

Sie haben mir meinen Vater genommen und das Mädchen, das ich liebe, und meine Freunde. Stattdessen gaben sie mir Leid, Mühsal und Gefahren, und dennoch fühle ich, dass ich auf eine seltsame Art, trotz meines Schicksals, ihnen gedient habe – dass es ihr Wille war, dass ich nach Tharna kam. Sie haben eine Stadt zerstört und in gewissem Sinn eine Stadt wieder hergestellt.

Wer oder was sie wirklich sind, weiß ich nicht, aber ich bin entschlossen, es herauszufinden.

Viele haben die Berge betreten, und genauso viele müssen auch das Geheimnis der Priesterkönige erfahren haben, obwohl niemand zurückgekehrt ist, um es zu erzählen.

Aber lasst mich jetzt von Tharna erzählen.

Tharna ist inzwischen eine andere Stadt, als sie es jemals war, solange lebende Menschen sich erinnern können.

Ihre Herrscherin – die anmutige und wunderschöne Lara – ist sicherlich eine der weisesten und gerechtesten Regenten auf dieser barbarischen Welt, und sie hatte die qualvolle Pflicht, eine Stadt, zerrissen vom Bürgerkrieg, zu vereinen, Frieden zwischen den Parteien zu schaffen und gleichzeitig alle gerecht zu behandeln. Wenn sie nicht so geliebt würde, wie es der Fall ist, ihre Aufgabe wäre unmöglich zu schaffen gewesen.

Als sie erneut den Thron bestieg, wurden keine Ächtungsanweisungen ausgestellt, sondern man garantierte allen eine Generalamnestie, sowohl denen, die ihre Sache unterstützt hatten, als auch denen, die für Dorna die Stolze gekämpft hatten.

Von dieser Amnestie waren nur die Silbermasken aus Tharna ausgenommen.

Nach der Revolte kochte das Blut hoch in den Straßen von Tharna, und wütende Männer, sowohl Rebellen wie Verteidiger vereinigten sich zur brutalen Jagd auf die Silbermasken. Die armen Wesen wurden von Zylinder zu Zylinder, von Raum zu Raum gejagt.

Wurden sie gefunden, so wurden sie unmaskiert auf die Straße gezerrt, grausam zusammengebunden und mit um den Hals hängenden Masken mit blanken Waffen zum Palast getrieben.

Viele Silbermasken entdeckte man in Geheimzimmern des Palastes, und die Verliese darunter waren schon bald überfüllt mit Ketten von blonden, klagenden Gefangenen. Kurz darauf mussten auch die Tierkäfige unter der Arena der Vergnügungen von Tharna und schließlich die Arena selbst für ihre Unterbringung genutzt werden.

Einige Silbermasken wurden sogar in den Abwasserkanälen unter der Stadt entdeckt, und sie wurden von riesigen angeleinten Urts durch die langen Rohre getrieben, bis sie sich schließlich in den aus Drähten bestehenden Fangnetzen an den Öffnungen der Abwasserkanäle sammelten.

Andere hatten in den Bergen außerhalb der Mauern Zuflucht gesucht, und sie wurden wie Sleens durch immer kleiner werdende Ringe wütender Bauern gejagt, die sie in die Mitte ihrer Jagdkreise trieben, von wo sie, unmaskiert und gefesselt, in die Stadt getrieben wurden, um ihr Schicksal zu finden.

Die meisten Silbermasken jedoch kamen aus eigenem freien Willen auf die Straße, nachdem klar geworden war, dass ihr Kampf verloren und die Gesetze von Tharna unwiederbringlich zerschlagen waren und unterwarfen sich in der traditionellen Art der gefangenen goreanischen Frau, indem sie niederknieten, den Kopf senkten und die Arme mit überkreuzten Handgelenken hoben, um gefesselt zu werden.

Das Pendel in Tharna war zurückgeschwungen.

Ich selbst hatte am Fuße der Stufen zum goldenen Thron gestanden, als

Lara befahl, die riesige Maske aus Gold, die hinter ihr hing, mit Speeren von der Wand zu lösen und auf den Boden zu unseren Füßen zu werfen. Nicht länger würde das kalte und gelassene Gesicht den Thronraum von Tharna überwachen.

Die Männer von Tharna sahen fast ungläubig zu, wie die riesige Maske sich von der Wand löste, Bolzen für Bolzen, sich nach vorn neigte und schließlich von ihrem eigenen Gewicht gezogen, losbrach und krachend die Stufen zum Thron hinabdonnerte und dabei in Hunderte von Stücken zerbrach.

»Lasst sie einschmelzen!«, sagte Lara. »Prägt daraus die goldenen Tarnscheiben von Tharna und lasst sie an die verteilen, die in diesen Tagen der Verwirrungen gelitten haben.«

»Und gebt zu den goldenen Tarnscheiben noch Tarnscheiben aus Silber hinzu, die aus den Masken unserer Frauen hergestellt werden sollen«, rief sie aus, »denn von jetzt an darf in Tharna keine Frau mehr eine Maske aus Gold oder Silber tragen, nicht einmal, wenn es die Tatrix von Tharna selbst wäre!«

Und während sie sprach, wurden ihre Worte, gemäß den Bräuchen von Tharna, zum Gesetz, und von diesem Tag an durfte keine Frau in Tharna mehr eine Maske tragen.

Kurz nach dem Ende der Revolte begannen die Kastenfarben von Gor offen an der Bekleidung der Bürger aufzutauchen.

Die wunderbaren glänzenden Baustoffe der Kaste der Baumeister, die lange als zu leichtfertig und zu teuer verboten waren, tauchen an den Wänden der Zylinder und selbst an den Stadtmauern auf.

Schotterstraßen werden jetzt mit bunten Steinen in Mustern gepflastert, um das Auge zu erfreuen. Das Holz des großen Tores ist poliert und die Messingbeschläge sind geschliffen worden. Frische Farbe leuchtet an den Brücken.

Der Klang von Karawanenglocken ist in Tharna nicht länger mehr fremd, und Reihen von Händlern haben den Weg zu den Stadttoren gefunden, um diesen vielversprechenden Markt auszubeuten.

Hier und da prahlt ein Tarnreiter mit einem Reittier, das in Gold geschirrt ist. Am Markttag sah ich einen Bauern mit einem Sack Sa-Tarna-Mehl auf dem Rücken, dessen Sandalen mit silbernen Riemen gebunden waren.

Ich habe Privatwohnungen mit Wandteppichen von den Webstühlen Ars gesehen, und unter meinen Sandalen habe ich manchmal farbenprächtige, fest gewebte Teppiche aus dem entfernten Tor gespürt.

Vielleicht ist es nur eine Kleinigkeit, wenn man am Gürtel eines Künstlers eine silberne Schnalle sehen kann, die in dem Stil gefertigt ist, wie man ihn im bergigen Thentis trägt, oder die Delikatesse eines getrockneten Aals aus Port Kar auf dem Markt findet. Aber diese Dinge, so klein sie auch sein mögen, sprechen zu mir von einem neuen Tharna.

Auf den Straßen höre ich das Rufen, die Lieder und das Gezeter, das typisch goreanisch ist. Der Marktplatz besteht nicht länger mehr aus einigen Hektar Gepflastertem, auf dem man mürrisch Handel treibt. Er ist ein Ort, an dem sich Freunde treffen, wo man Essen veranstaltet, Einladungen austauscht, über Politik oder das Wetter diskutiert, auch über Strategien, Philosophien und die Handhabung von Sklavinnen.

Eine Veränderung, die ich interessant finde, obwohl ich nicht aus ganzem Herzen zustimmen kann, ist die Tatsache, dass man die Geländer von den hohen Brücken in Tharna entfernt hat. Ich hatte es als zwecklos und vielleicht als gefährlich empfunden, aber Kron hatte einfach gesagt: »Lass diejenigen, die sich vor hohen Brücken fürchten, nicht über hohe Brücken gehen.«

Man könnte auch erwähnen, dass die Männer aus Tharna den Brauch entwickelt haben, am Gürtel ihrer Tunika zwei gelbe Bänder zu tragen, jedes ungefähr achtzehn Zoll lang. Allein an diesem Zeichen können die Männer anderer Städte jetzt einen Mann aus Tharna erkennen.

Am zwanzigsten Tag, der dem Frieden in Tharna folgte, wurde das Schicksal der Silbermasken von Tharna entschieden.

Sie wurden unverschleiert in langen Reihen in der Arena der Vergnügungen von Tharna zusammengetrieben, an den Hälsen und mit den Handgelenken auf dem Rücken, gebunden. Dort sollten sie das Urteil von Lara, ihrer Tatrix, hören. Sie knieten in demselben glitzernden Sand vor ihr – einst stolze Silbermasken, nun hilflose, ängstliche Gefangene –, der so oft mit dem Blut der Männer von Tharna getränkt worden war.

Lara hatte lange über diese Dinge nachgedacht und hatte sie mit vielen Menschen besprochen, mich eingeschlossen. Am Ende war es ihre Entscheidung allein. Ich weiß nicht, ob meine Entscheidung so hart gewesen wäre, aber ich gebe zu, dass Lara ihre eigene Stadt und ihre Silbermasken besser kannte als ich.

Mir wurde klar, dass es weder möglich sein würde, die alte Ordnung in Tharna wiederherzustellen, noch dass so etwas wünschenswert sein könnte. Ebenso wurde mir bewusst, dass es nicht länger eine ausreichende Versorgung – durch die Zerstörung der städtischen Einrichtungen Tharnas – für die unbegrenzte Unterbringung einer sehr großen Anzahl freier Frauen innerhalb der Stadtmauern gab. Familien zum Beispiel, hatte es in Tharna seit Generationen nicht mehr gegeben, da sie durch die

Trennung der Geschlechter und geschlechtsgetrennter öffentlicher Kindertagesstätten ersetzt worden waren.

Und außerdem musste man daran denken, dass die Männer von Tharna, die während der Revolte Geschmack an ihren Frauen gefunden hatten, sie jetzt als rechtmäßigen Besitz einforderten. Kein Mann, der eine Frau in Vergnügungsseide gesehen, ihr beim Tanzen zugesehen, den Klang eines mit Glöckchen geschmückten Fußes gehört oder das offene Haar einer Frau bis auf ihre Hüften hatte fallen sehen, kann lange ohne den Besitz eines solch köstlichen Wesens leben.

Auch sollte man bedenken, dass es nicht realistisch gewesen wäre, den Silbermasken die Alternative des Exils anzubieten, denn das hätte schlicht bedeutet, sie zu einem gewaltsamen Tod oder Versklavung durch Fremde zu verurteilen.

Auf ihre eigene Art, unter den gegebenen Umständen, war das Urteil von Lara gnädig – obwohl es von den gebundenen Gefangenen mit Heulen und Wehklagen begrüßt wurde.

Jede Silbermaske würde sechs Monate Zeit bekommen, in denen sie frei in der Stadt würde leben können und von den öffentlichen Tafeln ernährt werden würde, fast so wie vor dem Aufstand. Aber innerhalb dieser sechs Monate erwartete man von ihr, einen Mann in Tharna zu finden, dem sie sich als freie Gefährtin anbieten sollte.

Sollte er sie nicht als freie Gefährtin akzeptieren – und nur wenige Männer von Tharna hatten wahrscheinlich Lust, einer Silbermaske die Privilegien einer freien Gefährtin zuzugestehen –, dann durfte er ihr den Halsreif einer Sklavin umlegen, oder wenn er wollte, sie ganz zurückweisen. Wenn sie zurückgewiesen würde, dann würde sie sich auch anderen Männern in Tharna anbieten dürfen.

Nach den sechs Monaten jedoch – vielleicht war sie etwas zurückhaltend dabei, sich einen Herrn zu suchen? – würde sie die Initiative in dieser Angelegenheit verlieren, und sie würde dem erstbesten Mann gehören, der ihren Hals mit dem grazilen, glänzenden Abzeichen des Dienens schmücken würde. In diesem Falle würde sie nicht anders gesehen und nicht anders behandelt werden, als ein Mädchen, das auf dem Rücken eines Tarns aus einer weit entfernten Stadt hierher entführt worden wäre.

Im Grunde, bedenkt man das Temperament der Männer von Tharna, gab Laras Urteil den Silbermasken die Gelegenheit, zumindest eine Zeit lang, sich einen Herrn auszuwählen oder nach einiger Zeit selbst als Sklavin ausgewählt zu werden. Auf diese Weise würde mit der Zeit jede Silbermaske einem Manne gehören, auch wenn sie zunächst Gelegenheit haben würde, auszuprobieren, wessen gelbe Bänder sie fühlen, auf wessen Teppich die Unterwerfungszeremonie stattfinden würde.

Vielleicht verstand Lara, was ich nicht verstehen konnte, dass man Frauen wie den Silbermasken die Liebe lehren musste und dass sie sie nur durch einen Herrn lernen können. Es war nicht ihre Absicht gewesen, ihre Schwestern aus Tharna zu unendlicher und schrecklicher Gefangenschaft zu verdammen, sondern sie zu zwingen, diesen ersten Schritt auf einer Straße zu gehen, die sie selbst gegangen war, einer dieser ungewöhnlichen Straßen, die zur Liebe führen können. Als ich sie befragte, hatte Lara mir erklärt, dass die freie Gefährtenschaft erst möglich wird, wenn die wahre Liebe gelernt wurde und dass einige Frauen die Liebe nur in Ketten erlernen können.

Es gibt nicht viel mehr zu erzählen.

Kron bleibt in Tharna, wo er eine hohe Position im Rate der Tatrix Lara einnimmt.

Andreas und Linna werden die Stadt verlassen, denn er sagte mir, dass es viele Straßen auf Gor gäbe, die er noch nicht durchwandert habe und dass er glaubt, dass er auf einer von ihnen das Lied finden könne, nach dem er schon immer gesucht habe. Ich hoffe von ganzem Herzen, dass er es finden wird.

Das Mädchen Vera von Ko-ro-ba wird zumindest eine Zeit lang in Tharna wohnen, wo sie als freie Frau leben wird. Da sie nicht zu dieser Stadt gehört, ist sie nicht von den Auflagen der Silbermasken betroffen.

Ob sie sich entscheiden wird in der Stadt zu bleiben oder nicht, weiß ich nicht. Sie ist, wie ich selbst und alle anderen aus Ko-ro-ba auch, eine Verbannte; Verbannten fällt es mitunter schwer, eine fremde Stadt Heimat zu nennen, manchmal halten sie die Risiken der Wildnis für vorteilhafter als die Stadtmauern einer fremden Stadt. Und außerdem war in Tharna auch die Erinnerung an Thorn, den Hauptmann, anzutreffen.

Heute Morgen habe ich mich von der Tatrix verabschiedet, von der edlen und wunderschönen Lara. Ich weiß, dass wir Gefühle füreinander gehabt haben und dass wir nicht das gleiche Schicksal teilen werden.

Beim Aufbruch küssten wir uns.

»Regiere gut«, sagte ich.

»Ich werde es versuchen«, sagte sie.

Ihr Kopf lehnte an meiner Schulter.

»Und wenn ich jemals wieder in Versuchung gerate, stolz oder grausam zu sein«, sagte sie mit einem Lächeln, »werde ich mich daran erinnern, dass ich einst für fünfzig silberne Tarnscheiben verkauft wurde – und dass ein Krieger mich für eine Schwertscheide und einen Helm erworben hat.«

»Für sechs Smaragde«, korrigierte ich sie lächelnd.

»Und einen Helm«, lachte sie.

Ich konnte das Nass ihrer Tränen durch meine Tunika spüren.

»Ich wünsche dir alles Gute, wunderschöne Lara«, sagte ich.

»Und ich wünsche dir alles Gute, Krieger«, sagte das Mädchen.

Sie sah mich an und lächelte, obwohl ihre Augen voller Tränen waren. Sie lachte ein wenig. »Und wenn die Zeit kommen sollte, Krieger, wo du dir ein Sklavenmädchen wünschst, ein Mädchen, das deine Seide und deinen Halsreif trägt, dein Brandzeichen, wenn du es wünschst – erinnere dich an Lara, die Tatrix von Tharna.«

»Das werde ich«, sagte ich. »Das werde ich.«

Und ich küsste sie, und dann trennten wir uns.

Sie wird in Tharna regieren, und sie wird gut regieren, und ich trete meine Reise ins Sardargebirge an.

Ich weiß nicht, was ich dort finden werde.

Seit mehr als sieben Jahren habe ich über die Geheimnisse nachgedacht, die in diesen dunklen Schluchten verborgen sind. Ich habe über die Priesterkönige und ihre Macht gegrübelt, über ihre Schiffe und Agenten, und über die Pläne für ihre Welt und meine. Aber am wichtigsten ist es, dass ich etwas darüber erfahren muss, warum meine Stadt zerstört und ihre Bewohner verstreut wurden, warum kein Stein mehr auf einem anderen Stein sein darf, und ich muss etwas über das Schicksal meiner Freunde, meines Vaters und meiner Liebe Talena erfahren. Aber ich gehe ins Sardargebirge für mehr als die Wahrheit, denn in meinem Kopf brennt, wie ein Befehl aus Stahl, der Schrei nach Blutrache; mir durch das Recht des Schwertes zugehörend, mein durch die Bindungen des Blutes und der Kaste und der Stadt, mein, denn ich habe mich verpflichtet, ein verschwundenes Volk zu rächen, zerfallene Mauern und Türme, eine Stadt, der die Priesterkönige einen bösen Blick zugeworfen haben. Denn ich bin ein Krieger aus Ko-ro-ba! Ich suche mehr als die Wahrheit im Sardargebirge, ich will das Blut der Priesterkönige!

Aber wie dumm ist es, so zu reden!

Ich rede so, als ob mein schwacher Arm gegen die Macht der Priesterkönige bestehen könnte. Wer bin ich, ihre Macht herauszufordern? Ich bin ein Nichts, nicht einmal ein Staubkörnchen, vom Wind zu einer winzigen Faust des Widerstands aufgewirbelt, nicht einmal ein Grashalm, der die Knöchel der vorbeitrampelnden Götter einritzt. Dennoch werde ich, Tarl Cabot, ins Sardargebirge gehen, ich werde die Priesterkönige treffen und ihnen, auch wenn sie die Götter von Gor sind, die Rechnung vorlegen.

Draußen auf den Brücken höre ich den Ruf des Laternenanzünders.

»Zündet eure Lampen an«, ruft er, »zündet die Lampen der Liebe an.«

Ich frage mich manchmal, ob ich ins Sardargebirge gegangen wäre, wäre meine Stadt nicht zerstört worden. Es scheint mir, dass ich mich nicht darum geschert hätte, das Sardargebirge zu betreten, dass ich mich nicht darum geschert hätte, in die Geheimnisse dieser dunklen Berge vorzudringen, wenn ich einfach nach Gor zurückgekehrt wäre, in meine Stadt, zu meinem Vater, meinen Freunden und meiner geliebten Talena. Und ich habe mich manchmal gefragt – und der Gedanke schüchtert mich ein und ängstigt mich –, ob meine Stadt nicht vielleicht nur deshalb zerstört wurde, um mich in die Berge der Priesterkönige zu bringen, denn sie wussten sicherlich, dass ich kommen würde, um sie herauszufordern, dass ich ins Sardargebirge kommen würde, dass ich sogar die Monde Gors selbst aufsuchen würde, um meine Befriedigung einzufordern.

So könnte es sein, dass ich mich nach den Vorgaben der Priesterkönige bewege – dass ich möglicherweise Rache schwöre und zum Sardargebirge aufbreche, wie sie gewusst hatten, dass ich es tun würde, wie sie es berechnet, verstanden und geplant hatten. Aber selbst dann, sagte ich mir, bin noch immer ich es, der sich bewegt und nicht die Priesterkönige, selbst wenn ich mich nach ihren Vorgaben bewege. Wenn es ihre Absicht ist, dass ich eine Rechnung aufstelle, dann ist es auch meine Absicht, wenn es ihr Spiel ist, dann ist es auch meins.

Aber warum sollten die Priesterkönige wollen, dass Tarl Cabot in ihre Berge kommt? Er ist nichts für sie, nichts für irgendjemanden. Er ist nur ein Krieger, ein Mann, der keine Stadt als die seine bezeichnen kann, ein Geächteter. Sollten die Priesterkönige, mit all ihrem Wissen und ihrer Macht, einen solchen Mann brauchen? Aber Priesterkönige brauchen nichts von den Menschen, und wieder begannen meine Gedanken ins Irreale abzugleiten.

Es ist Zeit, den Stift beiseite zu legen.

Ich bedaure nur, dass noch niemand aus dem Sardargebirge zurückkehrt ist, denn ich habe das Leben geliebt. Und auf dieser barbarischen Welt habe ich es in all seiner Schönheit und Grausamkeit gesehen, in all seinem Glanz und seiner Traurigkeit. Ich habe gelernt, dass es herrlich, angsteinflößend und unbezahlbar sein kann. Ich habe es in den verschwundenen Türmen von Ko-ro-ba erlebt und beim Flug auf einem Tarn, in den Bewegungen einer wunderschönen Frau, im Glanz der Waffen, beim Klang der Tarntrommeln und beim Klang des Donners über grünen Feldern. Ich habe es an den Tischen der Schwertbrüder gefunden und beim Klang des Metalls des Krieges, bei der Berührung von Lippen und Haar eines Mädchens, im Blute eines Sleens, im Sand und in den Ketten von Tharna, im Duft der Talenderblumen und im Zischen der Peitsche. Ich bin den unsterblichen Elementen dankbar, die sich verschworen haben, damit ich einmal leben konnte.

Ich war Tarl Cabot, Krieger aus Ko-ro-ba.

Das können nicht einmal die Priesterkönige von Gor ändern.

Es geht jetzt auf den Abend zu, und die Lampen der Liebe sind in vielen Fenstern der Zylinder von Tharna angezündet. Die Signalfeuer leuchten auf den Mauern, und ich kann den Ruf entfernter Wachen hören, dass in Tharna alles in Ordnung ist.

Die Zylinder erheben sich dunkel vor dem sich verdüsternden Himmel. Es wird bald Nacht sein. Wenige werden den Fremden bemerken, der die Stadt verlässt; vielleicht ein paar, die sich daran erinnern, dass er einmal in ihren Mauern war.

Meine Waffen, mein Schild und mein Helm sind bei mir.

Draußen höre ich den Ruf des Tarns.

Ich bin zufrieden.

Ich wünsche euch alles Gute,

Tarl Cabot

Eine abschließende Bemerkung zum Manuskript

Das Manuskript bricht ab mit dem Brief von Tarl Cabot. Danach war nichts mehr. Seit vielen Monaten, seit der geheimnisvollen Übergabe des Manuskriptes, erhielten wir keine Nachricht, kein weiteres Wort.

Meine Vermutung ist, wenn wir dem Erzähler vertrauen sollen, und ich bin versucht, es zu tun, dass Cabot tatsächlich das Sardargebirge betreten hat. Ich werde nicht darüber spekulieren, was er dort gefunden haben mag. Ich halte es auch nicht für wahrscheinlich, dass wir es je erfahren werden.

J.N.